# LE LIVRE DE L'HUMOUR ARABE

DU MÊME AUTEUR

*Dictionnaire technologique français-arabe*, éditions Maison du dictionnaire, 1986.
*Pour mieux connaître l'arabe*, textes comparés bilingues, Assimil, 1989.
*Dictionnaire français-arabe / arabe-français : mots utiles de la vie courante* (avec transcription phonétique), éditions du Dauphin, 1998.
*Les Mu'allaqât*, traduction de poésie arabe anté-islamique, éditions L'Esprit des péninsules, 1999.
*Le Grand Livre des proverbes arabes*, traduction de proverbes et dictons arabes agrémentée de calligraphies de Ghani Alani, éditions Presses du Châtelet, 2001.
*Sept clés pour comprendre le monde arabe*, éditions du Dauphin, 2005.
*Le Livre de l'humour arabe*, Sindbad/Actes Sud, 2005.
*L'Arabe sans peine*, Assimil, 2006.
*Dictionnaire arabe-français, Actualité-économie-politique*, éditions du Dauphin, 2008.
*Le Français pour les arabophones*, Assimil, 2011.
*Perfectionnement pour les arabophones*, Assimil, 2012.
*Historiettes, anecdotes et bons mots*, Sindbad/Actes Sud, 2013.


ISBN 978-2-330-01801-6

JEAN-JACQUES SCHMIDT

# LE LIVRE DE L'HUMOUR ARABE

BABEL

## TRANSCRIPTION DES NOMS ET MOTS ARABES

La présente traduction s'adressant à un large public, comprenant aussi bien des arabisants que des non-arabisants, la transcription adoptée a été simplifiée : elle est dépourvue de signes diacritiques. Consonnes particulières :
': esprit rude : *'ayn* ; laryngale sonore (ex. 'Abd Allah).
': esprit doux : *hamza*, attaque vocalique.
*s* : sifflante sourde et emphatique.
*d* : dentale sonore et emphatique *dâ*.
*gh : r* grasseyé.
*h* : les deux sifflantes, l'aspirée et la sonore.
*j* : occlusive affriquée sonore ; *j* français de jardin.
*kh* : la *jota* espagnole ou le *ch* allemand.
*t* : dentale et emphatique *tâ'*.
*th* : spirante interdentale (*th* anglais de *third*).
*z* : dentale simple et emphatique *zhâ*.
La terminaison *-a (tâ marbûta)* devient *-at* en état construit.
Voyelles brèves et longues : *a, â, i, î, u, û* (*u* et *û* se prononcent "ou").
L'article *al-* est assimilé (ex. *ar-rabî'* au lieu de *al-rabî'*).

# INTRODUCTION

روّحوا القلوب ساعة بعد ساعة
فإنّ القلوب إذا كلّت عميت

*Allégez les cœurs instant après instant,*
*car quand les cœurs sont las ils s'aveuglent.*

PROPHÈTE MUHAMMAD

Chaque peuple a ses plaisanteries, ses manières de rire, de se moquer et de se divertir. Ces éléments sont les modes d'expression d'une société et de ses préoccupations. C'est le miroir de la personnalité des peuples. Pour ce qui est du monde arabe, nous nous sommes limités à quelques extraits touchant la période historique qui va de l'anté-islam au milieu de l'époque abbasside.

Dans les temps qui ont précédé l'apparition de l'islam au VIIe siècle, la plaisanterie revêtait un aspect éthique, moral et conservateur, dans le souci de protéger la tribu des quolibets et des injures ainsi que dans celui de renforcer les liens. L'ironie a constitué souvent une arme puissante dans les affrontements et les rivalités. L'humour et les facéties ont aidé l'homme de cette époque à réduire le poids et la rigueur des conditions de vie, dans un environnement implacable.

Au début de l'islam, les concepts du paganisme et des sociétés tribales ont été relayés par les notions nouvelles de fraternité et de solidarité entre coreligionnaires appartenant tous à la même communauté, celle des croyants. La dérision et la moquerie se sont portées contre les ennemis de la religion pour les railler et les discréditer. L'humour conservait quelques marques caractéristiques de l'anté-islam, tempéré par des modes d'expression moins abrupts et des concepts plus élaborés.

Sous la dynastie omeyade, la société arabe a évolué, des ethnies nouvelles ont côtoyé les hommes du désert et le monde nomade a peu à peu fait place à une vie sédentarisée. Un esprit caustique, parfois frondeur et enjoué, s'est épanoui à la faveur d'un milieu social plus prospère que par le passé. Les califes, les gouverneurs et les juges ont encouragé ce mouvement, si bien que plaisanteries, bons mots et anecdotes, parfois croustillants, ont fleuri, dépouillés du carcan du conservatisme religieux au point d'aller par moments à l'encontre des enseignements de l'islam et des traditions arabes.

La société abbasside a été la plus florissante. Alors que les Arabes avaient constitué la couche aristocratique et la classe des notables durant la période précédente, la nouvelle dynastie fut le témoin de l'épanouissement d'une civilisation plus cosmopolite où le luxe, l'oisiveté, le savoir et la culture voisinaient avec la plaisanterie et l'humour. Celui-ci a revêtu une forme littéraire à travers des jeux de mots, des énigmes, des traits d'esprit, des anecdotes savoureuses sur des grammairiens, des hommes du droit et de la religion.

Ce bref survol, en préambule, montre que l'humour et les traits d'esprit chez les Arabes ont subi l'influence de l'évolution du temps, des mœurs, ainsi que des conditions imposées par l'environnement humain, culturel, économique et politique.

Les Arabes, musulmans et chrétiens, que certains parmi nous imagineraient austères, puritains et rigides, fermés au rire et à la plaisanterie ont accumulé, en la matière, au cours du temps, un patrimoine qui n'a rien à envier aux autres civilisations et qui prouve que le rire est bien le propre de l'homme comme l'avait dit Rabelais, et Aristophane, bien avant lui.

Le constat qui transparaît à travers les morceaux choisis dans cet ouvrage est l'existence d'une grande liberté de ton et d'expression parmi les hommes et les femmes des sociétés arabes de ce temps-là, d'un sens aigu des relations directes et franches entre les individus et d'un grand attachement à la primauté de l'esprit et de l'humour, au-delà des hiérarchies et des barrières sociales.

La religion elle-même est souvent tournée en dérision, ou plus exactement, ceux qui ont pour mission de la préserver et d'en assurer l'épanouissement dans le respect des autres croyances. Les docteurs en traditions religieuses, les juristes et les savants en dogme et en théologie n'échappent pas plus que d'autres aux traits et à la verve de leurs contemporains.

La légèreté de ton et la grivoiserie que s'autorisaient les Arabes, jusqu'à enfreindre souvent les règles de la décence, ajoutées au sens de la répartie et de la dérision sont les éléments caractéristiques de l'humour qui a habité la société arabe depuis ses origines.

Concernant la présentation de cet ouvrage, plutôt que d'être articulée autour de thèmes, elle s'établira en fonction des périodes historiques évoquées plus haut, en respectant le principe de l'*adab* (ou culture générale) consistant, pour les Arabes, à mêler le sérieux au plaisant, sans ordre rigide, et à permettre d'amuser et d'instruire, tout à la fois.

Le lecteur pourra "folâtrer" librement à travers ce livre comme à travers un jardin. Il pourra l'ouvrir à n'importe quelle page sans l'obligation d'avoir eu à lire celles qui l'ont précédée.

Des notes et des observations émailleront le texte, afin d'éclairer sur des personnages, des événements historiques ou sociologiques, ainsi que sur certains aspects religieux.

# I

# LA PÉRIODE ANTÉ-ISLAMIQUE

A cette époque lointaine, dans la péninsule Arabique, certaines tribus ou certains clans durent leur célébrité à des simplets, naïfs et demeurés dont les propos stupides suscitaient les rires et les sarcasmes. Très peu de témoignages nous sont parvenus sur des personnages de ce genre dont les propos chargés d'un humour involontaire ont pu marquer cette période. Néanmoins, grâce à des auteurs arabes de recueils de proverbes et dictons, tels que Maydâni (mort en 1124), dans son *Anthologie des proverbes*, nous pouvons retenir les quatre personnages suivants :

D'abord, 'Ijl ibn Lujaym dont la sottise était telle que l'on disait : "Plus bête que 'Ijl ibn Lujaym." Il appartenait à une tribu de la péninsule, rattachée au groupe chrétien des Bakr ibn Wâ'il et qui a vécu dans la Yamâma, en Irak, entre Koufa et Basra. Il a été l'ancêtre du clan des 'Ijl qui se sont appelés les Banû 'Ijl (les fils de 'Ijl).

Ensuite, Bâqil, de la tribu des Iyyâd ibn Nizâr ibn Ma'd qui vivaient entre La Mecque et la frontière du Najrân au Yémen et qui partirent, par la suite, pour l'Irak et la Syrie. Ce simplet était affecté d'une difficulté d'élocution, ce qui, chez les Arabes si sensibles à l'éloquence, faisait de lui un objet de dérision et de moquerie. Sa niaiserie et sa faiblesse d'esprit étaient proverbiales et l'on disait : "Plus demeuré que Bâqil !"

Habannaqa, lui, appartenait à la tribu des Banû Qays ibn Tha'laba. Comme pour Bâqil et 'Ijl, on disait : "Plus bête que Habannaqa !"

Enfin, retenons le nom d'une femme qui a dû faire, souvent, rire sous les tentes des bédouins du désert et dans les demeures des steppes environnantes. Issue de la tribu des Banû 'Ijl, sa stupidité était proverbiale. Elle s'appelait Maria bint Mu'anj. Dugha était son surnom et signifiait : "papillon", ce qui correspondait parfaitement à son esprit évaporé et futile. Elle aussi a dû provoquer bien des rires par des paroles dont la naïveté n'avait d'égale que la sottise.

On dit à un bédouin[1] dont le frère était mort : "Quelle a été la cause de sa mort ?" Il répondit : "D'avoir été !"

Les réponses péremptoires *(Al-Ajwiba l-muskita)*, p. 163.

Un homme avait épousé une femme petite. On lui en fit la remarque. A quoi il répondit : "La femme est un mal : un petit mal vaut mieux qu'un grand !"

Les fleurs du printemps *(Zahr ar-rabî')*, p. 440.

Un bédouin avait médit d'un homme. Puis, s'étant retourné, il le vit. Il lui dit : "Si j'avais dit du bien de toi, tu n'aurais pas été là !"

Conversations entre lettrés *(Muhâdarât al-udabâ')*, p. 248, t. 1.

On dit à un bossu : "Qu'est-ce que tu préfères : que tous les gens soient bossus ou que ta bosse disparaisse ?" Il répondit : "Que tous les gens soient bossus. – Pourquoi ? – Pour que je les regarde de l'œil avec lequel ils m'ont regardé !"

Les réponses péremptoires *(Al-Ajwiba l-muskita)*, p. 189.

Un homme avait trouvé sa mère en compagnie d'un autre homme. Il tua sa mère. "Pourquoi ne pas avoir tué l'homme ?" lui demanda-t-on. Il répondit : "Parce que, si je l'avais fait, j'aurais dû tuer un homme tous les jours !"

Les réponses péremptoires *(Al-Ajwiba l-muskita)*, p. 224.

On demanda à un bédouin quel était son nom. Il répondit : "Qurâd (tique)." On lui dit : "On t'a affublé d'un nom bien étriqué !" Il répliqua : "Si le nom est étriqué, la *kunya*[2], elle, est vaste ! – Tu es Abû (père) de qui ? – Abû l-baydâ' (père du désert) !"

Les fleurs du printemps *(Zahr ar-rabî')*, p. 329.

Les Banû Tamîm[3] avaient dit à Salama ibn Jandal[4] : "Chante notre gloire avec ta poésie !" Il leur avait répondu : "Faites quelque chose, que je puisse en parler !"

Le collier unique *(Al-'Iqd al-farîd)*, p. 270, t. 5.

Bâqil[5], dont la faiblesse d'élocution était proverbiale, avait acheté une brebis onze dirhams[6]. On lui demanda : "Combien as-tu acheté la brebis ?" Il ouvrit ses deux mains ensemble, fit signe avec ses doigts et sortit la langue pour compléter le chiffre onze !!!

Le collier unique *(Al-'Iqd al-farîd)*, p. 155, t. 6.

Une jeune fille dit à un jeune homme qui brûlait de l'épouser : "Je suis prête à être pour toi une associée dans tous tes soucis et tes difficultés matérielles. – Mais je suis exempt de tout cela : je n'ai ni soucis, ni gêne pécuniaire... – Tu en auras quand tu seras marié, mon cher !"

Le collier unique *(Al-'Iqd al-farîd)*, p. 478, t. 3.

On dit à un fieffé menteur : "As-tu jamais dit la vérité ?" Il répondit : "J'aurais peur, en disant «non», de dire la vérité !"

Le meilleur des chroniques *('Uyûn al-akhbâr)*, p. 25, t. 4.

On dit à quelqu'un : "Comment appelez-vous la sauce *(al-maraq)* ?" Il répondit : "La chaude *(as-sakhîna)*. – Et si elle est froide ? – On ne lui laisse pas le temps de refroidir !"

Le meilleur des chroniques *('Uyûn al-akhbâr)*, p. 226, t. 3.

Un borgne dit, sur un ton de défi, à un homme voyant : "Je vois mieux que toi !" L'autre, étonné, dit : "Comment verrais-tu mieux que moi alors que tu es borgne ?" Le borgne répondit : "Parce que moi je vois sur ton visage deux yeux alors que toi tu n'en vois qu'un sur le mien !"

Le royaume du rire *(Mamlakat ad-dahik)*, p. 318.

'Ijl ibn Lujaym[7] était compté, parmi les Arabes, comme l'un des hommes les plus sots. Or il possédait un fringant coursier. "Tout fringant coursier, lui dit-on, a un nom. Quel est le nom du tien ? – Je ne lui en ai pas encore donné. – Donne-lui-en un", lui dit-on. Il lui creva alors un œil et dit : "Je l'appellerai : «Le Borgne !»"

Morts des hommes illustres *(Wafayât al-a'yân)*, p. 189, t. 1.

Un aveugle avait épousé une femme qui lui dit : "Si tu voyais ma beauté et mon éclat, tu en serais émerveillé ! – Si tu étais comme tu le dis, ceux qui ont des yeux ne t'auraient pas laissée à moi !"

Les fleurs du printemps *(Zahr ar-rabî')*, p. 45.

Un bédouin laid et de haute taille recherchait une épouse. "Comment la voudrais-tu ? lui demanda-t-on. – Je la voudrais petite et belle. Ainsi son enfant aura sa beauté et ma haute taille." Il épousa une femme ainsi faite. Son enfant naquit : il avait sa courte taille à elle et sa laideur à lui !

Le collier unique *(Al-'Iqd al-farîd)*, p. 472, t. 3.

Un homme avait vu, en rêve, qu'il avait des moutons et que c'était comme si on les lui donnait huit par huit. Il ouvrit les yeux et ne vit rien. Alors, il en ferma un et tendit la main en disant : "Donnez, quatre par quatre !"

Le meilleur des chroniques *('Uyûn al-akhbâr)*, p. 38, t. 4.

Un homme assistait à une course. Un cheval arriva en tête. L'homme montrait de l'enthousiasme, débordant de joie et d'allégresse. On lui dit : "Ce cheval est à toi ? – Non, mais… sa bride est à moi !"

Chroniques des sots et des nigauds
*(Akhbâr al-hamqâ wa l-mughaffalîn)*, p. 162.

Hunayn[8] était un cordonnier de Hîra[9]. Un bédouin avait marchandé l'achat de deux bottines, mais ils divergèrent tellement que le bédouin le mit en colère. Celui-ci étant parti,

Hunayn prit une des deux bottines et la jeta sur le chemin du bédouin, puis jeta l'autre à un autre endroit de son chemin.

Quand le bédouin passa à côté de la première bottine, il se dit : "Comme cette bottine ressemble à celle de Hunayn ! Si l'autre avait été là, je l'aurais prise !" Quand il passa à côté de l'autre bottine, il regretta d'avoir laissé la première. Il fit baraquer sa monture et repartit vers la première.

Alors, Hunayn, qui s'était embusqué, bondit sur le chameau et partit avec. Quant au bédouin, il se retrouva avec les seules bottines de Hunayn !

Le collier unique *(Al-'Iqd al-farîd)*, p. 75, t. 3.

On dit : "Plus sot que Habannaqa l-Qaysi[10]" car, un chameau s'étant enfui, il avait dit : "Celui qui me le ramènera aura deux chameaux !" On lui dit : "Comment ? Tu donnes deux chameaux pour un seul ? – Vous ne savez pas ce que c'est que le plaisir de retrouver ce que l'on a perdu !"

Morts des hommes illustres *(Wafayât al-a'yân)*, p. 446, t. 3.

On raconte, à propos de Chanfara[11], compagnon de Ta'abbata Charran[12], qu'il était tombé entre les mains d'une tribu ennemie. Il se jura, dès qu'il se fut évadé, de tuer cent hommes de cette tribu.

Après qu'il en eut tué quatre-vingt-dix-neuf, les autres réussirent à le reprendre et le crucifièrent[13]. Il resta suspendu pendant un an ou deux. Jusqu'au jour où un membre de la tribu ennemie en question passa près de lui et donna un coup de pied dans son crâne tombé à terre, dont un os lui entra dans le pied, lequel s'infecta et il mourut. Il était le centième homme !

Le livre des chansons *(Kitâb al-aghânî)*, p. 134-135, t. 21.

Un homme avait perdu un chameau. Il jura que s'il le retrouvait, il le vendrait un dirham[14]. Il le retrouva et attacha un chat à l'animal en disant : "Je vends le chameau un dirham et le chat mille dirhams ! Mais je ne les vends qu'ensemble !"

On dit depuis : "Comme le chameau serait bon marché s'il n'y avait le chat !" Ce qui est devenu un proverbe.

L'anthologie des proverbes *(Majma' al-amthâl)*, p. 316, t. 2.

On raconte que Habannaqa[15] s'était mis autour du cou un collier de coquillages, d'os et de porcelaine. On lui en demanda la raison. Il répondit : "C'est pour me reconnaître et ne pas me perdre !" Une nuit qu'il était endormi, son frère prit son collier et le mit autour de son cou. Le matin, voyant le collier au cou de son frère, il s'écria : "Eh, mon frère ! Tu es moi, mais alors moi… qui suis-je ??"

L'anthologie des proverbes *(Majma' al-amthâl)*, p. 281, t. 1.

Quelqu'un avait un fils laid. Il lui trouva une fiancée dans une tribu. Le fils dit à son père, un jour : "J'ai appris que la fiancée était borgne. – Mon fils, répondit le père, j'aurais voulu qu'elle fût aveugle pour ne pas voir la laideur de ton visage !"

Les fleurs du printemps *(Zahr ar-rabî')*, p. 48.

On demanda à un bédouin : "Qu'as-tu prévu pour le froid ?" Il répondit : "Un long frisson !"

Les fleurs du printemps *(Zahr ar-rabî')*, p. 85.

Un homme dit à un autre : "Par le droit de la parenté qui nous lie !… – Et quelle parenté y a-t-il entre toi et moi ? – Ton père a demandé la main de ma mère… S'il l'avait épousée, tu aurais été mon frère !!"

Les fleurs du printemps *(Zahr ar-rabî')*, p. 337.

Un homme dit à un bossu : "Si je te donnais un coup de pied pour redresser ta bosse ?! – Je t'en bénirais."

Appendice au florilège des lettres *(Dhayl zahr al-âdâb)*, p. 221.

Hâjîb ibn Zurâra[16] ayant été envoyé en délégation auprès d'Anû Chirwân[17] s'était présenté à lui en disant : "Je suis un homme parmi les Arabes."

Lorsqu'il se fut trouvé en face d'Anû Chirwân, celui-ci lui demanda : "Qui es-tu ? – Le seigneur des Arabes ! – Mais… n'as-tu pas prétendu n'être que l'un d'entre eux ? – C'est ce que j'étais. Mais dès que le roi m'a honoré en m'adressant la parole je suis devenu leur seigneur." Et le roi ordonna qu'on lui remplisse la bouche de perles[18] !

Les fleurs du printemps *(Zahr ar-rabî')*, p. 60.

On demanda à un homme quel était son nom. Il répondit : "Mon nom est : Bahr (mer). – Père de qui ? – Abû l-fayd (père du débordement). – Et fils de qui ? – Ibn al-Furât (fils de l'Euphrate[19])." Alors quelqu'un conclut : "Tes amis ne peuvent te rendre visite qu'en bateau !!"

Les fleurs du printemps *(Zahr ar-rabî')*, p. 56.

Parmi les sots des Arabes, il y avait Kulâb ibn Sa'sa'a. Ses frères étaient sortis acheter des chevaux. Kulâb était parti avec eux. Et il ramena un veau, qu'il conduisait. Ses frères lui dirent : "Qu'est-ce que c'est que ça ?" Il répondit : "Un cheval que j'ai acheté. – Espèce d'abruti ! C'est un bovidé ! Tu ne vois pas ses cornes ?!" Alors, il retourna chez lui et lui scia les cornes !

Le meilleur des chroniques *('Uyûn al-akhbâr)*, p. 45, t. 2.

Asma'i[20] raconte que le mari de Dugha[21], après en avoir disposé, la répudia. "Donne-moi ce qui m'est dû !" lui dit-elle. Alors, il lui ôta du pied un de ses bracelets de cheville et le lui donna. Satisfaite, elle se tut !

La sagesse des fous *('Uqalâ' l-majânîn)*, p. 25.

Des Banû Râsib[22] et des Banû t-Tawâfa[23] avaient porté un différend devant Zyâd[24] à propos d'un esclave dont ils se disputaient la propriété.

Zyâd était perplexe, ne sachant quel jugement prononcer. Hâriba ibn Badr lui dit : "J'ai une idée. Si tu m'y autorises, je vais te l'exposer ! – Qu'est-ce que tu proposes ?" Il répondit : "Qu'on le jette dans le Tigre[25]. S'il va au fond *(rasaba)*, il est aux Banû Râsib. S'il flotte *(tafâ)*, il est aux Banû t-Tawâfa !"

Le meilleur des chroniques *('Uyûn al-akhbâr)*, p. 60, t. 2.

# II

# LES DÉBUTS DE L'ISLAM

Avec la Révélation coranique, une ère nouvelle s'était ouverte. Un climat de piété s'était étendu sur toute la péninsule après que l'ensemble des tribus arabes eut adopté l'islam pour religion. La ferveur dans laquelle se construisait un monde nouveau n'empêcha pas les hommes de laisser une place à l'humour et aux traits d'esprit. A côté de la prière et des invocations à Dieu, la vie de la communauté se poursuivait sans entraves, mais dans le respect des principes de l'éthique nouvelle née du dernier message divin révélé aux Arabes avant tous les autres hommes. L'islam ne condamnait ni le rire ni la plaisanterie, mais rejetait les propos licencieux ou grivois, les expressions libertines et la frivolité. C'est ainsi que, pendant la période qui a vu naître et se développer en Arabie la communauté des croyants, bien des personnages ont déployé leur verve et leur humour. Parmi eux, trois noms qui ont marqué l'histoire des Arabes.

D'abord, le prophète Muhammad (570-632) qui a dit : "Allégez les cœurs instant après instant, car quand les cœurs sont las ils s'aveuglent." Il a, lui-même, plaisanté et laissé quelques bons mots à la postérité, mais toujours dans les limites les plus strictes de la moralité et de la décence.

Le deuxième personnage qui aimait à être caustique et qui savait mêler l'utile à l'agréable quand cela était nécessaire était 'Umar ibn al-Khattâb, le deuxième successeur du Prophète. Il gouverna la communauté musulmane de Médine de 634 à 644 de l'ère chrétienne. Il fut un modèle de croyant pour sa grande piété, son humanité, son respect des autres et de leurs croyances ainsi que pour son sens de l'équité.

Enfin, 'Uthmân ibn 'Affân, le troisième successeur (ou calife) du Prophète, qui, lui aussi, savait rire et appréciait les traits d'esprit. Il fut le recenseur du Coran, ne conservant que les textes définitivement établis devenus la référence unique et absolue pour tous les musulmans. Il mourut assassiné en 656.

On demanda, un jour, à ‘Aycha[26] – que Dieu l’agrée – si le Prophète[27] aimait plaisanter. Oui, répondit-elle. J’avais, chez moi, une vieille femme lorsque le Prophète entra. “Prie Dieu, lui dit-elle, qu’il me mette au nombre des habitants du Paradis ! – Mais les vieilles n’entrent pas au Paradis !” fit-il alors, avant de sortir. Puis il revint. La femme était en pleurs. “Qu’est-ce qu’elle a ? demanda le Prophète. – Tu lui as dit que les vieilles n’entraient pas au Paradis... – C’est parce qu’au Paradis Dieu en fait des jeunes filles vierges[28] !”

Chroniques des gens intelligents *(Akhbâr al-adhkiyâ’)*, p. 129.

Le Prophète – sur lui soient la prière et le salut – plaisantait et ne disait que la vérité. Parmi ses plaisanteries, le fait qu’un homme était venu le voir et lui avait dit : “Messager[29] de Dieu ! Fais-moi monter sur un chameau !” Le Prophète – sur lui soient la prière et le salut – lui répondit : “Je ne te ferai monter que sur le petit d’une chamelle. – Messager de Dieu, fit l’homme, il ne pourra pas me porter !” Les gens lui dirent alors : “Eh bien ! Le chameau n’est-il pas le petit d’une chamelle ?”

Le livre des facéties *(Al-Mustatraf)*, p. 252, t. 1.

On raconte qu'un bédouin avait trois enfants. Il avait demandé, par testament, que sa fortune fût partagée, après sa mort, entre ses enfants. Cette fortune était constituée de dix-sept chameaux, le premier des frères devant en avoir la moitié, le deuxième le tiers et le troisième le neuvième.

Les frères se demandèrent, avec perplexité, comment partager ce nombre d'animaux d'une manière qui n'impliquât pas de fractions. Ils conduisirent leurs chameaux auprès des chefs de tribus afin que ceux-ci jugent entre eux. Certains taxèrent leur père de folie, d'autres d'ignorance et de légèreté, au point que leur patience fut à bout. Finalement, leur réflexion les incita à aller voir l'imam 'Alî ibn Abî Tâlib[30], compte tenu de ce qu'ils avaient entendu dire de sa sagesse, de sa bonne gestion des choses et de son habileté à résoudre les problèmes ardus.

Arrivés à lui, ils lui racontèrent leur histoire. Il appela son serviteur Qundur et lui dit : "Tu vas ajouter notre chameau roux à ces chameaux !" Le nombre des bêtes passa ainsi à dix-huit.

Il dit au premier des frères : "Prends la part qui te revient, c'est-à-dire : neuf." Et il les mit à part. Puis il dit au deuxième : "Prends ta part, c'est-à-dire : le tiers, soit six chameaux." Il dit, ensuite, au troisième : "Prends ta part toi aussi, soit le neuvième, autrement dit : deux chameaux."

Restait le chameau roux qui appartenait à l'imam, et qu'il remit à sa place. Ils furent stupéfaits de cet étonnant partage et comprirent que leur père avait parfaitement bien raisonné.

Facéties et bons mots du passé et du présent
*(Tarâ'if wa nawâdir fî l-mâdî wa l-hâdir)*, p. 79.

On dit à 'Umar ibn al-Khattâb[31] : "Un tel ne connaît pas le mal." Il répondit : "Alors il risque, plus qu'un autre, d'en être la victime !"

Le collier unique *(Al-'Iqd al-farîd)*, p. 11, t. 3.

Abû l-Aswad ad-Du'aliy[32] avait acheté un cheval neuf dinars[33]. Etant passé à côté d'un borgne, celui-ci lui dit : "Combien l'as-tu acheté ? – Donne-moi une estimation ! – Il doit valoir quatre dinars et demi. – Tu es excusable. Tu ne vois que d'un œil. C'est pourquoi tu l'as estimé à la moitié de sa valeur. Si tu avais pu le voir aussi avec ton autre œil, et s'il avait été sain, tu l'aurais estimé à l'ensemble de sa valeur !"

La vie des animaux *(Hayât al-hayawân)*, p. 521, t. 1.

Une fois, un mendiant avait frappé à la porte d'Abû l-Aswad ad-Du'aliy[34]. Celui-ci, étant sorti, lui dit : "Qu'est-ce que tu veux ?" Le mendiant lui répondit : "Une aumône... Un peu de l'argent de Dieu[35]." Abû l-Aswad rentra puis lui tendit une datte en disant : "Tiens ! Prends cette datte du Paradis !" Et le mendiant de répliquer : "Dieu fasse que ta part de Paradis soit à la mesure de cette datte !!"

On raconte que 'Umar ibn al-Khattâb[36], au temps où il était gouverneur, faisait une ronde nocturne à Médine[37]. Il entendit une voix d'homme dans une maison. Soupçonnant quelque chose, il escalada le mur et trouva chez l'homme une femme et du vin. Il s'écria : "Ennemi de Dieu ! Tu pensais peut-être que Dieu, le Très-Haut, couvrirait ton acte de désobéissance ?" L'homme répondit : "Tout doux 'Umar !... Si moi j'ai désobéi à Dieu par un acte, toi c'est par trois actes que tu l'as fait. En effet, Dieu, le Très-Haut, a dit : «N'espionnez pas[38].» Or tu l'as fait. Il a dit : «Entrez dans les maisons par leurs portes[39].» Toi tu as escaladé le mur. Il a dit : «Si vous entrez dans des maisons, saluez[40].» Tu n'as pas salué !!"

Les fleurs du printemps *(Zahr ar-rabî')*, p. 36.

On raconte que Zayd ibn 'Abd Allah ibn Dârim s'était rendu, en délégation, auprès d'un roi de Himyar[41]. Il le trouva dans un pavillon de chasse, au sommet d'une haute montagne. Il le salua et déclina sa généalogie[42]. Le roi lui dit alors : *"Thib[43] !"* (C'est-à-dire : "Assieds-toi !") L'homme croyant qu'il lui avait ordonné de sauter du haut de la montagne dit : "Tu me trouveras, ô roi, très obéissant !" Et il sauta de la montagne et se tua. Le roi dit alors : "Qu'est-ce qui lui a pris ?" On lui expliqua ce qu'il en était et la confusion sur le mot. Le roi conclut : "Quiconque entre à Dhofar[44] doit apprendre le himyarite !"

Le livre qui éclaire *(Al-Muzhir)*, p. 256, t. 1.

# III

# LA PÉRIODE OMEYADE

Quand Mu'âwiya fut devenu calife en 661 et qu'il se fut installé à Damas, capitale de sa dynastie, une ère nouvelle s'ouvrit, différente de celle des premiers califes (632 à 661) qui était empreinte de simplicité et de religiosité. Le pouvoir omeyade ne ressemblait ni à celui des Perses sassanides ni à celui des Byzantins, mais constituait un élément intermédiaire.

La période omeyade fut une étape de transition et de mutation vers une civilisation plus policée. Néanmoins, les hommes de l'époque n'oubliaient pas qu'ils étaient les descendants des premiers musulmans et des compagnons du Prophète. Ils restaient marqués par les événements tragiques et les troubles qui avaient secoué la communauté depuis la mort du calife 'Uthmân en 656 et abouti à la bataille de Siffîn qui avait vu le triomphe de Mu'âwiya sur 'Alî, imam, calife et cousin et gendre du prophète Muhammad, en 657. En outre, ces hommes étaient restés attachés à l'esprit de corps et aux solidarités tribales que l'islam avait combattus.

Dans le même temps, une partie de la société eut tendance à adopter une philosophie de vie faite d'insouciance, de libération des contraintes religieuses, des règles morales et des traditions, et tournée vers le matérialisme, l'arrivisme, le divertissement et l'appât du gain, oublieuse des propos du Prophète : "La perte de ma communauté sera dans l'abandon du savoir et l'amas des biens matériels." Une catégorie particulière se constitua, formée par des sots, des simples d'esprit, des nigauds, mais aussi des magistrats et des gouverneurs cupides, prêts à tout pour parvenir à leurs fins. Une autre catégorie apparut : celle des libertins, des beaux esprits et des efféminés pour qui le sérieux et la moralité étaient des valeurs vermoulues et surannées dont ils se libéraient allègrement. Mais tout ceci provoquait la réaction souvent violente des milieux bien-pensants, et de nombreux hommes de piété et de savoir ont condamné avec sévérité ces déviances nées des mutations sociales et économiques de leur temps. Un ancien compagnon du Prophète, interrogé sur ce qu'il pensait de ses contemporains, répondit : "Il n'y a plus d'hommes dignes de ce nom. Il ne reste plus que des pseudo-hommes qui ressemblent à des hommes mais n'en sont pas !!"

Même la langue arabe commençait à subir les effets néfastes du climat de facilité, de laxisme et de course effrénée au plaisir et à l'argent que la nouvelle société avait sécrétés. Tout était bon pour s'enrichir. Un poète de l'époque n'avait pas hésité, à son dernier souffle, à conseiller à son fils de faire montre de piété et de dévotion pour attirer à lui l'argent du bon peuple et capter les biens des orphelins ! La cupidité, l'avarice et l'ambition ont été des thèmes particulièrement traités et ces travers dont l'avarice, si odieuse aux Arabes, ont été fustigés par le biais d'anecdotes humoristiques et de plaisanteries innombrables dont les califes eux-mêmes étaient friands. Ils tenaient salon, au milieu des chanteurs et entourés des hauts dignitaires de l'empire. Ils aimaient se distraire en compagnie des poètes, des juges et même des religieux, en faisant assaut de bons mots et de facéties.

Parmi les personnages marquants de l'époque omeyade par leur humour et leurs mots d'esprit, nous en retiendrons trois :

Le premier est Abû l-Aswad ad-Du'aliy (605-688). Contrairement à beaucoup de ses contemporains, cet homme était resté attaché à l'idéal de dépouillement des Arabes du désert, aux expressions fortes et crues des bédouins. Son esprit était vif et tranchant, ses répliques rapides et cinglantes. Encore porteur de quelques vestiges de la rudesse ancienne, il était à cheval entre la période précédente et celle de la dynastie omeyade. Poète et notable de Basra, c'était un juriste et un transmetteur de hadiths, qui fut compagnon du calife 'Alî ibn Abî Tâlib et qui combattit à ses côtés à la bataille de Siffîn contre Mu'âwiya. Il fut gouverneur de Basra, où il mourut. Savant d'une grande intelligence, il passe pour avoir jeté les bases de la grammaire arabe. Hélas son avarice était proverbiale. On raconte qu'il détestait les mendiants parce que, disait-il : "S'il fallait nourrir tous les déshérités, nous serions vite dans une situation pire que la leur !"

Le deuxième personnage se nomme Cha'bi (640-721). C'était un homme doué d'une mémoire prodigieuse. Dès sa prime jeunesse, son éloquence et sa vivacité d'esprit, alliées à ses connaissances en matière de religion et sa faculté, disait-on, d'interpréter les rêves, lui valurent les faveurs des califes et des hauts dignitaires du pouvoir. Il n'hésitait pas à se moquer de lui-même et à railler les nigauds, les ignorants et les imbéciles. Son goût littéraire et artistique était raffiné. Souvent, il avait dans le salon du calife 'Abd al-Malik ibn Marwân (685-705) des discussions et des controverses avec des savants et des poètes, révélant l'étendue de sa culture. Esprit caustique et plein de subtilité, il adorait la plaisanterie, ce qui ne l'empêchait pas, en sa qualité de juge, de répondre, avec pertinence, aux questions les plus sérieuses. Contrairement à Abû l-Aswad ad-Du'aliy, il fut le modèle de l'Arabe libéré du monde bédouin et de ses traditions anciennes, le symbole d'une classe de notables pleine de son importance, orientée dans le sens de l'évolution de la nouvelle société omeyade.

Le troisième homme représentatif de l'humour et de la plaisanterie au temps des Omeyades naquit en 630 et mourut en 771. Ach'ab, c'était son nom, vécut pendant près d'un siècle et demi, dit-on. Doté d'un physique ingrat, il était teigneux, et passé maître en facéties et en grimaceries de tout genre. On dit aussi qu'il psalmodiait merveilleusement le Coran et qu'il avait une très belle voix. Doué d'un esprit décapant et d'un tempérament enjoué, toute sa longue existence ne fut qu'une série de plaisanteries et de bons mots. Même à l'heure de sa mort, il dit adieu à la vie en riant et en faisant rire ceux qui l'entouraient. Contrairement à Cha'bi, Ach'ab a représenté la gouaille populaire, la classe de ceux qui étaient avides de richesse et d'honneurs par tous les moyens. Il a symbolisé un phénomène nouveau enfanté par la société de son temps, celui des parasites, des pique-assiettes et autres profiteurs capables de tout pour échapper à la misère et manger à leur faim. Il a aussi été le porte-parole des clowns, des bouffons et des amuseurs publics et privés qui avaient pour seules armes leurs visages ingrats et leurs mimiques pour assurer leur subsistance et se faire une place dans la société. Sa cupidité était proverbiale, autant que sa gloutonnerie et son avarice. Les califes, les gouverneurs et les princes omeyades en avaient fait leur intime mais aussi leur cible favorite, se moquant de lui et tournant en dérision tous ses travers. Célèbre de Damas à Médine et dans toutes les grandes villes de l'Etat omeyade, il fut le premier humoriste de cette époque. Il sut se faire apprécier autant des grands que des couches populaires, tous admirant son esprit et sa vivacité, même s'ils condamnaient en lui l'homme avare et cupide qu'il fut.

Hayyân ibn Ghadbân des ‘Ijl[45] avait hérité de la moitié de la maison de son père. Il se dit : “Je vais vendre ma part de la maison et acheter l’autre moitié. Ainsi, elle sera toute à moi !”

Le meilleur des chroniques *(‘Uyûn al-akhbâr)*, p. 43, t. 4.

Un homme ayant demandé à un autre où était la rue des Anes, ce dernier répondit : “N’importe quelle rue où tu entreras !”

Mu‘âwiya[46] dit un jour : “O gens ! Dieu a donné à Qoraych[47] trois choses. Il a dit à son Prophète[48] – sur lui soient la prière de Dieu et le salut : «Avertis tes partisans les plus proches[49].» Or, nous sommes sa tribu la plus proche.

Dieu, le Très-Haut, a dit ensuite : «Ceci est un rappel pour toi et pour ton peuple[50].» Or, son peuple, c’est nous.

Enfin, Dieu, le Très-Haut, a dit : «A cause du pacte des Qoraych, de leur pacte[51]…» Or, les Qoraych, c’est nous !…” Un homme des *ansâr*[52] lui répliqua : “Tout doux, Mu‘âwiya ! Dieu, le Très-Haut, a dit : «Ton peuple a traité cela de mensonge alors que c'est la vérité[53].» Or, vous êtes son peuple. Dieu, le Très-Haut, a ensuite dit : «Lorsque le fils de Marie leur est proposé en exemple, ton peuple s'en détourne[54].» Or, vous êtes son peuple ! Enfin, Dieu, le Très-Haut, a dit : «Le Prophète a dit : "O Seigneur ! Mon peuple a pris ce Coran en aversion[55]."» Or vous êtes son peuple !

Voilà trois choses contre trois ! Si tu veux en rajouter, nous en rajouterons nous aussi !"

Les fleurs du printemps *(Zahr ar-rabî')*, p. 133, et
Le livre des facéties *(Al-Mustatraf)*, p. 78, t. 1.

Un muezzin[56] avait été aperçu en train de lire un papier où était écrit le texte de l'appel à la prière[57]. "Tu ne le connais pas par cœur ?" lui dirent des gens. Il répondit : "Questionnez le juge !" Ils allèrent voir le juge et lui dirent : "Le salut soit sur toi[58] !" Il sortit un carnet, le feuilleta puis dit : "Et sur vous le salut[59]." Alors ils excusèrent le muezzin !

Les fleurs du printemps *(Zahr ar-rabî')*, p. 171.

On raconte qu'Iyyâs ibn Mu'âwiya[60] avait aperçu trois femmes que quelque chose avait effrayées. Il dit alors : "Celle-ci est enceinte, celle-ci allaite et celle-là est vierge !" On leur posa la question et il en était bien ainsi. "Comment as-tu deviné ?" lui demanda-t-on. Il répondit : "Quand elles ont été prises de frayeur, l'une a mis sa main sur son ventre, l'autre sur son sein et la dernière sur son pubis !!"

Les fleurs du printemps *(Zahr ar-rabî')*, p. 26.

On raconte que 'Uqba l-Azdi était connu pour traiter des cas liés aux djinns[61] et pour réciter des incantations. On lui amena une jeune fille possédée par un "djinn", avant sa nuit de noces.

Il prononça des incantations puis dit aux membres de sa famille : “Laissez-moi seul avec elle !” Resté seul avec elle, il lui dit : “Dis-moi sincèrement ce qu’il en est si tu veux que je te délivre.” Elle répondit : “J’ai perdu ma virginité alors que j’étais dans ma famille. J’ai peur du scandale avec mon mari. As-tu un moyen pour m’éviter cela ? – Oui”, répondit-il. Puis il sortit voir sa famille et dit : “Le djinn m’a répondu qu’il acceptait de sortir. Il faut que vous choisissiez le membre duquel vous voulez qu’il sorte, mais le membre par lequel sortira le djinn se corrompra inéluctablement. Ainsi s’il sort par son œil, son œil sera aveugle, si c’est par son oreille, elle sera sourde, si c’est par sa main, elle sera paralysée. Si c’est par son pied, il sera recroquevillé et si c’est par son vagin, elle perdra sa virginité !” Les siens dirent alors : “Ce serait un moindre mal ! Fais-en donc sortir le djinn !”

Leur ayant fait croire qu’il y avait réussi, la femme put être introduite tranquillement auprès de son mari !

Les fleurs du printemps *(Zahr ar-rabî‘)*, p. 522.

Un jeune fils de ‘Abd al-Malik ibn Marwân[62] s’était “oublié” devant lui. “Va au cabinet ! lui dit le calife. – Mais j’y suis déjà !” répliqua l’enfant.

Les fleurs du printemps *(Zahr ar-rabî‘)*, p. 47.

Un bédouin avait prié derrière un imam[63] qui avait récité : “Je ne quitterai la terre qu’avec la permission de mon père[64].”

Et il se mit à répéter ces mots. Le bédouin dit alors : “Eh ! *Faqîh*[65] *!* Si ton père ne t’en donne pas la permission cette nuit, tu vas nous faire rester debout jusqu’au matin !” Il le laissa alors et s’en alla.

Les fleurs du printemps *(Zahr ar-rabî‘)*, p. 166.

On raconte qu'une femme s'était arrêtée pour regarder un homme au visage laid. On lui en fit la remarque. Elle répondit : "Mon œil a péché en regardant un jouvenceau à la belle figure. J'ai voulu l'en punir en regardant un visage laid !"

Les fleurs du printemps *(Zahr ar-rabî')*, p. 332.

Un bédouin avait volé une bourse pleine de dirhams[66] puis était entré à la mosquée pour prier. Or il s'appelait Mûsâ (Moïse[67]). L'imam[68] ayant récité : "Et qu'y a-t-il dans ta main droite, Mûsâ[69] ?", il s'écria : "Par Dieu ! Tu es un sorcier !" Et il jeta la bourse et sortit.

Les fleurs du printemps *(Zahr ar-rabî')*, p. 164.

Un bédouin était entré dans un village pour la première fois. Les chiens du village l'attaquèrent, menaçant de le dévorer. Il se baissa pour ramasser une pierre sur le sol afin de se défendre. Mais il ne put la desceller tant le froid l'avait figée. Il dit alors : "Dieu maudisse les gens de ce village ! Ils lâchent leurs chiens et attachent les pierres !"

Le royaume du rire *(Mamlakat ad-dahik)*, p. 328.

Des gens avaient parlé du *qyâm*[70]. Il y avait chez eux un bédouin. "Est-ce que tu t'adonnes au *qyâm*, la nuit ? lui demandèrent-ils. – Oui, par Dieu ! répondit-il. – Et que fais-tu ? – Je vais pisser et ensuite je retourne me coucher !"

Chroniques des sots et des nigauds
*(Akhbâr al-hamqâ wa l-mughaffalîn)*, p. 111.

On raconte qu'un homme avait épousé une femme qui accoucha dès le cinquième jour après le mariage. Il alla au marché et acheta une planche[71] et un encrier. "Qu'est-ce que c'est que ça ?" lui dit-on. Il répondit : "Quelqu'un qui naît au bout de cinq jours est bien capable d'aller à l'école coranique[72] au bout de trois !"

Les fleurs du printemps *(Zahr ar-rabî')*, p. 558.

Un bédouin dit à un autre : "Prête-moi vingt dirhams[73], et laisse-moi un délai d'un mois pour te rembourser... – Pour ce qui est des dirhams, je ne les ai pas. Quant au délai, je te donne une année !"

Les fleurs du printemps *(Zahr ar-rabî')*, p. 75.

On raconte qu'un homme a dit : "J'ai vu un homme tourner autour de la Ka'ba[74] portant un vieillard. «Sois bon avec lui ! lui dis-je. – Qui crois-tu qu'il est ? me demanda-t-il. – Ton père ou ton grand-père. – C'est mon fils. C'est le mauvais caractère de sa femme qui l'a mis dans cet état !»"

Les fleurs du printemps *(Zahr ar-rabî')*, p. 557.

Abû Sâlih al-Marvazi raconte ceci : "J'ai entendu Abû Wahb Mohammed ibn Muzâhim dire : «On a dit à Cha'bi[75] : "Nous avons honte du grand nombre de questions que l'on te pose auxquelles tu réponds : Je ne sais pas." Il répondit : "Mais les anges les plus proches de Dieu n'ont pas eu honte, quand ils ont été interrogés sur ce qu'ils ne savaient pas, de dire : Nous n'avons de savoir que ce que Tu nous as enseigné. Tu es l'Omniscient, le Sage[76]."»"

Le livre qui éclaire *(Al-Muzhir)*, p. 315, t. 2.

Mu'âwiya[77] était connu pour sa longanimité[78] et personne ne pouvait le mettre en colère[79]. Un homme prétendit qu'il y parviendrait. Il entra le voir et lui dit : "Je te demande de me donner ta mère en mariage ; elle a un gros cul[80] ! – C'est pour cela que mon père l'aimait ! rétorqua Mu'âwiya, et il dit au trésorier[81] : "Donne-lui mille dinars[82], qu'il s'achète une esclave avec !"

Les fleurs du printemps *(Zahr ar-rabî')*, p. 561.

Charîk ibn al-A'war[83] (le borgne) était entré voir Mu'âwiya[84]. Il était laid. Mu'âwiya lui dit : "Tu es laid ; le beau vaut mieux que le laid. Tu es «associé» *(charîk)* ; Dieu n'a pas d'associé[85]. Ton père est borgne *(a'war)* ; celui qui a des yeux sains vaut mieux que le borgne ! Comment as-tu pu être le seigneur[86] de ta tribu ?" L'autre répondit : "Tu es «Mu'âwiya» ; *mu'âwiya* [87] dans notre langue n'est rien d'autre qu'une chienne en chaleur qui aboie. Tu es fils de Sakhr[88] (rocher) ; la plaine vaut mieux que le rocher. Tu es fils de Harb[89] (guerre) ; la paix vaut mieux que la guerre. Tu es fils d'Umayya[90], diminutif de *ama* (esclave femme). Comment as-tu pu devenir notre «commandeur des croyants[91]» ?!" Et il sortit.

Les fleurs du printemps *(Zahr ar-rabî')*, p. 76.

Un homme avait dit à Farazdaq[92] : "Depuis quand sais-tu ce qu'est l'adultère ?" Il répondit : "Depuis que ta femme est morte !"

Les fleurs du printemps *(Zahr ar-rabî')*, p. 64.

Un poète avait fait l'éloge d'un gouverneur avare qui lui dit : "Je ne te donnerai pas d'argent, mais commets un délit ; je ne te punirai pas !!"

Les fleurs du printemps *(Zahr ar-rabî')*, p. 66.

Une prostituée était enceinte. Après avoir accouché, elle alla voir un savant traditionaliste[93] et lui dit : "Donne-moi un nom pour cet enfant ! – Appelle-le Ibn Kathîr[94] (le fils de beaucoup) !"

Les fleurs du printemps *(Zahr ar-rabî')*, p. 101.

Un homme avait épousé une femme qui eut un enfant au bout de cinq mois. Elle dit au père de l'enfant : "Donne-lui un nom !" Il répondit : "Son nom sera : Châtir (futé) parce qu'il a réussi à parcourir en cinq mois une distance qui en prend neuf."

Les fleurs du printemps *(Zahr ar-rabî')*, p. 101.

Des gens avaient présenté leur débiteur à un gouverneur en prétendant qu'il leur devait mille dirhams[95]. "Qu'as-tu à répondre ? demanda le gouverneur. – Ils ont dit vrai, mais je leur demande de m'accorder un délai pour vendre mon bien foncier, mes chameaux et mes moutons. Ensuite je les rembourserai." Ils dirent alors : "Gouverneur ! Il n'a rien de tout cela ! – Gouverneur ! répliqua l'homme. Tu as entendu comme ils ont porté témoignage de mon insolvabilité. Comment pourraient-ils me réclamer quoi que ce soit ?"

Les fleurs du printemps *(Zahr ar-rabî')*, p. 79.

Un homme avait vu, sur la route de La Mecque[96], une femme et l'avait suivie. "Qu'est-ce que tu veux ? lui dit-elle. – Ton amour m'a ravi le cœur ! – Si tu voyais ma sœur que voici !" Il se retourna mais ne vit personne. "Menteur ! conclut-elle. Si tu avais été sincère à mon égard, tu ne te serais pas retourné !"

Les fleurs du printemps *(Zahr ar-rabî')*, p. 84.

On raconte, à propos d'un homme d'esprit, qu'il avait fait l'éloge d'un gouverneur qui lui avait fait donner un bât d'âne et une sangle. L'homme les mit sur l'épaule et sortit. Un de ses amis l'ayant vu lui dit : "Qu'est-ce que c'est que cela ? – J'ai loué le gouverneur avec mes plus beaux vers et il m'a récompensé en me parant de ses plus beaux habits !"

Les fleurs du printemps *(Zahr ar-rabî')*, p. 336.

Un homme dit à un autre : "Tu nous prêtes un manteau pour y envelopper un mort ?"

Le meilleur des chroniques *('Uyûn al-akhbâr)*, p. 52, t. 4.

Walîd ibn Yazîd[97] était entré voir Hichâm[98] coiffé d'un turban en dentelle. Hichâm lui dit : "Pour combien as-tu acquis ton turban ? – Pour mille dirhams[99]. – Un turban, mille dirhams ?!!" s'écria Hichâm qui trouva cela cher. L'autre répondit : "Commandeur des croyants ! C'est pour couvrir l'extrémité la plus noble de ma personne. Toi, tu as acheté une esclave[100] dix mille dirhams pour la plus vile de tes extrémités !"

Les fleurs du printemps *(Zahr ar-rabî')*, p. 38.

Badîh[101] était le plus délicieux et le plus fin des hommes. Walîd ibn Yazîd[102] lui dit un jour : "Faisons des vœux. Je te battrai dans ce domaine. – Commandeur des croyants[103] ! C'est moi qui te battrai parce que je suis pauvre et que tu es calife[104]. L'homme ne fait de vœux que pour ce qu'il aspire à atteindre. Toi, tu as déjà réalisé tes espérances !"

Un homme avait demandé à des gens la main d'une femme. "Elle possède, lui dirent-ils, cinq propriétés, dix maisons, plus vingt mille dinars[105] et une grande quantité d'or et d'argent. Et toi, qu'est-ce que tu as ? – Par Dieu ! Si ce que vous avez dit est vrai, son bien nous suffira à tous les deux pour le restant de nos jours et au-delà !"

Facéties et bons mots de la littérature arabe
*(Tarâ'if wa nawâdir min al-adab al-'arabiy)*, p. 46.

On avait volé un âne à un bédouin. "On t'a volé ton âne ? lui demanda-t-on. – Oui. Grâce à Dieu ! – Pourquoi loues-tu Dieu ? – Pour ne pas m'être trouvé dessus !"

Le livre des perles *(Kitâb ad-darârî)*, p. 33.

Un de ses amis dit à Ach'ab[106] : "Si tu venais me voir cet après-midi pour que nous nous divertissions ? – J'ai peur qu'un fâcheux ne vienne nous déranger – Il n'y aura pas de tierce personne avec nous." Il partit alors avec moi.

Après avoir accompli notre prière de midi *(zuhr)*, je demandai qu'on nous apporte à manger lorsque quelqu'un frappa à la porte. "Tu vois ! Ce que je craignais est arrivé ! – C'est un ami qui se distingue par dix caractéristiques. Si une seule d'entre elles te déplaît, je ne l'autorise pas à entrer. – Vas-y ! Quelles sont-elles ? – La première est qu'il ne mange pas et ne boit pas... – Cela me suffit ! Je te fais grâce des neuf autres ! Dis-lui d'entrer !"

Le florilège des lettres *(Zahr al-âdâb)*, p. 171, t. 1.

Asma'i[107] raconte, le tenant de son père, que l'on avait amené à 'Abd al-Malik ibn Marwân[108] un homme qui était avec quelques-uns de ceux qui s'étaient révoltés contre lui. "Qu'on le décapite ! ordonna le calife – Commandeur des croyants[109] ! Ce n'est pas la récompense que j'attendais de toi ! – Quelle récompense ? – C'est uniquement dans ton intérêt que je me suis soulevé avec un tel. Je porte malheur. Chaque fois que je suis allé avec quelqu'un, il a été vaincu et défait. Tu as eu la preuve de la véracité de ce que je prétends. Je t'ai été plus utile que si tu avais eu cent mille hommes avec toi !" Le calife éclata de rire et le laissa partir.

Chroniques des gens intelligents *(Akhbâr al-adhkiyâ')*, p. 95.

Hajjâj[110] dit au précepteur de ses fils : "Apprends-leur la natation avant l'écriture ! Ils trouveront toujours quelqu'un pour écrire à leur place, mais personne pour nager pour eux !"

Le meilleur des chroniques *('Uyûn al-akhbâr)*, p. 159, t. 5.

Il nous est parvenu que Hajjâj, s'étant trouvé seul, un jour, loin de ses soldats, rencontra un bédouin à qui il dit : "Eh ! Honneur des Arabes[111] ! Comment est Hajjâj ?... – C'est un horrible tyran ! – Pourquoi ne pas t'en plaindre à 'Abd al-Malik[112] ? – Dieu le maudisse ! Il est encore pire que lui !" La troupe ayant rejoint Hajjâj, celui-ci ordonna : "Qu'on mette le bédouin en selle !" Une fois en selle, le bédouin demanda qui était l'homme. Les soldats lui répondirent : "C'est Hajjâj !" Alors, se rapprochant, par-derrière, du cheval du gouverneur, il lui souffla : "Eh, Hajjâj ! – Quoi donc ? – Le secret qui est entre toi et moi... personne ne doit le connaître !" Hajjâj éclata de rire et le laissa aller.

Le collier unique *(Al-'Iqd al-farîd)*, p. 477, t. 3.

La femme de Yazîd était enceinte. Elle lui dit – et il était laid : "Malheur à toi si mon enfant te ressemble !" Il répondit : "Et malheur à toi s'il ne me ressemble pas !"

Chroniques des gens intelligents *(Akhbâr al-adhkiyâ')*, p. 114.

'Abd Allah ibn Ja'far avait fait halte sous la tente d'une bédouine qui possédait une poule qu'elle avait élevée. Elle l'égorgea et la lui apporta en disant : "Abû Ja'far[113] ! C'est une poule que j'ai élevée, nourrie avec ma propre nourriture, que j'ai caressée la nuit comme si j'avais caressé ma propre fille. J'avais juré de l'enterrer dans l'endroit le plus noble qui soit. Trouvant que seul ton ventre pouvait être cet endroit béni, j'ai voulu l'y enterrer !"

'Abd Allah ibn Ja'far éclata de rire et lui fit donner cinq cents dirhams[114].

Le collier unique *(Al-'Iqd al-farîd)*, p. 478, t. 3.

On dit à Abû l-Hârith[115] : "As-tu déjà dépassé quelqu'un avec ta bête de somme ?" Il répondit : "Une fois j'étais avec une caravane. Nous étions entrés dans une ruelle étroite et sans issue. J'étais le dernier et quand ils ont fait demi-tour j'ai été le premier !"

Les fleurs du printemps *(Zahr ar-rabî')*, p. 355.

Maslama ibn 'Abd al-Malik[116] dit un jour à Nusayb[117] : "As-tu fait l'éloge d'un tel ? – Oui, je l'ai fait. – Et a-t-il déçu ton attente ? – Oui, il l'a fait. – Et tu n'as pas composé de satire contre lui ? – Non, je ne l'ai pas fait. – Et pourquoi ? – Parce que c'est moi qui aurais mérité d'être satirisé, plus que lui, pour l'avoir jugé digne de mes louanges !"

Le livre complet *(Al-Kâmil)*, p. 159, t. 2.

Un bédouin était allé à la mosquée et était entré avec le groupe des fidèles. L'imam[118] ayant récité : "Les bédouins sont les plus impies et les plus hypocrites[119]", le bédouin prit son bâton, en asséna un coup douloureux à l'imam et sortit de la mosquée. Puis il revint un autre jour.

L'imam récita : "Et parmi les bédouins, il en est qui croient en Dieu et au Jour dernier[120]."

Il s'écria alors : "Eh ! Bonhomme ! Le bâton t'a été bénéfique !"

Les fleurs du printemps *(Zahr ar-rabî')*, p. 405.

Un homme avait promis quelque chose à un autre, mais il avait atermoyé. L'autre lui dit : "Pourquoi m'as-tu fait «lanterner» ? – Par Dieu ! Je ne t'ai pas raconté d'histoires ; c'est ton espoir qui t'a trompé !"

Les réponses péremptoires *(Al-Ajwiba l-muskita)*, p. 100.

Un homme passait à Médine[121]. Une femme le bouscula. "Place ! Place ! lui dit-il. Vous êtes vraiment trop nombreuses !" Elle lui répondit : "Nous sommes nombreuses et vous êtes des «pédés» ; qu'est-ce que ce serait si nous étions en petit nombre !"

Les réponses péremptoires *(Al-Ajwiba l-muskita)*, p. 100.

Une femme de Homs[122] avait crié à son mari : "Espèce de fauché ! Cornard !" Il lui répondit : "Si ce que tu dis est vrai, l'un vient de Dieu et l'autre de toi !"

Conversations entre lettrés *(Muhâdarât al-udabâ')*, p. 140, t. 1.

Quand Hussayn[123] fut tué, un homme s'était mis en pleurant à voler ses bijoux à sa fille Fâtima[124]. "Qu'est-ce qui te fait pleurer ? lui demanda-t-elle. – De te voler. – Ne le fais pas, alors. – C'est un autre qui les prendrait !"

Les réponses péremptoires *(Al-Ajwiba l-muskita)*, p. 224.

Une bande de voleurs de grand chemin avait été prise et amenée devant le gouverneur. Un des hommes de la bande dit alors : “Je n’étais que leur chanteur ! – Chante !” ordonna le gouverneur. Et l’homme chanta : “N’interroge pas sur un homme mais sur qui est son ami – car chaque ami imite son ami[125]. – Tu as raison”, fit le gouverneur, et il ordonna qu’il soit exécuté avec les autres.

Facéties et bons mots de la littérature arabe *(Tarâ’if wa nawâdir min al-adab al-‘arabiy)*, p. 112.

On rapporte que Hajjâj[126] était sorti, un jour, en promenade. Ayant fini de se promener, et ses compagnons s’étant trouvés éloignés de lui, il se retrouva seul tout d’un coup face à un cheikh[127] des Banû ‘Ijl[128]. “Eh ! Cheikh ! Que penses-tu de Hajjâj ? – L’Irak[129] n’a jamais eu pire gouverneur que lui, que Dieu le Très-Haut l’enlaidisse lui et celui qui l’a nommé[130] ! – Tu sais qui je suis misérable ? Je suis Hajjâj !” Alors le cheikh de répliquer : “Et moi, tu sais qui je suis ? – Non. – Je suis un fou des Banû ‘Ijl. Je suis en crise deux fois par jour.” Hajjâj éclata de rire et lui fit donner un présent.

Les plus savoureux des bons mots et facéties *(Ahlâ n-nawâdir wa t-tarâ’if)*, p. 39.

Un homme avait offert un chien[131] à Ibn Jâmi‘ qui lui dit : “Comment s’appelle-t-il ? – Je ne sais pas.” Ibn Jâmi‘ demanda alors qu’on lui apporte un registre contenant des noms de chiens. Et il se mit à appeler l’animal de chaque nom jusqu’au moment où le chien lui répondit !

Le livre des chansons *(Kitâb al-aghânî)*, p. 278, t. 8.

On dit : “Plus funeste que Tuways[132] !” Ceci parce qu’il est né le jour où le messager de Dieu[133] – sur lui la prière et le salut – est mort, il a été sevré le jour de la mort d’Abû Bakr[134] – que Dieu l’agrée –, il a été circoncis[135] le jour où a été tué ‘Umar ibn al-Khattâb[136] – que Dieu l’agrée –, il s’est marié le jour où a été tué ‘Uthmân ibn ‘Affân[137] et il a eu un enfant le jour où ‘Alî ibn Abî Tâlib[138] – que Dieu l’agrée – a été tué. Voilà pourquoi on le considérait comme un porte-malheur.

Morts des hommes illustres *(Wafayât al-a‘yân)*, p. 173, t. 3.

Un homme dit à un autre : “Qui était le meilleur : Abû Bakr[139] ou ‘Umar[140] ? – ‘Umar ! répondit l’autre. – Et comment le sais-tu ? – Parce que quand Abû Bakr est mort ‘Umar est allé à ses obsèques alors que quand ‘Umar est mort Abû Bakr n’est pas allé aux siennes !”

Les plus savoureux des bons mots et facéties
*(Ahlâ n-nawâdir wa t-tarâ’if)*, p. 98.

Un bédouin avait assisté au repas d’un gouverneur. Quand on servit le dessert, l’une des friandises exposées était une *fâlûdhaj*[141]. Profitant d’un moment de distraction du gouverneur, le bédouin en avala une bouchée. Le gouverneur dit alors : “Celui qui mange de ceci, je lui fais couper la tête !”

Les personnes présentes s’abstinrent de manger. Le bédouin restait à regarder tantôt vers le gouverneur, tantôt vers la *fâlûdhaj*, puis il dit : “Gouverneur ! Je te confie mes enfants !” Et il se jeta sur le gâteau. Le gouverneur se mit à rire et lui fit donner un présent.

Conversations entre lettrés *(Muhâdarât al-udabâ’)*, p. 393, t. 1.

Mu'âwiya ibn Abû Sufyân[142] dit, un jour, à Ibn 'Abbâs[143] après que celui-ci fut devenu aveugle : "Vous les Banû Hâchim[144], combien souvent vous êtes aveugles !" Ibn 'Abbâs répliqua : "Et vous... Combien souvent vous manquez de clairvoyance !"

Facéties et bons mots de la littérature arabe *(Tarâ'if wa nawâdir min al-adab al-'arabiy)*, p. 115.

'Umar ibn al-Walîd[145] dit à Walîd ibn Yazîd[146] : "Tu aimes les esclaves femmes[147]. – Comment pourrais-je ne pas les aimer, elles qui engendrent des hommes comme toi !"

Le meilleur des chroniques *('Uyûn al-akhbâr)*, p. 9, t. 4.

Tandis que des gens étaient assis chez quelqu'un, à manger des poissons, voici qu'Ach'ab[148] s'annonça. L'une des personnes présentes s'écria : "Avec Ach'ab on peut faire notre deuil du repas ! Mettez à l'abri ces grands poissons dans un coin. Il mangera les petits avec nous." Les autres s'exécutèrent, et on le fit entrer. "Que penses-tu des poissons ? lui demandèrent-ils. – Mon Dieu ! Je nourris contre eux une profonde rancune parce que mon père est mort en mer, dévoré par les poissons ! – Vas-y ! Venge ton père !" Il s'assit et avança la main vers un petit poisson qu'il colla contre son oreille en regardant vers le coin où se trouvaient les gros poissons et dit : "Savez-vous ce que me dit ce poisson ? – Non... – Il dit qu'il n'a pas participé à la mort de mon père, qu'il était trop jeune pour l'avoir connu et que je devrais m'en prendre à ces gros poissons, dans le coin de la pièce, qui eux ont connu mon père et l'ont dévoré !"

Les plus savoureux des bons mots et facéties *(Ahlâ n-nawâdir wa t-tarâ'if)*, p. 100.

Un riche avare avait entendu le prêcheur[149] du vendredi faire l'éloge de la charité et de la bienfaisance dans son sermon et y inciter les fidèles. Il se dit alors : "Par Dieu ! Voilà un sermon qui donne envie de tendre la main et de mendier !"

Le royaume du rire *(Mamlakat ad-dahik)*, p. 27.

Il y avait à Médine[150] un aveugle dont la *kunya* [151] était Abû 'Abd Allah. Un jour, il était allé se laver dans une source et y était entré tout habillé. On lui cria : "Tes vêtements !!" Il répondit : "Je préfère qu'ils soient mouillés sur moi plutôt que de sécher sur quelqu'un d'autre."

Le collier unique *(Al-'Iqd al-farîd)*, p. 446, t. 6.

On évoquait devant un bédouin la question des enfants et de leur utilité. "Donnez-moi une femme pour épouse, dit-il, je lui ferai un fils à qui j'enseignerai l'équitation, tellement bien qu'il gagnera tous les paris, le tir à l'arc au point d'atteindre toujours sa cible, et la poésie au point de damer le pion aux plus grands poètes !" Ils le marièrent à une femme qui lui donna... une fille !

Le collier unique (*Al-'Iqd al-farîd)*, p. 482, t. 3.

'Imrân ibn Hittân[152] avait regardé sa femme qui était une des plus belles femmes qui soient et lui un des hommes les plus laids. "Toi et moi, lui dit-il, nous irons au Paradis, si Dieu le veut ! – Comment cela ? – On m'a donné une femme comme toi et je Lui en ai rendu grâce, et on t'a donné un homme comme moi et tu l'as supporté avec constance !"

Le collier unique *(Al-'Iqd al-farîd)*, p. 109, t. 6.

Un des compagnons de Yazîd ibn al-Muhallab ibn Abî Sufra[153] lui dit : "Pourquoi n'as-tu pas de maison à toi ? – Qu'en ferais-je ? répondit-il. J'ai une maison toujours prête… – Où est-elle ? – Si je suis en charge d'un gouvernement, c'est celle du gouverneur, et si je suis destitué, c'est la prison !"

Morts des hommes illustres *(Wafayât al-a'yân)*, p. 337, t. 5.

On raconte qu'un sage avait un fils qui lui dit un jour : "Père, pourquoi, toi qui es plein de raison, te laisses-tu critiquer pour certaines choses ? Si tu t'abstenais de le faire, tu n'alimenterais pas les critiques. – Mon fils ! Tu es bien jeune et sans expérience ! Satisfaire les gens est un objectif inaccessible. Je vais t'en faire la démonstration."

Cet homme avait un âne. Il dit à son fils : "Grimpe sur cet âne, moi, je te suivrai à pied !"

Tandis qu'il était ainsi, un homme les vit et s'écria : "Regardez-moi ça ! Quel peu d'éducation a ce freluquet ! Lui, il est sur l'âne et, son père, il le laisse marcher !" Le père dit à son fils : "Bon ! Descends ! Je vais prendre ta place. C'est toi qui marcheras derrière moi." Une autre personne dit alors : "Voyez le peu de compassion qu'a cet individu ! Il est assis sur le dos de l'âne et laisse son fils aller à pied !" Le sage dit à son fils : "Monte à côté de moi !" Une troisième personne intervint : "Que Dieu accable ces deux-là ! Voyez comme ils écrasent ce pauvre âne du poids de leurs deux corps ! Un seul aurait suffi !" Alors le père dit : "Descendons !" Ils marchèrent derrière l'âne qui n'avait donc plus personne sur le dos. Un homme les vit et s'écria : "Mon Dieu ! Voyez ces idiots qui laissent leur âne sans fardeau et marchent derrière lui !" "Tu as entendu, mon fils, tout ce que ces gens ont dit ? Tu as compris, maintenant, que personne ne peut échapper à la critique, quoi qu'il fasse !"

Les analectes *(Nafh at-tîb)*, p. 93, t. 3.

Rabî'a parlait beaucoup. Il disait : "Celui qui se tait est entre celui qui dort et celui qui est muet... Un jour, il parlait dans son *majlis* [154] quand un homme du désert entra. Il resta là, longtemps, à écouter ses paroles. Rabî'a, pensant que son discours lui avait plu, lui dit : "Eh ! Bédouin ! L'éloquence[155], qu'est-ce que c'est pour vous ? – La concision, avec la justesse du sens. – Et la faiblesse d'élocution ? – C'est ce que tu fais depuis le début !" Rabî'a, vexé, en rougit.

Morts des hommes illustres *(Wafayât al-a'yân)*, p. 50, t. 2.

On raconte qu'un homme qui était entré chez Cha'bi[156] alors que celui-ci était avec sa femme dans la maison demanda : "Lequel de vous deux est Cha'bi ? – Celle-ci !" répondit Cha'bi.

Morts des hommes illustres *(Wafayât al-a'yân)*, p. 227, t. 2.

Hajjâj[157], ayant eu un mal de tête, envoya chercher Théodoque[158] qui lui dit : "Lave-toi les pieds à l'eau chaude et enduis-les de pommade !" Un eunuque de Hajjâj qui était là, près de lui, s'écria : "Par Dieu ! Je n'ai jamais vu médecin moins connaisseur de son art que toi ! Le gouverneur s'est plaint d'un mal de tête et tu lui prescris un remède pour ses pieds ! Quel rapport entre les deux ? – Tu es la preuve vivante qu'il y en a un. – Lequel ? demanda l'eunuque. – Eh bien, on t'a coupé les «couilles» et les poils de ta barbe sont tombés !" Hajjâj et tous ceux qui étaient là éclatèrent de rire.

Le meilleur des nouvelles *('Uyûn al-anbâ')*, p. 33, t. 2.

Un bédouin avait reproché à son fils que sa mère fût une esclave. Le fils répondit : "Par Dieu ! Elle vaut mieux que toi parce qu'elle a fait le bon choix de m'avoir eu d'un homme libre alors que toi tu as fait le mauvais choix de m'avoir eu d'une esclave !"

Facéties et bons mots *(Tarâ'if wa nawâdir)*, p. 147.

On raconte que Jarîr[159], monté sur une mule, était passé près d'un groupe de femmes en train de laver du linge. La mule fit un pet et les femmes éclatèrent de rire. "Ne savez-vous pas que toute femelle qui me porte fait ce qu'a fait cette mule ?" dit Jarîr. L'une des femmes répondit : "Eh bien ! Qu'est-ce que cela a dû être pour ta mère qui t'a porté pendant neuf mois !!"

Choix de bons mots et de chroniques
*(Al-Mukhtâr min an-nawâdir wa l-akhbâr)*, p. 105.

Un homme était assis au milieu du cercle[160] d'un juriste[161]. Il gardait le silence. "Pourquoi ne dis-tu rien ? lui demanda l'une des personnes présentes. – Quand le jeûneur rompt-il le jeûne[162] ? lança-t-il alors. – Au coucher du soleil. – Et s'il ne se couche qu'à minuit ?" Le juriste se moqua alors de l'homme et lui dit : "Tu as eu raison de te taire et tu as eu tort de répondre à l'invitation de parler !"

Chroniques des sots et des nigauds
*(Akhbâr al-hamqâ wa l-mughaffalîn)*, p. 85.

On demanda à Ach'ab[163] : "Quel est le plus beau des chants ?" Il répondit : "Le crépitement de la poêle !"

Notre littérature qui rit *(Adabunâ d-dâhik)*, p. 36.

Bilâl, fils de Jarîr[164], raconte : "Ayant dit à mon père : «Père, jamais tu n'as satirisé une tribu sans l'avoir rabaissée, à part les

Banû Lajâ'[165].» Il me répondit : «Parce que je n'ai trouvé chez eux ni noblesse à rabaisser ni édifice à détruire !»"

Le collier unique *(Al-'Iqd al-farîd)*, p. 371, t. 5.

Un bédouin avait prononcé un sermon et dit : "Dieu a créé les cieux et la terre en six mois. – En six jours[166], lui dit-on. – Par Dieu ! C'est ce que je voulais dire, mais j'ai trouvé que c'était un peu court !"

Chroniques des sots et des nigauds
*(Akhbâr al-hamqâ wa l-mughaffalîn)*, p. 88.

On raconte qu'Ach'ab[167] était passé, un jour, à côté de garnements qui s'étaient moqués de lui. "Misérables ! leur cria-t-il. Allez donc voir Sâlim ibn 'Abd Allah ! Il distribue des dattes !"

Les gosses détalèrent en courant et Ach'ab avec eux, en se disant : "Après tout, qui sait ? C'est peut-être vrai !"

Les fleurs du printemps *(Zahr ar-rabî')*, p. 50.

On raconte qu'un juriste[168] de la campagne avait voulu être nommé dans un tribunal. Le juge lui ayant demandé s'il savait le Coran par cœur[169], il répondit : "Oui, et j'ai un magnifique Coran de la main de l'auteur[170] !"

Notre littérature qui rit *(Adabunâ d-dâhik)*, p. 248.

'Amr ibn al-'Âs[171] dit à Mu'âwiya[172] : "Jamais je ne me suis mis dans une situation sans en être sorti." Mu'âwiya répondit : "Moi, je ne me mets jamais dans une situation telle que je cherche à en sortir !"

Les réponses péremptoires *(Al-Ajwiba l-muskita)*, p. 11.

Abû Wâthiba Iyyâs ibn Mu'âwiya al-Muzani[173] avait dit à Khâlid ibn Safwân[174] : "Il ne convient pas que nous soyons réunis dans un même *majlis*[175]." Khâlid lui demanda : "Comment cela, Abû Wâthiba ? – Parce que tu n'aimes pas te taire et que moi je n'aime pas écouter !"

Le livre complet *(Al-Kâmil)*, p. 44, t. 2.

Un Médinois avait été aperçu, un jour de grand froid, sur la tombe d'un homme connu pour sa débauche. "Qu'est-ce que tu fais là ?" lui demanda-t-on. Il répondit : "Je me réchauffe à son feu[176] !"

Le printemps des justes *(Rabî' al-abrâr)*, p. 177, t. 1.

On dit à Ach'ab[177] : "Jusqu'où va ta cupidité ?" Il répondit : "Jamais je n'ai vu de mariée conduite en cortège nuptial[178] sans avoir pensé qu'elle était pour moi, ni vu de funérailles sans avoir pensé que le mort ne m'avait légué quelque chose !"

Appendice au florilège des lettres *(Dhayl zahr al-âdâb)*, p. 205.

Un homme écrivit à son père qui s'était absenté : "Nous allons bien. Après ton départ, il ne nous est rien arrivé de fâcheux sinon qu'un mur est tombé, tuant ma mère, ma sœur et deux servantes[179] ; mais moi, le chat et l'âne sommes sains et saufs !"

Les fleurs du printemps *(Zahr ar-rabî')*, p. 337.

Mughîrâ ibn Chu'ba[180] raconte : "Jamais personne ne m'a floué comme l'a fait un jeune homme des Banû l-Hârith ibn Ka'b[181]. J'avais demandé la main d'une femme de cette tribu. Or, j'avais chez moi un jeune homme de cette même tribu. M'ayant bien écouté, il me dit : «Gouverneur ! Tu n'as rien de bon à attendre de cette femme ! – Eh ! Mon neveu[182] ! Qu'a-t-elle donc ? – J'ai vu un homme l'embrasser[183] !» J'ai donc renoncé à elle. Or, j'appris plus tard que le jeune homme l'avait épousée. Je lui envoyai un messager lui dire : «Tu ne m'avais pas affirmé avoir vu un homme l'embrasser ?» Il répondit : «Oui : son père !»"

Les plus savoureux des bons mots et facéties
*(Ahlâ n-nawâdir wa t-tarâ'if)*, p. 28.

Abû 'Alqama le grammairien montait un mulet. S'étant arrêté devant un ami, celui-ci lui dit : "Eh ! Abû 'Alqama ! Quelle qualité a ton mulet, à part sa belle apparence ? – Comment ?! Tu ne sais pas ?! – Non. – Eh bien ! Une fois, j'étais sur son dos en Egypte et d'un bond il m'a transporté en Palestine[184]. Une deuxième fois jusqu'au Jourdain. La troisième fois, jusqu'à Damas[185]."

Son ami lui dit alors : "Tu devrais demander aux tiens de l'enterrer avec toi : peut-être qu'il te transporterait d'un bond au Paradis !"

Les plus savoureux des bons mots et facéties
*(Ahlâ n-nawâdir wa t-tarâ'if)*, p. 32.

La femme d'Akhtal[186] était enceinte. Akhtal, très grand poète chrétien, était très attaché à sa religion.

L'évêque[187] étant passé, un jour, il dit à sa femme : "Rattrape-le et touche-le pour t'attirer sa bénédiction !" Elle courut derrière lui mais ne put attraper que la queue de son âne et la toucher. Puis elle revint et raconta ce qui s'était passé. "Lui ou la queue de son âne, c'est pareil !" la rassura Akhtal.

Un homme demanda à l'imam Châfi'i[188] : "Si j'ôte mes vêtements et que j'entre dans un cours d'eau pour me laver, est-ce que je dois me tourner vers la *qîbla*[189] ou m'orienter vers une autre direction ? – Tourne-toi vers tes vêtements pour éviter qu'on ne te les vole !"

Un riche avare dit à son serviteur[190] : "Apporte le repas et ferme la porte ! – Maître ! fit le serviteur. C'est une erreur ! – Comment cela ? – Dis plutôt : Ferme la porte et apporte le repas !" Alors le maître s'écria : "Pour l'amour de Dieu, je t'affranchis !"

Joyaux réunis *(Jam' al-jawâhir)*, p. 308.

Un homme dit à Ach'ab[191] : "Ton père avait une grande barbe. Toi tu n'as pas un poil sur le visage. A qui ressembles-tu ? – A ma mère !!"

Morts des hommes illustres *(Wafayât al-a'yân)*, p. 40.

Abû l-Khandaf avait répudié[192] sa femme qui lui dit : "Comment ?! Abû l-Khandaf ! Tu me répudies après cinquante années passées ensemble ? – C'est la seule chose que je te reproche !!"

Le royaume du rire *(Mamlakat ad-dahik)*, p. 216.

Un bédouin avait sollicité 'Abd al-Malik[193] qui lui répondit : "Demande à Dieu ! – Je l'ai fait et Il m'a adressé à toi." Le calife éclata de rire et lui donna ce qu'il avait demandé.

Le royaume du rire *(Mamlakat ad-dahik)*, p. 48.

Ibn al-Madîni, à l'époque de la *'asabiya*[194], était allé en Azerbaïdjan[195] où il était tombé entre les mains de cavaliers. Il se dit : "Ils vont immédiatement me demander qui je suis. Si je leur dis que je suis modarite[196] et que ce sont des Yéménites[197], ou que je suis yéménite et qu'ils sont modarites, ils risquent de me tuer ! – Eh ! Bonhomme ! lui lancèrent-ils. De quelle tribu es-tu ?" Il répondit : "Je suis un fils de pute." Ils se moquèrent de lui et le laissèrent aller.

Joyaux réunis *(Jam' al-jawâhir)*, p. 19.

On raconte qu'un homme s'était "oublié" chez Mu'âwiya[198]. "Calife des musulmans ! Garde cela pour toi ! implora-t-il. – Bien sûr !" fit Mu'âwiya. Mais des gens étant réunis chez le calife, celui-ci dit : "Savez-vous qu'un tel s'est oublié ?" L'homme dit alors : "Mu'âwiya ! Quelqu'un à qui on ne peut pas se fier à propos d'un pet ne mérite pas qu'on lui accorde sa confiance pour la conduite de la communauté[199] !" Mu'âwiya en rougit de honte.

Les fleurs du printemps *(Zahr ar-rabî')*, p. 335.

Hichâm ibn 'Abd al-Malik[200] s'était rendu en pèlerinage[201] à la Maison sacrée de Dieu[202]. Etant entré dans l'enceinte sacrée[203], il dit : "Amenez-moi un compagnon du Prophète[204] !" On lui répondit : "Commandeur des croyants[205] ! Ils sont tous morts ! – Alors un homme qui a vécu avec les partisans[206] du Prophète !" On lui amena Tâwûs le Yéménite[207]. Celui-ci entra, ôta ses sandales[208] sur le bord de son tapis, sans saluer le calife du titre de commandeur des croyants ni l'appeler par sa *kunya*[209], puis il s'assit à côté de lui, sans sa permission et dit : "Comment va, Hichâm ?" Le calife en fut si irrité qu'il faillit le faire exécuter, mais on lui dit : "Commandeur des croyants ! Tu es dans l'enceinte sacrée de Dieu et de Son Messager[210] – sur lui soient la prière et le salut –, tu ne peux pas faire cela." Hichâm dit alors : "Tâwûs ! Qu'est-ce qui t'a pris d'agir comme tu l'as fait ? – Qu'est-ce que j'ai fait ? – Eh bien ! Tu as ôté tes sandales sur le bord de mon tapis, tu ne m'as pas salué de mon titre ni appelé par ma *kunya*, tu t'es assis en face de moi sans ma permission, en disant : «Comment va, Hichâm ?»" Tâwûs répondit : "Pour ce qui est d'avoir ôté mes sandales sur le bord de ton tapis, je les ôte devant le Seigneur tout-puissant cinq fois[211] par jour. Tu n'as aucun reproche à me faire ni aucune raison de m'en vouloir. Pour ce qui est de ne pas t'avoir salué du titre de «commandeur des croyants», c'est que les croyants n'étant pas tous satisfaits de ton gouvernement j'aurais risqué de mentir[212]. Enfin, quand tu as dit que je ne t'avais pas appelé par ta *kunya*, je te rappelle que Dieu – qu'Il soit exalté – a appelé Ses prophètes par leurs noms en disant simplement : «David, Jean, Jésus[213]...»"

Les fruits des feuillets *(Thamarât al-awrâq)*, p. 96.

Jarîr[214] a dit, à propos de l'avarice de 'Îsâ ibn Mansûr : "Il est si avare que, s'il le pouvait, il ne respirerait que d'une seule narine."

Recueil *(Dîwân)* de Jarîr

Ach'ab[215] était en compagnie du gouverneur Abân ibn 'Uthmân ibn 'Affân[216]. Un homme arriva qui conduisait un chameau. Ach'ab l'invita dans le *majlis*[217] du gouverneur, en lui indiquant que celui-ci convoitait son chameau. Ach'ab confia, ensuite, à l'homme de la steppe, sous le sceau du secret, qu'il paierait cent dinars[218] pour ce chameau bien qu'il n'en valût, en réalité, que dix, mais qu'il lui donnerait cette somme, non en espèces, mais sous la forme de certains objets et vêtements appartenant au gouverneur. Le bédouin en parut satisfait. Quelques instants plus tard, Ach'ab revint vers lui, portant dans les mains un turban déchiré et usé en disant : “C’est le turban avec lequel le gouverneur assiste aux fêtes !” Et il demanda au secrétaire[219] d’en consigner la valeur qui était de cinquante dinars. Puis il sortit un bonnet[220] sale et déchiré qu’il évalua à trente dinars parce que étant celui du gouverneur. Enfin, il exhiba une pantoufle trouée, prétendant qu’elle était au gouverneur, et qu’il évalua à quarante dinars. Il demanda alors au bédouin de prendre ces effets et de lui rembourser vingt dinars !

Le livre des chansons *(Kitâb al-aghânî)*, p. 102-103, t. 17.

Mu‘âwiya ibn Marwân[221] attendait, à Damas[222], ‘Abd al-Malik[223] devant la porte d’un meunier. L’âne de celui-ci tournait la meule et avait au cou une clochette. Mu‘âwiya dit au meunier : “Pourquoi as-tu mis cette clochette au cou de l’âne ?” L’autre répondit : “Si jamais je suis pris de lassitude ou de somnolence, si je n’entends pas le son de la clochette, je saurai que l’âne s’est arrêté, et je crierai après lui. – Mais as-tu pensé, répliqua Mu‘âwiya, qu’il pourrait s’arrêter et hocher la tête avec la clochette ? Comment saurais-tu qu’il s’est arrêté ?” Le meunier répondit : “Comment pourrais-je avoir un âne aussi intelligent que le prince ?!!”

Le collier unique *(Al-‘Iqd al-farîd)*, p. 157, t. 6.

Ach‘ab[224] dit un jour : “J’ai fait un rêve dont une moitié était vraie, l’autre imaginaire. – Comment cela ?” lui dit-on. Il répondit : “Je me suis vu portant une bourse. Elle était tellement lourde que j’en ai fait dans mes vêtements. Je me suis alors réveillé et j’ai constaté la présence de la merde, mais aucune trace de bourse !”

Le collier unique *(Al-‘Iqd al-farîd)*, p. 431, t. 6.

Jarîr[225] était allé, en compagnie d'un homme, voir son père 'Atiya[226]. Celui-ci, sous une tente, avait pris une chèvre, l'avait attachée et s'était mis à en sucer le pis. Jarîr lui cria : "Eh ! Père ! Sors !" Sortit un vieillard laid et déguenillé, la barbe dégoulinante du lait de la chèvre. Jarîr dit à l'homme : "Tu vois ce vieillard ? – Oui. – C'est mon père. Il était en train de boire à même le pis de la chèvre de peur que quelqu'un, entendant le bruit de la traite, ne risque de lui demander du lait !!"

Les fleurs du printemps *(Zahr ar-rabî')*, p. 75.

Des gens avaient fait de quelqu'un leur imam pour la prière[227]. Ils le nourrissaient surtout de pain et de sauce au vinaigre. La chose ayant commencé à lui peser, il commença la prière, un soir, par la *Fâtiha*[228] puis récita : "O vous qui croyez, craignez Dieu et ne donnez pas à manger à votre imam de la sauce au vinaigre, mais de la viande ou, à défaut, de la graisse ; et si vous ne trouvez pas de graisse, des œufs. Celui qui ne fera pas cela subira un dommage et une perte certaine !" Puis il récita, au moment de la deuxième génuflexion[229], après la *Fâtiha* : "Et si vous ne trouvez pas d'œufs, alors du poisson, sinon du lait. Celui qui ne fera pas cela sera dans le plus grand égarement !" Comme il avait terminé la prière, on lui dit : "Dans quelle sourate y a-t-il tout cela ?" Il répondit : "Dans la sourate de la Table[230] !"

On raconte, à propos de Ma'n ibn Zâ'ida ach-Chaybâni[231], qu'on lui avait amené un groupe de prisonniers. Il allait les faire passer au fil de l'épée quand l'un d'eux s'écria : "Gouverneur ! Nous sommes tes prisonniers. Nous avons faim et soif. Ne nous impose pas, à la fois, la faim, la soif et la mort !" Il leur fit donner à manger et à boire. Ils mangèrent et burent sous les yeux de Ma'n. Quand ils eurent fini, l'homme dit : "Seigneur ! Nous étions tes prisonniers, mais maintenant nous sommes tes hôtes[232] ! – Je vous fais grâce !" conclut Ma'n.

Les fruits des feuillets *(Thamarât al-awrâq)*, p. 44.

On raconte que Walîd ibn 'Abd al-Malik[233] faisait des fautes de langage et était faible en grammaire. Un bédouin[234] étant entré le voir et s'étant dit apparenté à lui par un gendre à lui, Walîd lui demanda : *"Man khatanaka ?"* (En mettant un *a* au-dessus du *n*, c'est-à-dire : "Qui t'a circoncis[235] ?") "Un médecin", répondit le bédouin. Alors Sulaymân[236], le frère de Walîd intervint et dit : "Le commandeur des croyants[237] a voulu dire : *«Man khatanouka ?»"* (En mettant un *ou* au-dessus du *n*, c'est-à-dire : "Qui est ton gendre ?") Le bédouin répondit : "Très bien !" Et il donna le nom de son gendre. 'Abd al-Malik[238] se mit alors à réprimander vertement son fils pour ses fautes de langage et dit : "Quelqu'un qui ne possède pas parfaitement la langue des Arabes ne mérite pas de les gouverner !"

Histoire brève des dynasties *(Ta'rîkh mukhtasar ad-dual)*, p. 113.

Un homme dit à un bédouin : *"Kayfa ahlikou ?"* (C'est-à-dire : Comment vais-je mourir ?) Or il voulait dire : *"Kayfa ahlouka ?"* (C'est-à-dire : Comment vont les tiens ?) Le bédouin répondit : *"Salban"* (c'est-à-dire : crucifié[239]), croyant que l'autre lui avait demandé de quelle façon il allait mourir !

Le meilleur des chroniques *('Uyûn al-akhbâr)*, p. 157, t. 5.

Ach'ab[240] ibn Joubayr al-Madani raconte ceci : "Une jeune servante était venue me voir avec un dinar[241] en me disant : «Je viens faire ce dépôt auprès de toi.» Je mis la pièce entre les plis du sommier. Elle revint quelques jours plus tard pour contempler son dinar. Je lui dis : «Soulève le sommier et prends son enfant !» En effet, j'avais placé à côté du dinar un dirham[242]. Délaissant le dinar, elle prit le dirham. Quelques jours après, elle revint et trouva, à côté du dinar, un autre dirham. Elle le prit et revint une troisième fois. A la quatrième fois, elle me trouva en pleurs. «Qu'est-ce qui te fait pleurer ? me dit-elle. – Le dinar… il est mort en couches !! – Comment un dinar pourrait-il accoucher ? – Ah ! Espèce de sotte ! Quand il s'agit de la mise au monde tu me crois, mais pas quand il s'agit de l'accouchement !»"

Les morts oubliées *(Fawât al-wafayât)*, p. 38.

Un bédouin était entré voir Yazîd ibn al-Muhallab[243] qui était sur son lit avec des gens répartis en deux rangées[244] autour de lui. "Comment va le gouverneur ? demanda-t-il. – Comme tu veux ! répondit Yazîd. – Si c'était comme je veux, tu serais à ma place et moi à la tienne !!"

Facéties et bons mots de la littérature arabe
*(Tarâ'if wa nawâdir min al-adab al-'arabiy)*, p. 158.

Quelqu'un raconte : "J'ai vu un muezzin[245] appeler à la prière puis courir : «Où vas-tu ?» lui dis-je. Il me répondit : «J'aimerais savoir jusqu'où porte ma voix !»"

Chroniques des sots et des nigauds
*(Akhbâr al-hamqâ wa l-mughaffalîn)*, p. 103.

Un chanteur avait chanté pour Jamal[246] al-Misri, un jour. Mais celui-ci n'en avait ressenti aucune émotion esthétique[247]. Alors le chanteur lui dit : "Abû 'Abd Allah[248] n'est sensible qu'au chant du chamelier[249]."

Les réponses péremptoires *(Al-Ajwiba l-muskita)*, p. 212.

Un jour, une dispute ayant éclaté entre A'mach[250] et sa femme, il appela un homme pour les réconcilier. L'homme dit à la femme : "Ne fais pas attention à ses petits yeux chassieux ni à ses jambes frêles. C'est un imam[251] de grande valeur ! – Dieu te confonde ! lança A'mach. Tu n'as cherché qu'à accentuer mes tares à ses yeux !"

Morts des hommes illustres *(Wafayât al-a'yân)*, p. 137, t. 2.

Un chrétien était devenu musulman et avait commis un acte répréhensible. Un Médinois[252] lui dit : "Voyez-moi ce type qui a mécontenté le Christ et déplu à Mohammed – sur lui soient la prière et le salut[253] !"

Les réponses péremptoires *(Al-Ajwiba l-muskita)* p. 183.

Sulaymân ibn 'Abd al-Malik[254] avait écrit à 'Uthman ibn Hayyân al-Murri[255] : "Fais le recensement des efféminés[256] : *ihsi l-mukhannathîn !*" Mais un point ayant été mis, par inadvertance, sur le *hâ* (ce qui donna, en arabe : *ikhsi l-mukhannathîn* : castre les efféminés !), il les prit et les castra[257] !

Joyaux réunis *(Jam' al-jawâhir)*, p. 51.

Hajjâj[258] avait dit à un kharijite[259] : "Par Dieu ! Comme je vous hais !" Le kharijite avait répondu : "Que Dieu fasse entrer au Paradis celui de nous deux qui a le plus de haine pour l'autre !"

Les fleurs du printemps *(Zahr ar-rabî')*, p. 87.

Un borgne se tenait derrière un imam[260] lors de la prière. Celui-ci avait récité : "Ne lui avons-nous pas donné des yeux." Le borgne s'écria : "Non ! Par Dieu ! Un seul... Tu mens !"

Les fleurs du printemps *(Zahr ar-rabî')*, p. 352.

Hajjâj avait appris qu'un sage s'était assis dans un vignoble qui lui appartenait. Quand les gens assis autour de lui évoquèrent Hajjâj, le sage dit : "Mon Dieu ! Noircis son visage, coupe-lui le cou et abreuve-moi de son sang !" Hajjâj le fit venir pour lui infliger un châtiment exemplaire et l'interrogea sur le sens de ses propos. L'homme répondit : "Je parlais du raisin. Quand il noircit, c'est qu'il est mûr et doux, alors on lui coupe le cou, c'est-à-dire ses grappes puis on le presse pour en boire[261], c'est-à-dire de son sang !" Et Hajjâj lui fit grâce.

Un calife[262] dit à un homme : "Quel est ton nom ?" Il répondit : "Braise *(jamra)*. – Fils de qui ? – Fils d'Etoile filante *(ibn chihâb)*. – De quelle tribu ? – De la brûlure *(al-hurqa)*. – Et où habites-tu ? – Dans le désert de feu *(harrat an-nâr)*. – Lequel ? – Celui qui a des flammes *(dhât lazâ)*. – Va rejoindre les tiens avant qu'ils ne soient consumés !"

Ach'ab[263] raconte : "Ma mère m'avait mis en apprentissage chez un marchand de tissu. Elle me demanda, un an après : "Où en es-tu ? – A mi-chemin, répondis-je. – Comment cela ? – J'ai appris à dérouler le tissu, il me reste à apprendre à le plier !"

Le florilège des lettres *(Zahr al-âdâb)*, p. 172, t. 1.

Hichâm ibn 'Abd al-Malik[264] dit à Zayd ibn 'Alî[265], que Dieu l'agrée : "J'ai appris que tu aspirais au califat[266] alors que tu n'en es pas digne, étant le fils d'une esclave[267] !" Zayd répondit : "Ismaël[268] était le fils d'une esclave[269] et Ishâq[270] celui d'une femme libre[271], et Dieu le Très-Haut a fait sortir de ses lombes le meilleur des fils d'Adam[272]."

Le meilleur des chroniques *('Uyûn al-akhbâr)*, p. 213, t. 1.

# IV

# LA PÉRIODE ABBASSIDE

En 750 de l'ère chrétienne, la dynastie omeyade fut remplacée par la dynastie abbasside du nom de son fondateur : Abû l-'Abbâs dit as-Saffâh, le Sanguinaire, qui régna de 750 à 754.

Les Abbassides installèrent leur capitale à Bagdad, tournant le dos à l'influence de Byzance et de la Méditerranée. Le choix de cette ville continentale, asiatique et proche de la Perse, a façonné la vie politique, sociale, économique et culturelle de l'empire musulman pendant des siècles.

Un brassage inédit de races, de langues, de croyances et de traditions diverses a transformé cet empire en un gigantesque creuset où s'est épanouie et développée une société de plus en plus éloignée de ce qu'elle avait été du temps des Omeyades de Damas.

Les non-Arabes ou 'Ajam avaient acquis une place de plus en plus importante dans tous les secteurs de la vie. L'élément purement arabe se trouva noyé dans un flot grandissant d'étrangers qui finirent par constituer le principal tissu de la société abbasside. On comptait parmi ces non-Arabes des ministres, des juges, des secrétaires, des poètes, des musiciens, des penseurs, des religieux, des commerçants, des chefs de guerre, des gouverneurs...

Une telle situation ne pouvait engendrer qu'un conflit, parfois sanglant, entre les Arabes et les 'Ajam, essentiellement des Perses qui rêvaient de prendre leur revanche sur les conquérants venus d'Arabie, de Syrie et de Mésopotamie. La rivalité, pour ne pas dire l'hostilité qui a opposé les tenants des deux bords et qui a porté le nom de *chu'ûbiya*, s'est manifestée dans tous les domaines.

A cela s'est ajouté, tout au long du VIIIe siècle, une compétition inter-arabe, la *'asabiya* ou "esprit de corps", entre les représentants des deux grands groupements ethniques arabes : les Modarites, dans le Nord de la péninsule, descendants d'Ismaël, et les Yéménites, dans le Sud, descendants de Qahtân.

Toute l'histoire de l'Empire abbasside dont la dynastie régnante s'est éteinte, véritablement, avec le calife Muta'sim Billah lors du sac de Bagdad en 1258 par Houlagou, le petit-fils de Genghis Khan, a été traversée par de très nombreux courants de pensée, de croyances et de modes de vie d'une richesse et d'une complexité que n'avaient pas connues les Omeyades.

De toutes les périodes de la civilisation arabe c'est, sans doute, celle des Abbassides qui a été la plus brillante.

Dans un climat ouvert aux diverses cultures, une littérature nouvelle s'est constituée, alimentant une véritable guerre des Anciens et des Modernes, puristes contre novateurs, dévots contre libertins et libres penseurs.

Dans cette société ballottée, sans cesse, par des courants contraires se sont épanouis un esprit particulièrement caustique, un goût invétéré de la plaisanterie et des bons mots. La facétie a pris une place considérable dans l'existence des sujets de l'empire, devenant un moyen pour toutes les couches sociales et surtout les classes déshéritées de transcender leur condition en s'exprimant sur le ton de la dérision et de la moquerie.

Partout, le rire était présent. Dans les rues comme dans les palais des califes et des princes, des amuseurs et des bouffons distillaient la joie et la gaieté. Des chanteurs et des danseurs se mêlaient aux poètes et aux musiciens.

On tenait salon et des soirées étaient organisées entre hommes de lettres et notables. C'était à qui raconterait les anecdotes les plus drôles, à qui lancerait les jeux de mots les plus subtils.

Humour et traits d'esprit régnaient en maîtres dans toutes les classes de la société abbasside, mais il faut rappeler que dès le milieu de la période omeyade le libertinage et la licence ont pris une place de plus en plus grande, ouvrant la porte à une forme de divertissement dont toute pudeur était bannie. Des parties fines, des réunions galantes se terminaient souvent en orgies où le vin coulait à flots. Là les plaisanteries étaient truffées de mots crus et d'expressions grivoises à faire rougir la soldatesque la plus aguerrie.

L'époque des Abbassides, plus que celle de la dynastie précédente, a été une ère de décadence morale et de perversion des esprits en dépit, ou plutôt à cause, de l'opulence matérielle qui a engendré le luxe, l'oisiveté et le vice.

L'un des facteurs essentiels à la base de ce phénomène a été, sans aucun doute, la prolifération des femmes d'origine servile venues de Byzance, de Perse, d'Ethiopie ou d'ailleurs qui étaient des esclaves musiciennes sachant jouer du luth, chanter, danser et faire office de concubines.

Aucune des limites qu'imposaient la pudeur et la religion aux épouses légitimes ne s'appliquait à ces femmes souvent très instruites avec lesquelles les hommes pouvaient donner libre cours à leurs penchants les plus inavouables.

Les plaisanteries et les traits d'esprit frisaient ainsi, souvent, la pornographie.

Symboles de la "femme libérée", ces esclaves affranchies, belles et raffinées, dont bon nombre ont été les mères de plusieurs califes abbassides, ont contribué avec les efféminés et les éphèbes qui pullulaient alors à saper les fondements d'une société livrée à une recherche effrénée du plaisir et des satisfactions matérielles.

C'est dans ce contexte qu'ont évolué certains personnages au profil facétieux.

Nous en avons retenu cinq :

Abû Dulâma Zand ibn al-Jawn (mort en 778) était un esclave noir affranchi. Auteur de bons mots et d'anecdotes, poète aussi, il vécut à la fin de l'époque omeyade mais s'illustra sous les Abbassides. Les califes Abû l-'Abbâs as-Saffâh (750-754), Abû Ja'far al-Mansûr (754-774) et Mahdi (775-785) l'appréciaient et se régalaient de ses facéties.

Abû Dulâma était lâche, s'adonnait au vin et était peu religieux. Son esprit était vif, sa répartie cinglante et il était habile à se ménager les faveurs des califes et à bénéficier de leurs largesses.

Ce fut l'un des plus brillants représentants de l'humour et de la plaisanterie à l'époque abbasside. En tant que poète, il n'hésitait pas, dans ses vers, à se moquer de lui-même ni à flétrir les travers de sa femme ou de ses enfants. Il savait que l'autodérision était l'un des ressorts du rire.

Le calife Mahdi faisait tout pour le mettre dans l'embarras pour l'éprouver et voir comment son astuce verbale lui permettrait de se tirer de situations délicates. Abû Dulâma réussissait même à arracher des éclats de rire à Abû Ja'far al-Mansûr dans ses pires moments de tristesse et de dépression.

Les mondes du rire et des pleurs s'entremêlaient dans la langue de cet homme enjoué, qui a réussi à s'introduire jusqu'au sein des palais et à devenir le commensal de plusieurs califes, malgré son origine servile, la noirceur de sa peau et la laideur de son visage.

Avec sa verve satirique et son sens de l'humour, il improvisait des vers, déstabilisant ses interlocuteurs par l'effet de surprise et l'habileté avec laquelle il décochait des mots percutants qui faisaient "mouche".

Malgré son peu de respect des principes religieux et moraux, son esprit lui valait le pardon des grands, soucieux d'en faire un intime dont la verve et la bonne humeur égayaient les salons et détendaient les atmosphères les plus austères.

Humour et bons mots étaient devenus partie intégrante d'Abû Dulâma, une drogue dont il n'aurait pu se passer. Grâce à eux et à son savoir-faire, il a réussi à graviter dans les hautes sphères du pouvoir abbasside, à satisfaire ses ambitions, à s'enrichir de biens matériels et de gloire, dans ce siècle de luxe, de puissance et de prospérité du début de l'époque abbasside.

Bachchâr ibn Burd (714-784). Ce poète abbasside était contemporain des califes Abû Ja'far al-Mansûr (754-774) et Mahdi (775-785) qu'il a chantés dans ses vers. A côté de cela, il fut l'une des grandes figures de l'humour et de l'esprit du temps des Abbassides.

Il naquit aveugle. Ses yeux sortaient de leurs orbites et son visage était laid, grêlé par la variole. Il était d'une taille imposante, et son aspect assez repoussant lui valut les satires d'un bon nombre de poètes de son temps.

Il était peu respectueux de la religion et de ses préceptes. Il alla même jusqu'à donner raison à Iblis d'avoir refusé de se prosterner devant Adam comme Dieu le lui avait ordonné, car pour lui le feu était plus noble que l'argile. Sa réputation de libre penseur proche des mazdéens parvint au calife Mahdi qui le fit périr sous les coups de fouet.

Bachchâr était issu d'une famille pauvre. Son rêve avait été de devenir riche pour aider les siens. Sa poésie lui permit d'atteindre cet objectif. Il fréquenta les salons et put entrer chez les califes avec la plus grande liberté. Son esprit tranchant n'épargnait personne, ni les princes ni les gouverneurs, n'hésitant pas à s'en prendre à un proche du calife.

Cet homme aveugle vécut dans une société impitoyable pour les infirmes et les handicapés. Ayant été l'objet des quolibets et des insultes les plus blessants, il prit sa revanche en usant de sa meilleure arme : son esprit caustique et son humour dévastateur, servis par un don poétique qui l'a immortalisé et mis au rang des plus grands représentants de la poésie arabe.

Ce libertin frivole fut le reflet fidèle de sa société et l'un des représentants les plus marquants de l'humour arabe au début de l'époque abbasside.

Abû l-'Aynâ' (807-895). Mohammed ibn al-Qâsim ibn Khallâd fut l'un des plus célèbres humoristes arabes. Il grandit à Basra où il s'illustra en tant que poète et homme de lettres. Il avait la répartie prompte, la langue déliée et le sens du bon mot. A l'âge de quarante ans, il perdit la vue et alla s'installer un temps à Bagdad où sa verve et son esprit lui valurent la faveur des grands. Il devint alors le familier des califes, des ministres et des magistrats autant que des secrétaires et des gens du petit peuple.

Le calife Mutawakkil (847-861) l'appréciait tellement qu'il lui aurait ménagé un lieu de résidence dans son palais.

Puis Abû l-'Aynâ'quitta Bagdad et voulut revenir à Basra. Il avait pris place dans une embarcation qui, avant d'arriver au port, chavira. Seul survivant, il réussit à atteindre Basra où il mourut quelque temps après.

Abû Nuwâs (757-815). Hassan ibn Hânî, dit "le poète moderne", était le poète par excellence de l'époque abbasside. Plus proche des Persans que des Arabes, il symbolise la victoire des Modernes sur les Anciens en matière de langue et de littérature. Son nom est particulièrement répandu dans *Les Mille et Une Nuits*. Ami du calife Hârûn ar-Rachîd (786-809), il a été le précepteur et le familier de son fils Mohammed al-Amîn qui régna de 809 à 813, avant d'être détrôné par son demi-frère Ma'mûn mort en 834.

Abû Nuwâs fut un poète libertin qui laissa un recueil de poésie dont bien des extraits ont tellement heurté les esprits chastes qu'il a été interdit dans certains pays arabes.

Reflet de la décadence morale et porte-parole des libres penseurs et des débauchés, il a chanté abondamment le vin et les plaisirs contre nature.

A la fin de sa vie, il se tourna vers Dieu pour se repentir de son existence dissolue et se confesser à Lui de ses péchés.

Son franc-parler et sa verve sont célèbres, quant à sa langue, claire et puissante, elle fait de lui l'un des plus grands poètes arabes de tous les temps.

Jâhiz (776-868). Abû 'Uthmân 'Amr ibn Bahr al-Basrî al-Baghdâdi naquit à Basra. Cet homme laid, aux yeux exorbités, d'où son surnom de Jâhiz, fut un maître incomparable de l'*adab*, de la prose où le sérieux se mêle au plaisant pour instruire en divertissant.

Esprit passionné de tout, c'était un écrivain plein de verve et de savoir. Il est considéré, à juste titre, comme l'un des plus grands prosateurs arabes de tous les temps. Il est l'auteur, entre autres ouvrages, d'un *Livre des avares*, truculent et aux accents rabelaisiens dans lequel il flétrit l'avarice avec beaucoup d'humour, dans une langue riche et haute en couleur.

A la fin de sa vie, atteint d'hémiplégie et toujours passionné de livres, il mourut chez un libraire étouffé sous un flot de volumes tombés sur lui d'une étagère mal assurée. Il avait vécu pour les lettres et, celles-ci, ingrates, l'avaient étouffé !

Jâhiz aimait tant la plaisanterie qu'il n'hésita pas à dire : "Par Dieu ! Jamais je ne laisserai passer l'occasion de faire un bon mot, dût-il causer ma mort ici-bas !"

Il avait le sens de la dérision et se moquait souvent de lui-même et de sa laideur, disant que, pour voir l'image du diable, il n'avait qu'à se regarder dans une glace !

Un avare avait fait bouillir une marmite et s'était assis avec sa femme pour manger. "Comme le contenu de cette marmite serait bon s'il n'y avait pas foule ! – Quelle foule ? s'étonna la femme. Il n'y a que toi et moi ! – J'aurais préféré être seul avec la marmite !"

Joyaux réunis *(Jam' al-jawâhir)*, p. 216.

Mahdi[273] tenait séance publique[274]. Un homme entra le voir, tenant à la main un foulard qui recouvrait une sandale : "Commandeur des croyants[275] ! Cette sandale[276] est celle du messager de Dieu[277] – la prière et le salut de Dieu soient sur lui. Je te l'offre !" Mahdi la prit, la baisa, la posa sur ses yeux[278] et lui donna dix mille dirhams[279].

Quand l'homme fut sorti, il dit à ceux qui étaient assis autour de lui : "Qu'est-ce que vous en pensez ? Je sais parfaitement que le messager de Dieu ne l'a jamais vue et, à plus forte raison, portée. Mais si nous lui avions dit qu'il avait menti, il aurait dit aux gens : «J'ai apporté au commandeur des croyants la sandale du messager de Dieu et il me l'a rendue !»

Ceux qui l'auraient cru auraient été plus nombreux que ceux qui l'auraient démenti !"

Les morts oubliées *(Fawât al-wafayât)*, p. 448.

Il y avait à Bagdad[280] deux hommes qui s'enviaient et rivalisaient pour le prestige et le pouvoir. L'un d'eux exerçait une fonction dont l'autre était exclu. Le gouverneur les haïssait tous les deux et souhaitait qu'ils disparaissent. Le second se présenta, un jour, au gouverneur et lui dit : "Gouverneur ! Je sais que tu me hais autant que tu hais mon rival. Si tu veux, je vais t'indiquer un moyen de te débarrasser de nous deux. – Et quel est-il ? – Eh bien ! Tu le destitues et tu me nommes à sa place : il en mourra de rage et moi de joie !"

Un sot était très soucieux de préserver l'argent qu'il avait économisé. Il descella une pierre du mur de sa maison, mit de l'argent dans un récipient qu'il plaça dans le mur et remit la pierre à sa place.

Pour plus de précautions, il prit une feuille sur laquelle il écrivit : "Il n'y a pas d'argent dans ce mur !" Puis, il suspendit la feuille à ce même endroit.

Un voisin, sot comme lui, le vit. Il alla vers l'argent et l'enleva de l'endroit où il était. Voulant se laver d'avoir pris l'argent, il prit la feuille et écrivit dessus : "Ce n'est pas «un tel» qui a pris l'argent." Et il l'accrocha à l'endroit où elle se trouvait et partit.

Facéties et bons mots de la littérature arabe
*(Tarâ'if wa nawâdir min al-adab al-'arabiy)*, p. 22.

Bahlûl[281] était passé à côté de gens qui se trouvaient au pied d'un arbre. Voulant se moquer de lui, l'un d'eux lui dit : "Monte à cet arbre et tu auras dix dirhams[282] ! – Bien ! Donnez l'argent !" Ils lui donnèrent les dix dirhams. Il les prit et les glissa dans sa manche. Puis il dit : "Apportez-moi une échelle ! – Ce n'était pas dans nos conditions ! – Est-ce que vos conditions disaient : sans échelle ?"

Le royaume du rire *(Mamlakat ad-dahik)*, p. 16.

Sous le règne de Ma'mûn[283], un homme s'était prétendu prophète. "Qui es-tu ? lui demanda le calife. – Un prophète. – Et quel est ton miracle ?" Il répondit : "Demande-moi ce que tu veux !" Or l'homme avait, devant lui, un cadenas. "Prends ce cadenas, fit le calife, et ouvre-le !" Le soi-disant prophète dit alors : "Dieu te garde ! J'ai dit que j'étais prophète ; je n'ai pas dit que j'étais serrurier !" Ma'mûn éclata de rire et lui donna un présent.

Les fleurs du printemps *(Zahr ar-rabî')*, p. 50.

Un homme d'Ispahan[284] s'était dit prophète. On l'amena devant le gouverneur qui lui dit : "Qui es-tu ? – Je suis un prophète messager[285]. – Tout prophète a un signe[286], quel est le tien ? – Amenez-moi une de vos femmes, je la mettrai enceinte en un instant ! – Nous n'avons pas de femmes ici, mais nous avons une belle chèvre. Engrosse-la !" Il se leva alors pour s'en aller. "Où vas-tu ? lui demanda le gouverneur. – Voir Gabriel[287] et lui apprendre que c'est un bouc que vous voulez, pas un prophète !" Le gouverneur éclata de rire et le laissa partir.

Facéties et bons mots de la littérature arabe
*(Tarâ'if wa nawâdir min al-adab al-'arabiy)*, p. 166.

Un homme, sous le règne de Mu'tasim[288], s'était dit prophète. S'étant trouvé devant le calife, celui-ci dit : "Tu es prophète ? – Oui. – Vers qui as-tu été envoyé ? – Vers toi. – J'atteste que tu n'es qu'un insensé et un sot !" L'homme répondit : "Il n'est envoyé vers chaque peuple que des gens comme eux." Mu'tasim éclata de rire et le gracia.

Les fleurs du printemps *(Zahr ar-rabî')*, p. 50.

On dit à 'Attâbi[289] : "Pourquoi ne te maries-tu pas ?" Il répondit : "Parce que j'ai trouvé que supporter de me passer des femmes était plus facile que de les supporter !"

On raconte qu'une vieille femme avait dit à son mari : "Tu n'as pas honte d'être adultère alors que tu as chez toi ce qui est licite et bon ?" Il répondit : "Pour ce qui est du licite, d'accord, mais pour ce qui est du bon, non !!"

Appendice au florilège des lettres *(Dhayl zahr al-âdâb)*, p. 15.

On raconte qu'un homme s'était assis un jour, pour manger, avec sa femme. Ils avaient, devant eux, un poulet grillé. Un mendiant s'étant arrêté devant la porte, l'homme se leva et le chassa.

L'autre partit. Or il advint plus tard que cet homme était devenu pauvre, que sa prospérité s'était évanouie et qu'il avait répudié son épouse, laquelle avait épousé, après lui, un autre homme. Celui-ci était assis avec elle un jour, pour manger, avec, devant eux, un poulet grillé, quand un mendiant frappa à la porte. L'homme dit à sa femme : "Donne-lui ce poulet !" Elle sortit et voici que c'était son premier mari ! Elle lui donna le poulet et revint, en pleurs. Son deuxième mari lui demanda pourquoi elle pleurait. Elle lui raconta alors que le mendiant était son ancien mari et lui rappela son histoire avec ce mendiant que son premier mari avait éconduit. Alors le deuxième mari lui dit : “Ce mendiant… c’était moi !”

Morts des hommes illustres *(Wafayât al-a‘yân)*, p. 159, t. 5.

Un mazdéen[290] était mort, laissant une énorme dette. On dit à son fils : “Si tu vendais ta maison, tu pourrais acquitter la dette de ton père.”

Le fils répondit : “Si je vends ma maison et que je règle la dette de mon père, est-ce qu’il entrera au Paradis ? – Non, lui répondit-on. – Dans ces conditions, je le laisse en Enfer et moi je reste dans ma maison !”

Facéties et bons mots de la littérature arabe
*(Tarâ’if wa nawâdir min al-adab al-‘arabiy)*, p. 53.

On dit à un avare : “Quel est le comble de la félicité ?” Il répondit : “D’avoir fait le serment à un hôte de l’inviter à manger et qu’il décline l’invitation parce qu’il jeûne !”

Facéties et bons mots de la littérature arabe
*(Tarâ’if wa nawâdir min al-adab al-‘arabiy)*, p. 170.

Un notable de Basra[291] avait construit une maison au voisinage de laquelle se trouvait une demeure appartenant à une vieille femme, et qui valait vingt dinars[292]. Or il avait besoin de cette maison pour l’adjoindre à la sienne. Il proposa à la vieille deux cents dinars pour sa maison, mais elle refusa de la vendre. On lui dit alors : “Est-ce que ce n’est pas de la bêtise de ta part de perdre deux cents dinars pour une chose qui n’en vaut que vingt ?” Elle répondit : “Est-ce qu’il n’est pas encore plus bête, celui qui achète deux cents dinars ce qui n’en vaut que vingt ?”

Facéties et bons mots de la littérature arabe
*(Tarâ’if wa nawâdir min al-adab al-‘arabiy)*, p. 201.

Quelques femmes d'esprit discutaient avec Bachchâr ibn Burd[293]. Elles lui dirent, pour se moquer de lui : "Comme nous aurions aimé que tu fusses notre père !" Il répondit : "Et moi être de la religion des mages[294] !"

Facéties et bons mots de la littérature arabe *(Tarâ'if wa nawâdir min al-adab al-'arabiy)*, p. 211.

On raconte que la plupart des gens de Hît[295] sont borgnes. Ayant vu l'un d'eux avec ses deux yeux sains, je lui dis : "Comme c'est bizarre !" Il répondit : "Le fait est que j'ai un frère aveugle : il a pris sa part plus la mienne !"

Notre littérature qui rit *(Adabunâ d-dâhik)*, p. 341.

Abû l-'Aynâ'[296] dit à son fils qui était malade : "De quoi as-tu envie ?" Il répondit : "D'être orphelin !"

Appendice au florilège des lettres *(Dhayl zahr al-âdâb)*, p. 281.

Un homme dit à Jammâz[297] : "Je souffre d'un furoncle ! – Et où est-il placé ? – A l'endroit le plus vil de ma personne. – Tu mens : je ne vois rien sur ton visage !"

Appendice au florilège des lettres *(Dhayl zahr al-âdâb)*, p. 114.

Abû Habîb, le bouffon[298] de Mahdi[299] apprenait par cœur les bons mots de Mazyad[300] et les racontait au calife pour en tirer récompense. "Salopard ! lui dit Mazyad. C'est moi qui sème et c'est toi qui récoltes !"

Appendice au florilège des lettres *(Dhayl zahr al-âdâb)*, p. 307.

Abû Khâlid Yazîd al-Muhallabi[301] était entré, plusieurs fois, voir Mu'tamid[302]. Il lui déclama des poèmes terminés par *dâl* (d)[303] . "Eh ! Yazîd ! fit le calife. Je constate que tu te cantonnes à la lettre *d* sans aller au-delà. – Comment pourrais-je le faire – que Dieu te rende puissant, ô commandeur des croyants[304] – quand mon nom est Yazî*d*, celui de mon père, Mohamme*d*, que ma *kunya*[305] est : Abû Khâli*d*, que toi tu es : Mu'tami*d*, que ton nom est Ahme*d* et que parmi tes attributs tu comptes ceux de : seigneur *(sayyi*d*)*, de glorieux *(mâji*d*)* et de généreux *(jawâ*d*)* ! Comment ne pas m'attacher au *dâl* ?"

Appendice au florilège des lettres *(Dhayl zahr al-âdâb)*, p. 158.

On dit à un pique-assiette : "Combien font deux fois deux ?" Il répondit : "Quatre petits pains !"

Appendice au florilège des lettres *(Dhayl zahr al-âdâb)*, p. 67.

Un homme avait "besogné" sa servante[306] et lui avait recommandé de ne pas en souffler mot à sa maîtresse. "Maître, dit-elle, ma maîtresse est avec «un tel», le cardeur qui l'«honore» depuis cinq ans et je ne t'en ai rien dit. Comment irais-je lui raconter ce que tu ne m'as fait qu'une seule fois ?"

Les fleurs du printemps *(Zahr ar-rabî')*, p. 333.

On raconte qu'Ishâq ibn Farwa était un homme de peu de pudeur mais qui avait de l'esprit. Il dit, un jour, à un bédouin : "Pourrais-tu attester d'une chose que tu n'as pas vue ? – Oui, fit l'autre, j'atteste qu'un homme a introduit son membre dans le vagin de ta mère et qu'elle a été enceinte de toi. Voilà une chose dont j'atteste la réalité sans l'avoir vue !" Et Ishâq de rougir malgré son manque de pudeur.

Les fleurs du printemps *(Zahr ar-rabî')*, p. 386.

Un homme s'était prétendu prophète, du temps de Hârûn ar-Rachîd[307]. Quand il comparut devant lui, le calife lui dit : "Qu'est-ce que l'on dit à ton sujet ? – Que je suis un noble prophète ! – Et qu'est-ce qui me prouve la véracité de ce que tu prétends ? – Demande-moi ce que tu veux ! – Je veux que tu transformes ces esclaves glabres en barbus !" L'autre hocha la tête et dit : "Comment pourrais-je faire de ces esclaves glabres des barbus, ce qui, en outre, nuirait à leur belle apparence ?! En revanche, je veux bien transformer, en un instant, ces barbus en hommes glabres !" Rachîd éclata de rire et le laissa partir.

Le livre des facéties *(Al-Mustatraf)*, p. 261, t. 2.

Abû 'Ubayda avait pris part à un déjeuner. Un page[308] ayant renversé de la sauce sur un pan de son habit, Musâ ibn 'Abd ar-Rahmân al-Hilâli lui dit : "De la sauce a taché ton vêtement. Je vais te donner dix manteaux pour te dédommager ! – Pas la peine, répondit Abû 'Ubayda, ta sauce ne tache pas !!"

Morts des hommes illustres *(Wafayât al-a'yân)*, p. 327, t. 4.

Abû l-Hârith avait, avec des amis, fait cuire une marmite dans laquelle il avait mis de la viande. Au bout d'un moment, un des amis en retira un morceau et dit : "Cela manque de sel !" Un deuxième retira un autre morceau et dit : "Cela manque d'épices !" Un troisième prit encore un morceau et dit : "Cela manque d'oignons !" Alors Abû l-Hârith enleva la marmite en disant : "Par Dieu ! Elle manque de viande, cette marmite !"

Joyaux réunis *(Jam' al-jawâhir)*, p. 215.

Des gens étaient entrés chez Rustami. Le moment de la prière de midi[309] étant arrivé, ils demandèrent : "Comment distinguer la *qibla*[310], dans ta maison ?" Il répondit : "Cela ne fait qu'un mois que nous y habitons !"

Le meilleur des chroniques *('Uyûn al-akhbâr)*, p. 52, t. 4.

Abû Bakr le calligraphe[311] m'a raconté ceci : "Un juriste[312] avait une écriture exécrable. Les autres juristes le raillaient pour son écriture en disant : «Il n'y a pas de plus vilaine écriture que la tienne !»

Il était agacé par leurs remarques. Un jour il tomba sur un livre à vendre, dont l'écriture était pire que la sienne. Il l'acheta un dinar et un carat[313] et l'emporta pour en tirer argument quand les autres le liraient ! Dès qu'il les eut retrouvés, ils se mirent à parler de sa vilaine écriture. Alors, il leur dit : «J'ai trouvé plus laide que la mienne dans un livre que j'ai acheté. Cela me délivrera de vos sarcasmes !»

Il sortit le livre et ils le feuilletèrent. Et voici qu'à la fin de l'ouvrage figurait son nom. C'était lui qui l'avait écrit dans son jeune temps. Et il s'en trouva tout honteux !"

Chroniques des gens intelligents *(Akhbâr al-adhkiyâ')*, p. 93.

Un pique-assiette accompagna un homme en voyage. "Va nous acheter de la viande ! dit l'homme au pique-assiette. – Non, par Dieu ! Je ne peux pas !" L'homme alla lui-même l'acheter, puis dit : "Lève-toi et va faire la cuisine ! – Je ne sais pas cuisiner." Là encore, l'homme s'exécuta puis dit : "Va couper le pain en petits morceaux pour les mettre dans le bouillon ! – Par Dieu ! J'ai la «flemme» !" L'homme coupa donc le pain puis dit : "Lève-toi et va retirer les mets de la marmite ! – J'ai peur de tout renverser sur mes vêtements !" Une dernière fois, l'homme s'exécuta puis dit : "Maintenant, mange !" Là, le pique-assiette répondit : "J'aurais honte de te contrarier davantage !" Et il s'avança pour manger.

Chroniques des gens intelligents *(Akhbâr al-adhkiyâ')*, p. 132.

Abû Mûsâ ibn al-Mutawakkil[314] servit à Abû l-'Aynâ'[315] un ragoût *(sikbâja[316])*. Mais sa main ne tombait que sur des os. Il dit alors : "Par mon âme ! C'est une marmite ou une tombe ?"

Le florilège des lettres *(Zahr al-âdâb)*, p. 299.

On amena à Ma'mûn[317] un homme qui se prétendait prophète. "As-tu un signe[318] ? lui demanda le calife. – Oui. Mon signe est que je sais ce qu'il y a dans ton âme. – Et qu'est-ce qu'il y a ? – Il y a que tu penses que je suis un imposteur. – Tu as dit vrai." Et il le fit jeter en prison. Il y resta quelques jours, puis le calife l'en fit sortir et lui demanda : "As-tu reçu une révélation ? – Non. – Et pourquoi donc ? – Parce que les anges[319] n'entrent pas dans les prisons !" Ma'mûn éclata de rire et le libéra.

Le collier unique *(Al-'Iqd al-farîd)*, p. 147, t. 6.

Un aveugle dit : "Comme c'est dur d'avoir perdu la vue !" Un borgne lui répondit : "J'ai la moitié à déplorer !"

Conversations entre lettrés *(Muhâdarât al-udabâ')*, p. 174, t. 2.

Un homme était parti pour la Chine[320] avec trois cents dirhams[321]. Il y résida un temps et acquit mille dinars[322]. Puis il voulut quitter le pays. Mais le roi lui dit : "Je ne te laisserai pas partir parce que tu es entré pauvre dans notre pays où tu t'es enrichi. Maintenant, tu veux en sortir avec la fortune que tu y as acquise. Si chaque personne entrée chez nous faisait de même, il ne resterait dans notre pays presque plus d'or ni d'argent !" L'homme répondit : "Si tu me rends ce que j'ai perdu dans ton pays, je te rendrai ce que j'en ai tiré. – Et quoi donc ? – Je suis entré, jeune homme, dans ton pays où j'ai consumé ma jeunesse. Rends-moi ce que j'y ai perdu, je te rendrai ce que j'y ai gagné !"

Les réponses péremptoires *(Al-Ajwiba l-muskita)*, p. 86.

On raconte qu'un loup et un renard étaient les compagnons d'un lion. Ils prirent à la chasse un onagre, un faon et un lièvre. Le lion dit au loup : "Partage cela entre nous ! – L'onagre pour toi... fit le loup, le faon pour moi... et le lièvre pour le renard." Le lion se mit en colère, foudroya le loup du regard et lui arracha la tête. Puis il dit au renard : "Partage, toi ! – L'onagre pour ton déjeuner... fit le renard, le faon pour ton dîner... et le lièvre pour tromper une petite faim la nuit ! – Qui t'a appris à partager si équitablement ? demanda le lion. – La tête du loup qui est devant toi !!"

Les fleurs du printemps *(Zahr ar-rabî')*, p. 42.

Asma'i[323] raconte : "J'ai vu une bédouine au visage magnifique[324] et dont le mari était laid. «Dis-moi ! lui demandai-je. Tu es satisfaite d'être l'épouse de cet homme-là ?» Elle répondit : «Tu sais... Peut-être a-t-il bien agi envers son Seigneur qui pour l'en récompenser m'a donnée à lui. Moi j'ai dû mal agir envers Dieu et il a fait de lui mon châtiment !»"

Facéties et bons mots de la littérature arabe
*(Tarâ'if wa nawâdir min al-adab al-'arabiy)*, p. 153.

Abû l-'Aynâ'[325] dit au *sayyid* Himyari[326] : "J'ai appris que tu professais la réincarnation *(raj'a*[327]*)*. – C'est vrai. – Alors donne-moi un dinar[328], fit Abû l-'Aynâ', je t'en rendrai cent quand je reviendrai réincarné ! – A condition que j'aie la garantie que tu reviendras dans la peau d'un être humain. J'ai peur que tu ne reviennes réincarné en singe ou en chien ; je perdrais mon argent !"

Les morts oubliées *(Fawât al-wafayât)*, p. 190, t. 1.

Sous le règne de Ma'mûn[329], un homme se prétendit prophète. Ma'mûn lui dit : "Je veux que tu fasses apparaître une pastèque sur-le-champ ! – Accorde-moi trois jours ! – Non ! Maintenant ! – Tu n'es pas équitable envers moi, commandeur des croyants[330]. Dieu, le Très-Haut, qui a créé les cieux et la terre en six jours[331], ne fait sortir les pastèques de terre qu'au bout de trois mois, et toi tu n'as pas la patience de m'accorder trois jours ?!" Ma'mûn éclata de rire et le libéra.

Le livre des facéties *(Al-Mustatraf)*, p. 262, t. 2.

Sur la route du Pont[332] à Bagdad, il y avait deux mendiants aveugles. L'un faisait les louanges de l'imam 'Alî[333] – sur lui soit le salut– et tendait la main pour l'amour de lui ; l'autre faisait l'éloge de Mu'âwiya[334].

Les gens, en fonction de leurs penchants, se montraient généreux envers l'un comme envers l'autre.

Le soir venu, ils s'en allaient tous les deux et se retrouvaient pour se partager ce qu'ils avaient récolté !

Facéties et bons mots de la littérature arabe
*(Tarâ'if wa nawâdir min al-adab al-'arabiy)*, p. 207.

Mohammed ibn Habîb m'a raconté ceci : "Abû 'Ijl m'a dit : «J'avais épousé une femme à Harrân[335]. Quarante jours plus tard, elle accoucha. "Femme ! lui dis-je. Il a menti celui qui prétend que la femme enfante au bout de neuf mois. – Comment cela ? – Eh bien ! Parce que tu as accouché au bout de quarante jours !... – Ce n'est pas comme tu crois... – Comment cela, délice de mon œil[336] ? – Tu as construit ton mur sur les fondations d'un autre !"»"

Les catégories des poètes *(Tabaqât ach-chu'arâ')*, p. 340.

Ibn Chubruma[337] m'a raconté qu'Abû l-'Amaythal[338] était entré voir Tâhir ibn al-Hussayn[339] qui tenait salon ouvert[340]. Il lui embrassa la main. Tâhir lui dit : “Comme tes moustaches sont rugueuses, Abû l-‘Amaythal ! – Gouverneur ! Les épines du hérisson ne sauraient faire de mal à la griffe du lion !” Tâhir éclata de rire et dit : “Ce bon mot me plaît plus encore que ton poème !”

Les catégories des poètes *(Tabaqât ach-chu‘arâ’)*, p. 287.

Un homme était monté sur un âne. Un autre lui dit : “Fais-moi monter en croupe !” Il le fit monter. “Comme ton âne est fringant !” fit l’homme. Un instant après il dit : “Comme notre âne est fringant !” Alors, le propriétaire de l’âne dit à l’autre : “Descends avant que tu ne dises : Comme mon âne est fringant !”

Les fleurs du printemps *(Zahr ar-rabî‘)*, p. 51.

On raconte qu’un grammairien s’était embarqué sur un bateau. Il dit au marin : “Est-ce que tu as des notions de grammaire ? – Non, répondit l’autre. – Alors tu as perdu la moitié de ta vie !” conclut le grammairien. Le vent s’étant levé et le navire, ballotté, étant sur le point de sombrer, le marin dit au grammairien : “Est-ce que tu sais nager ? – Non, répondit l’autre. – Alors, c’est toute ta vie que tu as perdue !”

Les fleurs du printemps *(Zahr ar-rabî‘)*, p. 328.

On raconte qu’un homme avait vendu un esclave en disant à l’acheteur : “Il n’a qu’un défaut : la calomnie. – Cela me va !” fit l’autre, et il l’acheta. Plusieurs jours après, le jeune homme dit à la femme de son maître : “Ton mari ne t’aime pas. Il veut prendre une concubine. Prends un rasoir et coupe-lui quelques poils de la nuque. Je les utiliserai pour l’ensorceler et faire en sorte qu’il t’aime !” Puis il dit à son maître : “Ta femme a pris un amant. Elle veut te tuer. Fais semblant de dormir." Sa femme s'avança avec le rasoir. Croyant qu'elle allait le tuer, il se jeta sur elle et la tua. Les membres de la famille de la femme arrivèrent et tuèrent le mari !

Les fleurs du printemps *(Zahr ar-rabî')*, p. 11.

On raconte qu'un homme du nom de Nasr Allah (assistance de Dieu) était entré dans le salon d'un roi. Après lui, une autre personne nommée Fath Allah (victoire de Dieu) vint et voulut précéder le premier dans le salon. L'autre le tira par ses vêtements, le fit s'asseoir et lui dit : "Dieu, qu'Il soit loué, a instauré entre nous deux un ordre de préséance, en disant : «Quand viendra l'assistance de Dieu *(nasr Allah)* et la victoire *(al-fath*[341]*)*. Je tiens à cet ordre.»"

Les fleurs du printemps *(Zahr ar-rabî')*, p. 387.

Abû l-A'mach m'a raconté ceci : "Abû l-Fidda se trouvait dans un quartier connu autrefois sous le nom de «quartier des Insolents». Il y avait là un groupe de libertins qui obligeaient tous ceux qui passaient près d'eux à la luxure, à la débauche et à la boisson. Abû l-Fidda étant passé près d'eux, ils l'attrapèrent et l'introduisirent dans une maison.

Ils amenèrent une femme et dirent : «Prends-la ou on te tue ! – Eh ! Mécréants ! C'est une chose que je ne ferai jamais et que je n'ai jamais faite !»

Ils jurèrent que s'il ne s'exécutait pas ils le tueraient. Voyant cela, il entra et se retrouva avec une jeune fille belle et au visage radieux.

Ils fermèrent la porte. Abû l-Fidda dit à la fille : «Veux-tu faire une bonne action ? – Quoi donc ? – Par Dieu ! Tu es des plus désirables et je crains de me laisser tenter. Rapproche-toi de Dieu en me délivrant de ces gens en criant : Il s'est exécuté !» La fille, offusquée, répliqua : «Eh ! Bonhomme ! J'ai honte pour toi de ton peu de moralité ! Tu voudrais que je mente un vendredi[342] ?!»"

Les catégories des poètes *(Tabaqât ach-chu'arâ')*, p. 379.

Mohammed ibn al-Qâsim m'a raconté ceci, le tenant d'Abû Mâjid al-Kûfi : "'Isâ ibn Zaynab a dit : «J'avais un esclave qui était la plus paresseuse des créatures de Dieu. Chaque fois que je l'envoyais chercher quelque chose, il y passait toute la journée.

Parfois même, il revenait sans avoir rempli sa mission. Je le frappais comme plâtre en criant : "Fils de pute ! Si tu étais intelligent, quand je t'envoie chercher une chose, tu reviendrais avec deux, et en vitesse !"

Peu après, je tombai légèrement malade. J'avais un ami féru de médecine. Je dis au garçon : "Va le voir et dis-lui : «Viens chez nous !»" Or sa maison était très éloignée de la mienne. Je ne doutai pas qu'il ne reviendrait qu'à la fin de la journée, connaissant ses habitudes.

Et, par Dieu, à peine avait-il disparu à mes regards qu'il était déjà là, avec le médecin et un autre homme que je ne connaissais pas.

Je me dis : "Il est allé bien vite !" Et j'ajoutai : "Dis donc, toi ! Ce médecin, je le connais. Mais qui est cet homme ? – Le laveur de morts[343]. – Et qui t'a donné l'ordre d'appeler le laveur de morts ? – Ne m'as-tu pas dit : Si tu étais intelligent, quand je t'envoie me chercher une chose, tu m'en rapporterais deux ? Eh bien, c'est ce que j'ai fait !»"

Les catégories des poètes *(Tabaqât ach-chu'arâ')*, p. 326.

Un sage avait écrit sur la porte de sa maison : "Qu'aucun mal n'entre dans ma maison, si Dieu le veut !" Un autre sage lui dit : "Par où entre ta femme ?!"

Les fleurs du printemps *(Zahr ar-rabî')*, p. 207.

Abû l-'Aynâ'[344] avait rencontré un homme connu sous le sobriquet d'Abû l-Himâr (le père de l'âne) et qui était monté sur un petit âne. Il lui dit : "Cela me fait de la peine de voir que le sort t'a contraint à monter le plus jeune de tes enfants !"

On dit à Bahlûl[345] : "Pourrais-tu compter le nombre de fous dans ton pays ? – Ce serait trop long ! Mais je peux y compter le nombre de gens sensés !"

Les fleurs du printemps *(Zahr ar-rabî')*, p. 70.

Une esclave musicienne[346] dit à Abû l-'Aynâ'[347] : "Offre-moi ta bague, elle me fera me souvenir de toi !" Il répondit : "Souviens-toi que tu me l'as demandée et que je te l'ai refusée !"

Le dictionnaire des lettrés *(Mu'jam al-udabâ')*, p. 293.

Sahl al-A'war raconte : "J'avais «honoré» une femme pendant le mois de ramadan[348] et m'apprêtais à l'embrasser quand elle détourna de moi son visage. «Pourquoi me repousses-tu ?» lui dis-je. Elle répondit : «J'ai entendu dire qu'un baiser annulait le jeûne !»"

Le fils d'Ahnaf dit à l'esclave[349] de son père : "Eh, la pute !" Elle lui répondit : "Si j'avais été une pute, c'est un fils comme toi que j'aurais eu !"

Les fleurs du printemps *(Zahr ar-rabî')*, p. 65.

Un juif trouva un musulman en train de manger de la viande grillée[350] pendant le mois de ramadan[351]. Il se mit à manger avec lui. Le musulman lui dit : "Tu sais que la chair de cette bête est illicite pour les juifs." L'autre répondit : "Je suis aussi juif que tu es musulman !"

Les fleurs du printemps *(Zahr ar-rabî')*, p. 64.

On raconte que Mansûr[352] avait nommé un homme gouverneur du Khorassan[353]. Il manquait de fermeté ! Une femme, étant allée le voir pour une plainte et ayant constaté qu'il ne lui avait été d'aucun secours, lui dit : "Sais-tu pourquoi le commandeur des croyants[354] t'a nommé gouverneur ? – Non. – Pour que nous voyions si l'administration du Khorassan peut se faire sans gouverneur !"

Les fleurs du printemps *(Zahr ar-rabî')*, p. 29.

On raconte qu'un homme avait entendu un prêcheur[355] dire : "Celui qui honore sa femme une fois, les anges jettent, pour lui, les fondations d'un palais au Paradis et s'il l'honore une deuxième fois, ils construisent par-dessus une arche et ainsi de suite jusqu'à l'achèvement du palais." Il alla voir sa femme et lui raconta ce qu'il avait entendu. Elle en fut tout émoustillée. La nuit venue, il l'honora puis s'endormit. Mais elle le réveilla et lui dit : "Réveille-toi ! Que les anges nous construisent une arche au-dessus des fondations !" Il la prit et se rendormit. Elle se mit alors à le réveiller sans arrêt si bien qu'épuisé il dit : "Eh, femme ! L'argile est verte… Elle n'est pas encore sèche. Notre palais risque de se défaire parce que construit trop rapidement et avant que les matériaux n'aient eu le temps de sécher ! La chose est bien connue des maçons !" Ce n'est qu'au prix de ce subterfuge qu'il réussit à se libérer des ardeurs de sa femme.

Les fleurs du printemps *(Zahr ar-rabî')*, p. 40.

On raconte que Hassan avait vu un homme somptueusement vêtu. Il demanda qui il était. “C’est un pétomane[356], lui répondit-on, il gagne sa vie comme cela. – Eh bien ! Personne mieux que lui ne sait donner au monde ce qu’il mérite vraiment !”

Les fleurs du printemps *(Zahr ar-rabî‘)*, p. 13.

On raconte qu’une femme était allée se plaindre à un juge du fait que son mari l’avait confinée dans une maison exiguë[357]. Le juge déclara : “Plus l’«endroit» de la femme est étroit et meilleur c’est !”

Les fleurs du printemps *(Zahr ar-rabî‘)*, p. 387.

Un homme avait vu un Noir en train de “besogner” une Byzantine[358]. “Que fait ce type ?” demanda-t-il. On lui répondit : “Il fait pénétrer la nuit dans le jour[359].”

Les fleurs du printemps *(Zahr ar-rabî‘)*, p. 23.

Abû ‘Uthmân al-Jâhiz[360] raconte : “Un mendiant s’était arrêté devant des gens en disant : «J’ai faim ! – Tu mens ! – Mettez-moi à l’épreuve avec deux livres[361] de pain et deux livres de viande !»”

Le livre des facéties *(Al-Mustatraf)*, p. 263.

Un bédouin demanda : “Qui est-ce qui demande des comptes aux gens le jour du Jugement dernier ? – C’est Dieu le Très-Haut. – Alors, fit le bédouin, par le Seigneur de la Ka‘ba[362], nous sommes sauvés ! Quelqu’un qui est noble et généreux n’épluche pas les comptes !”

Les fleurs du printemps *(Zahr ar-rabî‘)*, p. 79.

Abû Ja'far al-Mansûr[363] avait demandé à un kharijite[364] : "Dis-moi quel est celui de mes compagnons qui a été le plus hardi à t'affronter ! – Je ne connais pas leurs visages, mais je connais leurs nuques. Dis-leur de se retourner, je te les désignerai !"

Les fleurs du printemps *(Zahr ar-rabî')*, p. 249.

Rachîd[365] dit à Bahlûl[366] : "Aimerais-tu être calife ? – Ah que non ! répondit-il. J'ai vu mourir trois califes alors que le calife n'a pas vu mourir deux Bahlûl !"

Les fleurs du printemps *(Zahr ar-rabî')*, p. 328.

Il y avait deux tombes. Sur l'une d'elles était écrit : "Que celui qui m'a vu n'ait plus d'illusion sur ce monde ! J'étais l'un de ses rois et je faisais souffler le vent à ma guise !" Et sur l'autre, on pouvait lire : "Il ment ! Ce n'était qu'un forgeron qui actionnait son soufflet !"

Appendice au florilège des lettres *(Dhayl zahr al-âdâb)*, p. 239.

Un homme s'était fait voler ses vêtements dans un hammam[367]. Il s'était mis à crier : "Moi, je sais... Moi, je sais !" Le voleur, l'entendant, fut pris de panique, pensant qu'il l'avait découvert. Il lui rendit ses vêtements et lui dit : "Je t'ai entendu dire : Moi, je sais ! Qu'est-ce que tu sais ? – Je sais que, sans mes vêtements, je risque de mourir de froid !"

Appendice au florilège des lettres *(Dhayl zahr al-âdâb)*, p. 248.

'Abd Allah ibn al-Muqaffa'[368] traitait avec légèreté Sufyân ibn Mu'âwiya, gouverneur de Basra[369] qui avait un grand nez. Ibn al-Muqaffa' vint, un jour, le voir. Le gouverneur était seul dans son *majlis*[370]. "Le salut soit sur vous deux !" fit Ibn al-Muqaffa' en entrant. Sufyân se tourna à droite puis à gauche et, ne voyant personne à côté de lui, répondit : "Tu as fait une faute, 'Abd Allah ! Je suis seul. Pourquoi le duel[371] ? Tu aurais dû dire : «Le salut soit sur toi» et non sur «vous deux» ! – Je ne me suis pas trompé du tout ! répliqua Ibn al-Muqaffa'. Je vous ai salués toi et… ton nez !"

Khasîb ibn Mohammed al-Asadi m'a raconté ceci : "Ahmed ibn 'Abd as-Salâm m'a dit : «Je passai, un jour, près de la porte de l'Arche[372], accompagné d'un jeune fils à moi. Un convoi funèbre nous croisa, suivi d'une multitude d'hommes et de femmes qui se lamentaient et pleuraient. L'une d'elles disait : "Vers où t'emporte-t-on, mon père ? Vers la demeure de la décomposition, de la solitude et des ténèbres, là où il n'y a ni joie ni lumière ni nourriture ni boisson ni gaieté." Mon jeune fils se tourna vers moi, et dit : "Mon père, c'est chez nous qu'on emmène ce mort ! – Et pourquoi donc, mon fils ? – Parce que tout ce qu'a dit cette femme se trouve chez nous !"»"

Les catégories des poètes *(Tabaqât ach-chu'arâ')*, p. 406.

Nous étions, un jour, chez Mutawakkil 'ala-Llah[373] et il y avait, devant lui 'Ubbâda[374], l'efféminé. Le calife le fit jeter dans une pièce d'eau. Or c'était un jour d'hiver, et il faillit mourir de froid. Ruisselant, on le sortit de la pièce d'eau, on le couvrit et on le mit dans un coin du *majlis*[375]. "Alors ! 'Ubbâda ! Comment es-tu ? Comment ça va ? lui demanda Mutawakkil. – Commandeur des croyants[376] ! Je reviens de l'au-delà ! – Quelles nouvelles de mon frère Wâthiq[377] ? – Je ne suis pas passé par l'Enfer !" Mutawakkil éclata de rire et lui fit donner un présent.

Le collier unique *(Al-'Iqd al-farîd)*, p. 430, t. 6.

Deux hommes se disputèrent à propos d'une servante[378]. Ils la confièrent à un muezzin[379]. Le lendemain matin, après avoir fini de lancer l'appel à la prière[380], le muezzin leur dit : "Il n'y a de divinité que Dieu ! Les gens n'ont plus de moralité ! – Comment cela ? demandèrent les deux hommes. – Eh bien ! Cette jeune fille que vous m'avez confiée, on m'avait dit qu'elle était vierge, mais quand j'ai voulu l'honorer j'ai constaté qu'elle ne l'était plus !"

Les fleurs du printemps *(Zahr ar-rabî')*, p. 171.

On raconte que le commandeur des croyants[381], Hârûn ar-Rachîd[382], se promenait un jour dans la ville de Bagdad[383]. Se trouvant dans une rue, suivi de quelques ministres, d'hommes du cabinet royal et de sa suite, il aperçut Abû Nuwâs[384] qui passait, tenant à la main une grande bouteille de vin.

Lui ayant intimé l'ordre de s'arrêter, le calife lui dit : "Qu'est-ce que tu tiens dans la main, Abû Nuwâs ? – Du lait, commandeur des croyants !" répondit l'autre. Hârûn ar-Rachîd, après avoir fixé avec attention la bouteille, reprit : "Bizarre !... Le lait est blanc... Ce liquide est rouge..." Abû Nuwâs regarda la bouteille et dit : "C'est vrai ce que tu dis, commandeur des croyants ! Mais quand ce lait t'a vu, il en a été si intimidé qu'il en a rougi !"

Le calife lança alors, dans un éclat de rire : "Dieu te châtie, Abû Nuwâs ! Je n'ai jamais vu quelqu'un de plus malin que toi !"

Le collier unique *(Al-'Iqd al-farîd)*, p. 479, t. 3.

Mansûr[385] dit à ses capitaines : "Il a dit vrai celui qui a dit : «Affame ton chien, il te suivra !»" Abû l-'Abbâs at-Tûsi lui répliqua : "Commandeur des croyants ! Je crains que quelqu'un ne brandisse devant lui un morceau de pain : c'est lui qu'il suivrait et il te laisserait !"

Les bonnes et les mauvaises actions
*(Al-Mahâsin wa l-masâwi')*, p. 461.

Hârûn ar-Rachîd[386] et Zubayda[387] s'en étaient remis au jugement d'un cadi[388] pour savoir laquelle des deux friandises était la meilleure : de la *fâlûdhaj*[389] ou de la *lawzînaj*[390]. Le cadi déclara : "Commandeur des croyants[391] ! Je ne porte pas de jugement sur une chose qui est absente." Hârûn ar-Rachîd fit apporter les friandises qui furent présentées au cadi. Il se mit à manger une fois de l'une, une fois de l'autre jusqu'à avoir avalé la moitié des deux plateaux, puis il dit : "Commandeur des croyants ! Chaque fois que j'ai voulu émettre un jugement en faveur de l'une, l'autre a avancé son argument !"

Facéties et bons mots de la littérature arabe
*(Tarâ'if wa nawâdir min al-adab al-'arabiy)*, p. 97.

On raconte qu'Ibn as-Sammâk[392] était entré voir, un jour, Hârûn ar-Rachîd. Celui-ci lui ayant demandé à boire, l'autre apporta une cruche. Le calife l'ayant prise, Ibn as-Sammâk lui dit : "Commandeur des croyants ! Si l'on t'avait empêché de boire, qu'aurais-tu donné pour avoir de l'eau ? – La moitié de mon royaume. – Bois !" Après qu'il eut bu, Ibn as-Sammâk dit : "Je voudrais te demander : Si l'on t'empêchait d'en libérer ton corps, que donnerais-tu pour pouvoir le faire ? – Mon royaume tout entier ! – Un royaume qui vaut quelques gorgées d'eau et une miction ne mérite pas que l'on s'entretue pour l'avoir !" Hârûn ar-Rachîd en pleura à chaudes larmes.

L'histoire des califes *(Ta'rîkh al-khulafâ')*, p. 293.

Un gouverneur, qui était sot, avait un jour parlé des mazdéens[393] : "Dieu les maudisse ! Ils forniquent avec leurs mères[394]. Par Dieu ! Même si l'on me donnait cent mille dirhams[395], je ne toucherais pas à ma mère !" On lui dit alors : "Cela veut dire que si l'on t'en donnait plus tu le ferais ?!"

Facéties et bons mots de la littérature arabe
*(Tarâ'if wa nawâdir min al-adab al-'arabiy)*, p. 100.

Un simple d'esprit conduisait dix ânes. Il monta l'un d'eux puis compta ses bêtes. Il n'y en avait plus que neuf ! Il descendit de son âne et les recompta. Il y en avait maintenant dix. Il se dit alors : "Il vaut mieux que j'aille à pied, je gagnerai ainsi un âne, plutôt que d'en monter un et de risquer d'en perdre un autre !" Il fit donc avancer ses ânes et marcha derrière eux jusqu'à son village !

Une pierre de chaque vallée *(Min kulli wâdin hajar)*, p. 147.

Schéhérazade[396] dit au roi[397] : "On raconte, ô roi très prospère, qu'un nigaud possédait un âne qui lui était si cher qu'il avait pris l'habitude de ne pas le monter, préférant aller à pied en le tirant avec un beau licou. L'âne trottait derrière lui, docile et heureux. Pendant plusieurs années, il en fut ainsi, au point que l'homme et l'âne devinrent célèbres.

Deux voyous convinrent d'une ruse pour s'emparer de l'animal. L'un d'eux s'attacha lui-même à la place de l'âne, au licou que tenait son maître. L'autre enfourcha l'âne et s'enfuit avec.

Le nigaud, s'étant retourné, fut pris de stupeur en voyant qu'il conduisait un homme et non un âne. «Qui es-tu ? lui demanda-t-il. Où est mon âne ?»

Le mâtin lui répondit, en larmes : «C'est moi ton âne !! Mon histoire est aussi merveilleuse qu'étrange. J'étais un jeune homme, comme à présent, mais, un jour, il advint que Satan s'empara de moi et que je frappai ma mère alors que j'étais ivre[398]. Elle pria Dieu de me changer en âne. Le hasard a voulu que tu m'achètes et que tu me combles de prévenances, jusqu'au moment où, il y a quelques instants, Dieu m'a rendu mon apparence humaine d'autrefois, peut-être encore grâce aux prières de ma mère !»

Quand le nigaud, propriétaire de l'âne, eut entendu les paroles du rusé, il pleura, tant cette histoire l'avait ému. «Il n'est de puissance et de force qu'en Dieu[399] ! fit-il. Pardonne-moi, mon enfant. Pendant si longtemps, j'ai cru que tu étais réellement un âne !» Il le laissa ensuite partir, après lui avoir recommandé de ne plus irriter sa mère.

Plusieurs jours après, le nigaud s'étant rendu au marché pour s'acheter un âne, ses yeux tombèrent sur l'animal qu'il avait eu naguère. Il le reconnut aussitôt ; l'âne aussi qui lui manifesta sa joie de l'avoir retrouvé. Mais le nigaud, au lieu de l'acheter, lui murmura à l'oreille : «Pourquoi as-tu encore mis ta mère en colère ? Tu crois peut-être que je serais assez niais pour t'acheter une deuxième fois ?» Il le laissa alors et s'en alla."

Les Mille et Une Nuits *(Alf layla wa layla)*, p. 199, t. 3.

Abû l-'Aynâ'[400] était entré chez un de ses amis et avait trouvé chez lui un astrologue. "Que fait cet homme ? demanda-t-il. – Il fait l'horoscope de mon fils. – Demande-lui donc si c'est bien ton fils !"

Trésors de la perspicacité et de la finesse d'esprit
*(Al-Basâ'ir wa dh-dhakhâ'ir)*, p. 40, t. 7.

Deux hommes portèrent un différend devant un juge. L'un d'eux dit : "Dieu te garde ! Cet homme a tué mon fils ! – Ton fils a-t-il une mère ? demanda le juge. – Oui. – Envoie-la à cet homme, qu'il lui fasse, pour toi, un fils comme le tien et qu'il l'élève jusqu'à ce qu'il ait l'âge qu'avait ton fils. Ensuite, il te le donnera et sera quitte envers toi."

Le collier unique *(Al-'Iqd al-farîd)*, p. 446, t. 6.

Une femme dit à un homme qui lui faisait l'amour et tardait à "conclure" : "J'ai le cœur serré[401]." Il lui répondit : "Si ton vagin l'avait été autant que lui, il y a longtemps que j'aurais «conclu» !"

Les fleurs du printemps *(Zahr ar-rabî')*, p. 99.

Un roi dit à un homme aux vêtements usés qui parlait avec éloquence : "Ah ! Si tes vêtements étaient aussi beaux que ton langage !" L'homme répondit : "Pour ce qui est du langage, cela dépend de moi, mais pour les vêtements, c'est de toi que cela dépend !"

Le roi le couvrit alors d'une robe d'apparat[402].

Un homme célèbre pour son extrême distraction était sorti un vendredi et s'apprêtait à aller prier[403]. Il rencontra un homme de Basra[404] qui plaisantait beaucoup et qui lui dit : "Le vendredi a été reporté à demain ! – Ah ! Très bien !" fit l'autre, qui s'en retourna chez lui.

Un nigaud avait entendu dire que jeûner pendant le jour de 'Âchûrâ'[405] équivalait au jeûne d'une année. Il jeûna jusqu'à midi puis mangea et dit : "Six mois me suffisent !"

Chroniques des sots et des nigauds
*(Akhbâr al-hamqâ wa l-mughaffalîn)*, p. 162.

Un bédouin avait prié derrière l'imam[406] lors de la prière du matin[407]. L'imam récita la sourate de la Génisse *(al-Baqara[408])*. Le bédouin était pressé et il manqua un rendez-vous.

Le lendemain tôt, il se rendit à la mosquée. L'imam commença par réciter la sourate de l'Eléphant[409] *(al-Fîl)*. Le bédouin interrompit alors sa prière et s'en alla en disant : "Hier tu as récité la «Génisse» et tu n'en as pas terminé avant la mi-journée. Aujourd'hui, tu récites l'«Eléphant». Cela m'étonnerait que tu en aies fini avant le milieu de la nuit !"

Chroniques des sots et des nigauds
*(Akhbâr al-hamqâ wa l-mughaffalîn)*, p. 111.

On interrogea un pique-assiette sur une réception à laquelle il avait participé. Il répondit : “Tout y était froid sauf… l’eau !”

Facéties et bons mots de la littérature arabe
*(Tarâ’if wa nawâdir min al-adab al-‘arabiy)*, p. 129.

Un pique-assiette entra chez des gens en train de manger. “Qu’est-ce que vous mangez ?” leur dit-il. Irrités, ils répondirent : “Du poison !” Alors il tendit la main vers la nourriture et dit : “Je ne pourrai plus vivre après vous !!”

Facéties et bons mots de la littérature arabe
*(Tarâ’if wa nawâdir min al-adab al-‘arabiy)*, p. 128.

Une esclave était morte. Quand son maître l’enterra, il dit : “Tu as toujours rempli ta tâche à la perfection. Il faut que je te récompense : soyez témoins qu’elle est libre !”

Chroniques des sots et des nigauds
*(Akhbâr al-hamqâ wa l-mughaffalîn)*, p. 178.

Une jeune fille[410] dit, un jour, à Ibn as-Sammâk[411] : “Comme ton langage serait beau si tu ne te répétais pas ! – Je me répète pour que ceux qui ne l’ont pas compris le comprennent.” Elle répondit : “En attendant que ceux qui ne l’ont pas compris le comprennent, il ennuie ceux qui l’ont compris !”

Facéties et bons mots de la littérature arabe
*(Tarâ’if wa nawâdir min al-adab al-‘arabiy)*, p. 227.

Ibn Harma[412] était entré voir Mansûr[413] et avait chanté ses louanges. Mansûr, qui avait apprécié ses vers, lui dit : “Demande-moi ce que tu veux ! – Ecris à ton gouverneur à

Médine[414] que s'il me trouve ivre il ne me châtie pas. – C'est un châtiment qui ne peut pas ne pas être appliqué ! dit Mansûr. – Je n'ai pas d'autre vœu que celui-là !"

Alors Mansûr dit à son secrétaire : "Ecris à notre gouverneur à Médine : «Celui qui t'amènera Ibn Harma ivre, fais-lui donner cent coups de fouet et fais-en donner quatre-vingts à Ibn Harma.»"

Aussi, quand les hommes de la maréchaussée[415] passaient à côté de lui et qu'il était ivre, ils se disaient : "Qui irait troquer cent coups de fouet contre quatre-vingts ?!" Alors, ils passaient leur chemin et le laissaient.

Facéties et bons mots de la littérature arabe *(Tarâ'if wa nawâdir min al-adab al-'arabiy)*, p. 220.

Un bédouin dit à un poète persan[416] : "La poésie est aux Arabes[417]. Tous ceux qui, parmi vous, en disent, c'est qu'un homme de chez nous a «engrossé» sa mère !"

Et le Perse de répondre : "De la même façon, ceux qui, parmi vous, ne disent pas de poésie, c'est qu'un homme de chez nous a «engrossé» la sienne !"

Le florilège des lettres *(Zahr al-âdâb)*, p. 651, t. 1.

On dit à Khalîl ibn Ahmed[418] : "Pourquoi transmets-tu de la poésie et n'en dis-tu pas toi-même ? – Parce que je suis comme la meule : j'aiguise et ne coupe pas !"

Le collier unique *(Al-'Iqd al-farîd)*, p. 268, t. 2.

On dit à Abû Ishâq al-Madani : "Un homme de quatre-vingts ans peut-il avoir un enfant ?" Il répondit : "Oui, s'il a un voisin qui en a trente !"

Les morts oubliées *(Fawât al-wafayât)*, p. 594.

Fadl ibn ar-Rabî'[419] raconte que le cheval de Mahdi[420] l'avait, un jour, entraîné à l'écart, alors qu'il était allé à la chasse.

Il arriva devant la tente d'un bédouin. Il était affamé. "Eh ! Bédouin ! As-tu un plat d'hôte[421] ? Je suis ton hôte ! – Je vois, dit le bédouin, que tu es beau, corpulent, et de haute taille. Si tu supportes ce qu'il y a, nous t'offrirons ce que nous avons. – Apporte ce que tu as !"

Le bédouin lui donna un morceau de pain cuit sous la cendre. Le calife mangea et dit : "C'est bon. Apporte-moi ce que tu as !" L'autre lui apporta du lait et lui versa à boire. "C'est bon. Apporte-moi ce que tu as !" Le bédouin lui apporta un reste de vin de datte[422] dans une cruche. Il but une gorgée puis versa à boire à Mahdi qui, ayant bu, lui dit : "Sais-tu qui je suis ? – Non, par Dieu ! – Je suis un serviteur de la suite du calife. – Dieu te bénisse et te prolonge la vie, qui que tu sois !" Puis, le bédouin but un gobelet et lui versa à boire.

Après avoir bu le deuxième gobelet, Mahdi dit : "Eh ! Bédouin ! Sais-tu qui je suis ? – Oui, tu m'as dit que tu étais un serviteur de la suite du calife. – Non, ce n'est pas cela. – Qui es-tu alors ? – Je suis l'un des capitaines de Mahdi. – Que ta maison soit vaste et que ta visite te soit agréable !" Puis le bédouin but un gobelet et lui versa à boire.

Après avoir bu le troisième gobelet, Mahdi dit : "Eh ! Bédouin ! Sais-tu qui je suis ? – Oui... Tu as prétendu que tu étais l'un des capitaines de Mahdi... – Ce n'est pas cela. – Qui es-tu à la fin ? – Je suis le commandeur des croyants[423] en personne." Le bédouin prit la cruche et la reboucha. "Verse-moi à boire ! lui dit Mahdi. – Non, par Dieu ! Tu n'en auras plus une goutte ! – Et pourquoi ? – Je t'ai versé un gobelet et tu as prétendu que tu étais un serviteur de la suite du calife. Je l'ai admis. Puis je t'ai versé un autre gobelet et tu as prétendu que tu étais l'un des capitaines de Mahdi. Je l'ai admis. Puis je t'ai versé un troisième gobelet et tu as prétendu être le commandeur des croyants. Non, par Dieu ! Je ne t'en verserai pas un quatrième, tu dirais : «Je suis le messager de Dieu[424] !»"

Mahdi éclata de rire. Peu de temps après, des chevaux l'entourèrent et princes et nobles mirent pied à terre. Le cœur du bédouin fit un bond[425] et il ne songea plus qu'à son salut ! Mais le calife lui dit : "Ne crains rien !" Et il lui fit remettre un somptueux présent en argent et en étoffes.

Le livre des facéties *(Al-Mustatraf)*, p. 233, t. 2.

Un homme avait loué les services d'un portefaix pour transporter une caisse pleine de fioles sous réserve qu'il lui donne trois conseils pouvant lui être utiles. Ayant parcouru le tiers du chemin, le portefaix dit : "Donne-moi le premier conseil ! – Si quelqu'un te dit que la faim vaut mieux que la satiété, ne le crois pas ! – Bien." Ayant atteint la moitié du chemin, il dit : "Donne-moi le deuxième conseil ! – Si quelqu'un te dit que de marcher vaut mieux que d'être en selle, ne le crois pas ! – Bien."

Arrivé à la porte de la maison, il dit : "Donne-moi le troisième conseil ! – Si quelqu'un te dit qu'il a trouvé un portefaix plus bête que toi, ne le crois pas !" Alors le portefaix jeta la caisse et brisa toutes les fioles en disant : "Si quelqu'un te dit qu'il reste une seule fiole intacte dans la caisse, ne le crois pas !"

Les fleurs du printemps *(Zahr ar-rabî')*, p. 93.

Abû l-Hassan ibn Hilâl, quand son cheval bronchait sous lui, lui faisait couper sa ration de fourrage pour le corriger. Quand on lui en faisait la remarque, il répondait : "Bon ! Donnez-lui à manger, mais ne lui dites pas que je le sais !"

Notre littérature qui rit *(Adabunâ d-dâhik)*, p. 218.

Mansûr[426] dit à un Maghrébin[427] : "Vous devriez louer Dieu de vous avoir libérés de la peste depuis que nous vous gouvernons !"

Le Maghrébin répondit : "Dieu est trop équitable pour réunir contre nous et vous et la peste !"

Les fleurs du printemps *(Zahr ar-rabî')*, p. 329.

On raconte que Khayyât al-Makki était entré, un jour, voir Mahdi[428] et avait fait ses éloges. Celui-ci lui fit donner cinquante mille dirhams[429].

Khayyât lui demanda la permission de lui baiser la main. Mahdi y consentit et le poète s'exécuta.

Arrivé à la porte, il distribua tout l'argent reçu.

Comme on lui en faisait le reproche, il s'expliqua en disant : "De ma main j'ai touché la sienne, en quête de richesse – mais je ne savais pas que la générosité de sa main était contagieuse !"

Les fleurs du printemps *(Zahr ar-rabî')*, p. 322.

Un homme dit à Hassan al-Basri[430], Dieu lui fasse miséricorde : "Que dirais-tu d'un homme qui est mort et qui a laissé son père *(abîhi)* et son frère *(akhîhi)* ?" Il répondit : "Il faut dire : «Qui a laissé son père *(abâhu)* et son frère *(akhâhu)* !»" L'autre dit : "Et qu'a-t-il laissé à son père *(abâhu)* et à son frère *(akhâhu)* ?" Hassan répliqua : "Il faut dire : «A son père *(li abîhi)* et à son frère *(li akhîhi)* !» – Je constate que chaque fois que je t'obéis tu me dis le contraire !"

Appendice au florilège des lettres *(Dhayl zahr al-âdâb)*, p. 10.

Ma'mûn[431] raconte : "J'avais nommé un gouverneur à Koufa[432]. Ses habitants vinrent se plaindre de lui, mettant en avant un vieillard chargé de parler en leur nom. Celui-ci dit : «Calife ! Ce gouverneur, quand il nous est arrivé la première année, nous avons vendu le mobilier de nos maisons et lui en avons remis le montant.

La deuxième année, nous avons vendu nos maisons et lui avons donné l'argent récolté.

La troisième année, nous avons vendu nos vergers et nos plantations et lui en avons remis le prix. Crains Dieu et éloigne de nous cet oppresseur !»

Je dis alors : «Vous mentez, gens de Koufa ! Ce gouverneur est droit et juste. Il n'a pas son pareil parmi tous mes gouverneurs.» Le vieillard me rétorqua : «Dieu – qu'Il soit loué – t'a assis sur le trône du califat[433] pour que tu établisses la justice entre tes sujets. Si tu n'as pas, parmi tes gouverneurs, de plus juste que lui, pourquoi le réserver à la seule Koufa et priver les autres contrées de sa justice ?

Si tu avais réparti équitablement cette justice entre tous les pays, nous n'aurions pas eu, nous gens de Koufa, à la subir pendant trois ans !» Ma seule réponse fut alors de le destituer."

Les fleurs du printemps *(Zahr ar-rabî')*, p. 393.

Ibn Jidâr était allé chez Ishâq ibn Dînâr ibn 'Abd Allah et avait fait ses louanges, mais l'autre ne lui avait rien donné. Alors, il dit : "Les gens s'étonnent que j'aie fait les louanges d'Ibn Dînâr[434] et qu'il ne m'ait rien donné en échange.

A quoi j'ai ajouté : «Ne soyez pas étonnés : Dînâr est son père. Quel homme ferait à un autre le don de son père ?!»"

Appendice au florilège des lettres *(Dhayl zahr al-âdâb)*, p. 75.

Ja'far ibn Yahya l-Barmaki[435] avait appris que Rachîd[436] était en proie au chagrin parce qu'un astrologue avait prétendu que le calife allait mourir dans l'année. Ja'far enfourcha sa monture et se rendit chez Rachîd. Il le trouva plongé dans une profonde tristesse. Il dit alors à l'astrologue. "Tu prétends que le commandeur des croyants[437] va mourir dans tant et tant de jours ? – En effet. – Et toi, combien de temps te reste-t-il à vivre ? – Tant et tant… Un long moment…" Ja'far dit alors à Rachîd : "Fais-le tuer ! Tu sauras ainsi qu'il a menti te concernant comme il a menti pour ce qui est de sa propre durée de vie !"

Morts des hommes illustres *(Wafayât al-a'yân)*, p. 292, t. 1.

Mansûr[438] dit, un jour, à son ministre Rabî'[439] : "Morbleu ! Rabî' ! Comme la vie serait agréable sans la mort ! – Ce n'est que grâce à la mort que la vie est agréable ! – Comment cela ? – Sans la mort tu n'occuperais pas la place qui est la tienne[440] ! – Tu as raison."

Morts des hommes illustres *(Wafayât al-a'yân)*, p. 56, t. 2.

On raconte qu'Abû Tammâm at-Tay[441] avait déclamé devant 'Abd Allah ibn Tâhir[442] son poème en *bâ'*[443]. Abû l-'Amaythal[444] qui était présent lui dit : "Eh ! Abû Tammâm ! Pourquoi dis-tu ce que l'on ne comprend pas ?" Il répondit : "Et toi, Abû l-'Amaythal ! Pourquoi ne comprends-tu pas ce que l'on dit ?!"

Morts des hommes illustres *(Wafayât al-a'yân)*, p. 276, t. 2.

On demanda à Hind bint al-Hassan[445] : "Quel est le plus grand homme pour toi ?" Elle répondit : "Celui dont j'ai besoin !"

Les réponses péremptoires *(Al-Ajwiba l-muskita)*, p. 169.

On demanda à Mawlâ le cuisinier : "De quoi la cuisine a-t-elle besoin quand elle a été faite ?" Il répondit : "De gens affamés !"

Les réponses péremptoires *(Al-Ajwiba l-muskita)*, p. 123.

Un philosophe avait vu un homme tirer à l'arc. Ses flèches partaient à droite et à gauche. Il s'assit alors à l'endroit de la cible. Comme on lui en faisait la remarque, il dit : "Je n'ai pas trouvé d'endroit plus sûr que celui-ci !"

Conversations entre lettrés *(Muhâdarât al-udabâ')*, p. 95, t. 2.

On dit à Adham[446], le bouffon : "Le gouverneur a juré que tu n'irais à la prière[447] qu'en noir ! – Dans ce cas, j'irai tout nu !"

Les réponses péremptoires *(Al-Ajwiba l-muskita)*, p. 191.

Ma'mûn[448] avait fait préparer un repas et il avait, chez lui, un bédouin. "Allez ! Bédouin ! Vas-y ! – Je jeûne !" Les mets les plus variés défilèrent. Ayant vu passer un chevreau grillé[449], le bédouin se lava les mains. "Tu ne m'avais pas dit que tu jeûnais ? lui dit Ma'mûn. – Je peux reporter mon jeûne[450] d'un jour, mais je ne retrouverai jamais un tel chevreau !"

Le royaume du rire *(Mamlakat ad-dahik)*, p. 277.

Une bouteille de vin que tenait un Abyssin s'était brisée et il était en pleurs. On lui dit : "Fais comme si tu l'avais bue !" Il répondit : "Oui, mais comment se fait-il que je ne sois pas ivre ?"

Les réponses péremptoires *(Al-Ajwiba l-muskita)*, p. 208.

On dit à Khalîl, l'efféminé[451] : "Depuis quand n'as-tu pas connu de vagin ?" Il répondit : "Depuis le jour où j'en suis sorti !"

Les réponses péremptoires *(Al-Ajwiba l-muskita)*, p. 182.

On dit à un pauvre qui était tombé malade : "Mets-toi à la diète !" Il répondit : "C'est de cela que je suis malade !"

Les réponses péremptoires *(Al-Ajwiba l-muskita)*, p. 201.

On demanda à un soufi[452] : "Tu vends ta bure ?" Il répondit : "Je n'ai jamais vu un pêcheur vendre son filet !"

Le printemps des justes *(Rabî' al-abrâr)*, p. 592, t. 3.

Un homme avait acheté une servante[453]. L'ayant "chevauchée", il la trouva "large et humide". Il s'écria alors : "Je me noie ! Je me noie !" Une voisine qui avait de l'esprit lui lança : "Ce n'est pas grave ! Retire-le, tu seras sur le rivage !"

Les réponses péremptoires *(Al-Ajwiba l-muskita)*, p. 173.

Un bédouin s'était accroupi[454] pour pisser au milieu d'une rue de Basra[455]. On lui dit : "Dis donc, bédouin ! Tu pisses dans la rue des musulmans !" Il répondit : "Je fais partie des musulmans : j'ai pissé sur la partie de la rue qui me revient de droit !"

Les fleurs du printemps *(Zahr ar-rabî')*, p. 55.

On avait volé à un homme une sacoche. On lui dit : "Si tu avais récité sur elle un verset de la sourate de la Royauté[456], elle ne t'aurait pas été volée !" Il répondit : "Il y avait, à l'intérieur, un Coran entier !"

Le royaume du rire *(Mamlakat ad-dahik)*, p. 320.

Abû Nuwâs[457] sortait du palais du calife[458] quand le poète Raqqâchi[459] le suivit et lui dit : "Réjouis-toi, Abû 'Alî[460] ! Le calife vient, à l'instant, de t'investir d'un gouvernement !" Abû Nuwâs demanda : "Lequel ?" Raqqâchi répondit : "Il t'a chargé du gouvernement des singes et des cochons[461] ! – Alors, dit Abû Nuwâs, écoute et obéis !"

Notre littérature qui rit *(Adabunâ d-dâhik)*, p. 149.

Asma'i[462] raconte ceci : "Un homme pauvre exerçait la fonction de juge d'Al-Ahwâz[463]. Ses émoluments tardaient à venir. Or la fête du Sacrifice[464] était arrivée et il n'avait rien à sacrifier ni de quoi pouvoir faire la moindre dépense. Il s'en plaignit à sa femme et lui fit part de la gêne dans laquelle il se trouvait ainsi que de l'incapacité d'accomplir le moindre sacrifice. «Ne t'en fais pas ! J'ai ici un coq plantureux que j'ai engraissé. Le jour du Sacrifice nous l'égorgerons !»

Les voisins, ayant eu vent de la situation, lui apportèrent trente béliers, tandis qu'il se trouvait dans le lieu de prière[465], ignorant de la chose.

Quand il revint chez lui et qu'il vit les bêtes à sacrifier, il dit à sa femme : «D'où vient tout cela ? – Un tel, un tel et un tel nous ont fait cadeau de ces bêtes. – Eh bien, femme ! Garde précieusement notre coq : il est plus noble aux yeux de Dieu qu'Ismaël[466] fils d'Abraham qui n'a été remplacé que par un seul bélier alors que notre coq l'a été par trente !»"

Le collier unique *(Al-'Iqd al-farîd)*, p. 438, t. 6.

L'imam Abû Hanîfa[467] raconte : "Etant allé dans la steppe, j'eus besoin d'eau. Un bédouin vint à moi avec une gourde pleine, mais refusa de me la vendre pour moins de cinq dirhams[468]. Je les lui donnai et pris la gourde en disant : «Que dirais-tu bédouin, d'un peu de farine fine ? – Donne !» fit-il. Je lui donnai donc un peu de farine fine imbibée d'huile. Il se mit à manger jusqu'à être rassasié. Puis, ayant eu soif, il me dit : «J'ai besoin de boire ! – C'est cinq dirhams le gobelet d'eau !» lui répliquai-je. Ainsi je récupérai mes cinq dirhams plus le reste de l'eau !"

Les fruits des feuillets *(Thamarât al-awrâq)*, p. 170.

Mutawakkil[469] avait demandé à Abû l-'Aynâ'[470] : "Comment trouves-tu ma demeure que voici ? – J'ai vu des gens construire leurs maisons dans le monde, mais toi, c'est le monde que tu as construit dans ta maison !"

Le florilège des lettres *(Zahr al-âdâb)*, p. 299, t. 1.

Un homme vint voir un mufti[471] et lui dit : "J'ai rompu le jeûne du ramadan, pendant une journée. – Jeûne un autre jour, à sa place[472] ! – Je l'ai fait et je suis allé dans ma famille. Ils avaient préparé une *ma'mûniya*[473]. Ma main a été plus rapide que moi et j'en ai mangé ! – Accomplis un autre jour de jeûne, à la place ! – Je l'ai fait, mais je suis allé dans ma famille. Ils avaient fait une *harîssa*[474]. Ma main est allée plus vite que ma volonté et j'en ai pris. – M'est avis que tu ne devrais faire le jeûne que la main attachée à ton cou !"

Le livre des facéties *(Al-Mustatraf)*, p. 315, t. 2.

Mutawakkil[475] avait chargé Ibn as-Sikkît[476] de l'éducation de son fils Mu'tazz[477]. S'étant assis auprès de lui, il lui dit : "Par quoi le prince aimerait-il que nous commencions ? – Par partir *(bi l-insirâf)*[478] !"

Morts des hommes illustres *(Wafayât al-a'yân)*, p. 44, t. 5.

On demanda à un précepteur : "Pourquoi as-tu abandonné l'éducation du fils d'un tel ?" Il répondit : "Parce qu'il apprenait trop vite !"

Les réponses péremptoires *(Al-Ajwiba l-muskita)*, p. 220.

On demanda à Ibn Masawayh : "Quel est celui qui connaît le mieux les maladies du cul ?" Il répondit : "Une vieille «tapette» !"

Les réponses péremptoires *(Al-Ajwiba l-muskita)*, p. 204.

Mubarrad[479] raconte que Jammâz[480] avait donné une tunique à laver à un blanchisseur. Mais celui-ci, l'ayant égarée, lui en rendit une plus petite. Ayant interrogé le blanchisseur sur ce point, la réponse fut : "Ta tunique vient de Tûz[481]. A chaque lavage elles rétrécissent !"

Le printemps des justes *(Rabî' al-abrâr)*, p. 378, t. 3.

Un homme aimait une femme. Il la vit en rêve se donner à lui. Il l'informa de la chose et elle le traîna devant le juge à qui elle dit : "Il a joui de moi en rêve autant qu'il a voulu ! Qu'il me paie en dédommagement du préjudice !" Le juge répondit : "Donne-lui un dinar[482] ! – Quoi ? s'écria l'homme. Lui payer un dinar alors que je ne l'ai «prise» qu'en rêve ! – Tu dois payer !" L'homme donna un dinar et s'en alla. Au moment où la femme allait franchir le pas de la porte, le juge lui dit : "Reviens !" Elle s'exécuta. Il lui reprit le dinar et le remit à son huissier. Puis il dit à la femme : "Va ! Tu as reçu de lui ce qu'il a reçu de toi !"

Les jardins fleuris *(Hadâ'iq al-azâhir)*, p. 60.

On raconte qu'un bédouin avait immolé un chameau le jour de la fête du Sacrifice[483]. Il racontait, sans arrêt, à qui voulait l'entendre, qu'il avait sacrifié un chameau. Au point que quelqu'un lui dit : "Combien de temps encore vas-tu nous parler de ton chameau ?" Le bédouin répondit : "Dieu, qu'Il soit loué et exalté, a égorgé un bélier en sacrifice à la place du prophète Ismaël[484], et Il en a parlé, à plusieurs reprises, dans le Coran. Pourquoi n'aurais-je pas le droit, moi, de parler de mon chameau ?!"

Les fleurs du printemps *(Zahr ar-rabî')*, p. 376.

Un homme s'était plaint à Abû l-'Aynâ'[485] de sa triste condition. "Réjouis-toi, lui dit Abû l-'Aynâ', Dieu t'a comblé en te donnant l'islam et la santé[486]. – Certes, répondit l'autre, mais entre les deux il y a une faim qui me dévore les «tripes» !"

Les fleurs du printemps *(Zahr ar-rabî')*, p. 89.

Tâliqâni était un ami d'Abû Hanîfa[487]. Il était particulièrement niais. Un jour, il demanda à Ibn 'Aqîl[488] : "Que dit votre école juridique à propos de la femme ? Est-ce que son fils peut la donner en mariage à quelqu'un ?" Ibn 'Aqîl répondit : "Cela dépend : si elle est vierge oui, si elle ne l'est pas, non !"

Chroniques des sots et des nigauds
*(Akhbâr al-hamqâ wa l-mughaffalîn)*, p. 153.

Une esclave musicienne[489] dit, un jour, à Abû l-'Aynâ'[490] : "Eh ! L'aveugle !" Il répondit : "Rien ne me protège mieux de la vue de ton visage que ma cécité !"

Traits d'esprit et bons mots d'aveugles *(Nukat al-'umyân)*, p. 67.

Mutawakkil[491] demanda un jour à Abû l-'Aynâ' l'aveugle : "Qu'est-ce qui t'a été le plus pénible dans ta perte de la vue ? – De m'avoir privé de la tienne, ô commandeur des croyants[492] !"

Le florilège des lettres *(Zahr al-âdâb)*, p. 793, t. 2.

Une femme poussait devant elle quatre ânes quand, soudain, deux jeunes gens l'accostèrent et lui dirent : "Puisse ta journée être heureuse, mère des ânes !" Elle répondit aussitôt : "La vôtre aussi, mes enfants !"

Le royaume du rire *(Mamlakat ad-dahik)*, p. 196.

'Abd ar-Rahmân m'a raconté, le tenant d'Asma'i[493], que deux hommes avaient un esclave en commun. L'un d'eux se leva et se mit à frapper l'esclave. "Qu'est-ce que tu fais ? dit l'associé. – Je frappe ma part !"

Le meilleur des chroniques *('Uyûn al-akhbâr)*, p. 52, t. 4.

Une personne dit à une autre : "Je suis venu te voir pour une petite chose. – Laisse-la grandir !"

Les fleurs du printemps *(Zahr ar-rabî')*, p. 362.

Jâhiz raconte : "J'ai vu à Koufa[494] un fou qui m'a dit : «Qu'est-ce qui est le plus puissant : l'eau ou le vent ? – Le vent. – Faux ! répondit le fou. – Et comment cela ? – Quand un habit tombe dans l'eau, il se mouille en un clin d'œil. Ensuite, quand on l'étend au vent, il ne sèche qu'un long moment après. J'ai raison ou non ? – Tu as raison !»"

La sagesse des fous *('Uqalâ' l-majânîn)*, p. 129.

Asma'i[495] raconte : "Je passai par la steppe[496] quand, arrivé devant une maison, je vis une belle femme. Elle me servit à manger. J'étais émerveillé par sa beauté. Un instant après, un homme arriva. Il était noir et laid. Quand il fut entré, elle se leva pour aller à sa rencontre, épongea sa sueur et se mit à le servir. C'était son mari.

Quand je voulus sortir de chez eux, je dis à la femme : «Toi qui es si belle[497], comment peux-tu t'accommoder d'un tel mari ?» Elle répondit : «J'ai entendu un hadith[498] du Prophète – sur lui soient la prière et le salut de Dieu – qui dit : "La foi est faite de deux moitiés : l'une est la constance[499], l'autre la gratitude." Quand j'ai considéré la beauté dont j'avais été comblée, j'en ai remercié Dieu, le Très-Haut, et quand j'ai observé la laideur du visage de mon mari, je l'ai supportée avec constance pour qu'en réunissant les deux moitiés ma foi soit complète !»"

Les fleurs du printemps *(Zahr ar-rabî')*, p. 398.

Abû ach-Chamaqmaq[500] le poète était un lettré plein d'esprit mais malchanceux, misérable et difficile à vivre. Il restait chez lui, couvert de haillons élimés. Quand quelqu'un demandait qu'on lui ouvre la porte, il regardait à travers le trou de la serrure. Si la personne lui plaisait, il ouvrait. Sinon, il faisait le mort. Un de ses amis qui était venu le voir était entré et, devant son triste état, lui dit : "Réjouis-toi, Abû ach-Chamaqmaq : un hadith[501] rapporte que ceux qui sont nus en ce monde seront vêtus au jour du Jugement dernier. – Par Dieu ! Si ce que tu dis est vrai, je serai marchand d'habits ce jour-là !"

Le collier unique *(Al-'Iqd al-farîd)*, p. 35, t. 3.

Jâhiz[502] raconte : "Personne ne m'a fait autant honte qu'une femme qui, m'ayant emmené chez un orfèvre, lui dit : "Comme lui !" Je restai perplexe en entendant ces mots.

La femme étant partie, je questionnai l'orfèvre qui me dit : "Elle m'a demandé de lui ciseler un visage de diable[503]. Comme je lui avais dit que je n'en avais jamais vu, elle t'a amené ici !"

Les fleurs du printemps *(Zahr ar-rabî')*, p. 12.

Un homme alla au marché pour acheter un âne. Un ami à lui le rencontra et lui demanda où il allait. "Au marché, pour acheter un âne, répondit-il. – Il faut dire : *In châ'a llah*[504]. – Il n'y a aucune raison de dire *In châ'a llah* ; les dirhams[505] sont dans ma manche et l'âne au marché !"

Tandis qu'il se cherchait un âne, on lui vola les dirhams et il revint tout déconfit. Son ami le rencontra et lui dit : "Qu'est-ce que tu as fait ? – On m'a volé les dirhams, *In châ'a llah* !" L'ami répliqua : "Là, il n'y a aucune raison de dire *In châ'a llah* !"

Chroniques des sots et des nigauds
*(Akhbâr al-hamqâ wa l-mughaffalîn)*, p. 146.

On demanda à un chrétien : "Qui est le meilleur de Jésus[506] ou de Moïse[507] ?" Il répondit : "Jésus ressuscitait les morts[508], Moïse, lui, a vu un homme, lui a asséné un coup et l'a tué[509]. Jésus a parlé, encore enfant, dans le berceau[510]. Moïse, lui, à plus de quatre-vingts ans a dit : «Défais le nœud qui est sur ma langue, afin qu'ils comprennent mes paroles[511].» A toi de juger lequel des deux vaut le mieux !"

Les fleurs du printemps *(Zahr ar-rabî')*, p. 347.

Abû Hanîfa[512] avait vu un homme prier et qui ne faisait pas de génuflexion[513]. Il lui dit : "Eh toi ! Il n'y a pas de prière sans génuflexion !" L'autre répondit : "C'est vrai, mais je suis ventripotent et si je faisais une génuflexion pour prier je risquerais de péter ! Il vaut mieux que je prie debout, plutôt que de prier en pétant !"

Les fleurs du printemps *(Zahr ar-rabî')*, p. 352.

On raconte ceci : "Un savant[514] entra dans une ville et fit sa prière à côté d'un homme qui disait, après avoir prié : «Que Dieu ne soit pas loué ! – Comment cela ?» L'homme répondit : «Je voulais dire "Que Dieu soit loué !" trente-trois fois, mais, par étourderie, je l'ai dit quarante fois. J'ai voulu récupérer le trop-perçu !»"

Les fleurs du printemps *(Zahr ar-rabî')*, p. 350.

Asma'i[515] raconte : "Ayant amené chez moi un bédouin, je dis à ma femme : «Fais-nous un poulet !» Elle le prépara. Je m'assis avec mes deux fils, mes deux filles et ma femme puis je dis à l'homme : «Partage-le entre nous !» Il détacha la tête et dit : «La tête à la tête (de la famille) !» Puis il détacha les deux ailes et dit : «Aux deux fils, les deux ailes !» Ensuite il arracha les deux cuisses et dit : «Aux deux filles, les deux cuisses !» Puis il détacha le croupion et dit : «Le croupion à la vieille !» Enfin, il décolla les flancs et la poitrine et dit : «Le reste au visiteur !» Et il les mangea.

Je dis à ma femme : «Fais-nous cinq poulets !» Elle les prépara. Nous étions tous présents. Je me dis : «Cette fois-ci, je l'aurai !» Je demandai donc à l'homme de faire le partage entre nous. «Comment le voulez-vous, ce partage ? Pair ou impair ?» Je répondis : «Dieu est impair… Il aime ce qui est impair. – Très bien ! fit le bédouin. Toi, ta femme et un poulet cela fait un chiffre impair. Tes deux fils et un poulet, un autre chiffre impair. Tes deux filles et un poulet, encore un chiffre impair. Moi et deux poulets, un chiffre impair !»

«C'est un partage qui ne me satisfait pas», dis-je. Il répondit : «Tu préfères un partage pair ? – Oui. – Eh bien ! Toi, tes deux fils et un poulet font un chiffre pair ! Ta femme, tes deux filles et un poulet, un autre chiffre pair. Moi et trois poulets faisons un chiffre pair !»"

Chroniques des hommes d'esprit et des libertins
*(Akhbâr az-zirâf wa l-mutamâjinîn)*, p. 67.

Mutawakkil[516] avait visé un moineau. Comme il l'avait manqué, son ministre lui dit : "Tu as bien fait, seigneur ! – Tu te moques de moi ?! – Non, j'ai dit : Tu as bien fait envers le moineau !"

Les fleurs du printemps *(Zahr ar-rabî')*, p. 73.

'Amr ibn Mohammed raconte : "Ayant rencontré Bâdharûja[517] le chanteur et Sikbâja[518] le danseur à Sâmarrâ'[519], je m'écriai : «Eh ! Valet ! La table ! Les mets sont arrivés !»"

Appendice au florilège des lettres *(Dhayl zahr al-âdâb)*, p. 74.

Khâlid allait à cheval un jour de grand froid couvert de nuages quand un homme se dressa sur son chemin en disant : "Par Dieu ! Je te conjure de ne pas me couper le cou ! – Pourquoi ? Tu t'es rendu coupable d'impiété après avoir eu la foi ? – Non, répondit l'homme. – Tu as été adultère après avoir été chaste ? – Non, répondit l'homme. – Tu as cédé aux tentations de Satan ? – Non. – Tu as tué quelqu'un sans raison ? – Non. – Alors quoi ?" Il répondit : "J'ai un ennemi qui colle à moi et m'étouffe ! – Qui est-ce ? – La pauvreté ! – Qu'est-ce qui te serait suffisant ? – Quatre mille dirhams[520]", fit l'homme. Khâlid dit à son page[521] : "Verse-lui cette somme !" Puis quelque temps après, se tournant vers ses familiers, il leur dit : "Y a-t-il un seul commerçant à avoir fait un bénéfice aussi gros que le mien aujourd'hui ? – Comment cela ? demandèrent-ils. – Eh bien, j'avais résolu de donner à cet homme trente mille dirhams. Comme il ne m'en a demandé que quatre mille, il m'a fait économiser vingt-six mille dirhams !"

Choix de bons mots et de chroniques
*(Al-Mukhtâr min an-nawâdir wa l-akhbâr)*, p. 30.

Bachchâr[522], à côté de qui des gens étaient passés, portant un cercueil à vive allure, s'écria : "Qu'est-ce qu'ils ont à être tellement pressés ? On dirait qu'ils l'ont volé et qu'ils ont peur qu'on ne les rattrape pour le leur reprendre !"

Le livre des chansons *(Kitâb al-aghânî)*, p. 31, t. 3.

On prétend que, dans un certain pays, un commerçant avait voulu partir voir un notable, poussé par l'appât du gain. Il possédait cent manns[523] de fer qu'il laissa en dépôt à l'un de ses amis et s'en alla. De retour, quelque temps après, il alla réclamer son fer. Mais l'autre répondit : "Les rats l'ont mangé. – En effet, j'ai entendu dire que rien ne coupait mieux le fer que leurs dents." L'homme se réjouit de la crédulité de l'autre.

Puis, le commerçant, étant sorti, tomba sur l'un des fils de notre homme. Il le prit et l'emmena chez lui. Son père, le lendemain, se rendit chez le commerçant et lui dit : "Sais-tu où est mon fils ?" Le commerçant répondit : "Quand je suis sorti de chez toi hier, j'ai vu un faucon enlever un jeune garçon. C'est peut-être ton fils." L'homme se frappa le visage en criant : "O gens ! Avez-vous jamais entendu dire ou vu que des faucons enlevaient des garçonnets ? – Oui, répondit le commerçant, dans une terre où les rats mangent cent manns de fer, quoi d'étonnant à ce que des faucons y enlèvent des enfants ? – C'est moi qui ai «mangé» ton fer ! avoua alors l'autre. En voici le prix et rends-moi mon fils !"

Le livre de Kalîla et Dimna *(Kitâb Kalîla wa Dimna)*, p. 242.

'Umar ibn Maymûn raconte : "Je passai dans une rue de Koufa[524] quand, soudain, je me trouvai devant un homme qui se disputait avec un voisin. J'intervins en demandant : «Qu'est-ce que vous avez tous les deux ?» L'un d'eux répondit : «Un ami à moi est venu me rendre visite. Comme il avait envie d'une tête de mouton, je lui en ai acheté une. Nous avons déjeuné puis j'ai pris les os et les ai déposés devant la porte de ma maison[525]. Alors, ce type est venu, les a pris et mis devant sa porte pour faire croire aux gens que c'était lui qui avait acheté la tête !»"

Le livre des facéties *(Al-Mustatraf)*, p. 226.

On raconte que Hârûn ar-Rachîd[526], Dieu l'ait en Sa miséricorde, dit à un homme du Maghreb[527] venu le voir : "Le monde est comme un oiseau dont la queue serait le Maghreb !" L'homme répliqua : "Ceux qui ont dit cela ont dit vrai, commandeur des croyants[528]... c'est un paon !"

Rachîd éclata de rire, admirant la rapidité de la réplique et la façon dont l'homme avait fait triompher la cause de son pays.

Les analectes (*Nafh at-tîb)*, p. 228, t. 1.

Jâhiz[529] raconte que l'on avait amené à un gouverneur un homme qui avait commis un crime. Le gouverneur ordonna qu'on lui coupe la tête. Au moment où on lui allongeait la tête sur le billot, l'homme supplia : "Grâce ! Par la tête de ta mère !" Le gouverneur dit au bourreau : "Fais ton office !" Le criminel cria : "Par ses joues et par sa gorge ! – Frappe ! ordonna le gouverneur. – Par ses seins ! – Frappe ! – Par son nombril !" Alors, le gouverneur s'écria : "Misérable !" Ajoutant : "Laissez-le avant qu'il ne descende plus bas !"

Les bonnes actions et les contraires *(Al-Mahâsin wa l-addâd)*, p. 26.

Mutawakkil[530] dit, un jour, à ses familiers : "Les musulmans en ont voulu à 'Uthman[531] pour un certain nombre de choses dont le fait que lorsque l'imam Abû Bakr[532] – que Dieu l'agrée – montait en chaire[533], il descendait d'une marche par rapport à celle sur laquelle se tenait le Prophète – sur lui soient la prière de Dieu et le salut – que 'Umar[534], ensuite, se tenait à une place inférieure à celle d'Abû Bakr, alors que 'Uthman, lui, montait au sommet de la chaire."

'Abbâd lui répliqua : "Personne ne t'a rendu plus grand service que 'Uthman, ô commandeur des croyants[535] ! – Comment cela ? – Eh bien ! Du fait qu'il soit monté au sommet de la chaire. Si chaque calife avait dû descendre d'une marche, et si 'Uthman l'avait fait par rapport à son prédécesseur, c'est du fond d'un puits que tu nous adresserais tes sermons !" Mutawakkil et ceux qui l'entouraient éclatèrent alors de rire.

Les fruits des feuillets *(Thamarât al-awrâq)*, p. 178.

On raconte qu'un astrologue se trouvait dans le *majlis*[536] d'un roi. Il s'était mis à parler des configurations célestes, quand lui parvint la nouvelle que sa femme était en train de le tromper.

Un bel esprit déclama alors : "L'astrologue nous parle des événements du ciel – et il ignore ce qui se passe chez lui !"

Les fleurs du printemps *(Zahr ar-rabî')*, p. 47.

Quelqu'un a raconté ceci : "J'étais, une nuit, assis chez un gouverneur. Ses serviteurs lui amenèrent deux hommes. «Qui est ton père ?» demanda le gouverneur à l'un des deux qui répondit : «Je suis le fils de celui dont jamais la marmite ne retombe – et si, un jour, elle descend, bien vite elle remonte. On voit les gens qui se pressent au seuil de sa maison – certains debout et d'autres assis.»

Le gouverneur se dit : «Le père de cet homme ne peut être que quelqu'un de noble et de généreux !» Puis il dit à l'autre : «Et toi ? Qui est ton père ?» Il répondit : «Je suis le fils de celui devant qui les cous s'inclinent – que ce soient ceux des Makhzûm[537] ou des Hâchim[538]. Soumis, ils lui obéissent – et il prend leur argent et leur sang.»

Le gouverneur se dit : «Son père ne peut être qu'un homme d'un grand courage !» Et il les libéra.

Quand ils furent partis, je dis au gouverneur : «Le père du premier était un vendeur de fèves bouillies et celui du second un barbier !»"

Les fleurs du printemps *(Zahr ar-rabî')*, p. 238.

Ibn al-Jassâs[539] entra présenter ses condoléances à un grand savant[540] à l'occasion du décès de sa mère. Il lui dit, devant toute l'assistance, en riant : "Par Dieu ! Quel plaisir cela me fait !" L'homme et les gens présents furent interloqués. Quelqu'un lui dit : "Comment son chagrin et le nôtre peuvent-ils te faire plaisir ?" Il répondit : "On m'avait dit que c'était lui qui était mort. Quand il s'est avéré que c'était sa mère, cela m'a fait plaisir !"

Les morts oubliées *(Fawât al-wafayât)*, p. 374.

Etant entré chez un savant homme d'esprit pour lui rendre une visite à l'occasion d'une maladie, je lui dis : "Remercie Dieu, le Très-Haut, et rends-Lui grâce !" Il répondit : "Le remercier, alors qu'Il a dit : «Si vous remerciez, je vous donnerai davantage encore[541].» J'aurais peur, si je Le remercie, qu'Il me rende encore plus malade !"

Les fleurs du printemps *(Zahr ar-rabî')*, p. 113.

On raconte que Dhû n-Nûn[542], l'Egyptien – que Dieu lui fasse miséricorde[543] –, connaissait le nom suprême de Dieu[544]. Yusuf ibn al-Hussayn raconte : "M'étant assuré de cela, je me rendis en Egypte et me mis à son service pendant un an. Puis je lui dis : «Dieu te bénisse ! Je t'ai servi, j'ai un droit sur toi. J'aimerais que tu me dises le nom suprême de Dieu. Tu me connais... Tu ne trouveras personne qui soit plus digne que moi de le connaître.» Dhû n-Nûn, pendant six mois, ne dit rien et ne me fit aucune réponse.

Enfin, il me laissa entrevoir qu'il allait me dire quelque chose. Il sortit de chez lui un plateau surmonté d'un couvercle retenu par un foulard.

Dhû n-Nûn habitait Guizeh[545]. «Tu connais un tel notre ami, à Fustât[546] ? me dit-il. – Oui. – J'aimerais que tu lui portes ceci !»

Je pris donc le plateau et me mis à marcher en me disant, chemin faisant : «Quelqu'un comme Dhû n-Nûn, envoyer un présent à un tel... Qu'est-ce que cela peut bien être ?» Arrivé au pont, n'y tenant plus, je dénouai le foulard et ôtai le couvercle. Aussitôt, une souris jaillit du plateau et s'enfuit. Fort irrité, je me dis : «Dhû n-Nûn se moque de moi. Faire envoyer par quelqu'un comme moi une souris !!»

Je revins, plein de colère et quand il me vit, comprenant ce qu'exprimait mon visage, il me dit : «Sot que tu es ! Je t'ai fait confiance pour une souris et tu m'as trahi. Comment pourrais-je le faire pour le nom suprême de Dieu ?! Va et que je ne te revoie plus jamais !»"

Les fruits des feuillets *(Thamarât al-awrâq)*, p. 173.

Des voleurs s'étaient introduits dans la maison d'Abû Sa'îd et avaient pris tout ce qu'elle contenait. Quand ils sortirent, il les suivit, portant quelques objets qu'ils avaient laissés. "Où vas-tu, bonhomme ? firent-ils. Qu'est-ce que tu fais avec nous ?" Il répondit : "Je cherche une maison où me réfugier !" Ils éclatèrent de rire.

Appendice au florilège des lettres *(Dhayl zahr al-âdâb)*, p. 195.

Un voleur qui était entré chez un pauvre avait fouillé sa maison sans rien y trouver. Quand il voulut sortir, le maître des lieux lui dit : "Quand tu sortiras, ferme bien la porte !" Le voleur répliqua : "Avec tout ce que j'ai pris chez toi, tu voudrais, en plus, que je sois ton domestique ?!"

Les fleurs du printemps *(Zahr ar-rabî')*, p. 535.

'Attâbi[547] ayant rencontré Mansûr an-Nimri lui demanda comment il allait : "Je suis inquiet, répondit l'autre, j'ai laissé ma femme en proie à un difficile accouchement. – Tu veux que je t'indique un moyen de le lui faciliter ? lui demanda 'Attâbi. – Lequel ? – Ecris : Hârûn[548] sur son pubis. – Quel rapport avec son état ? – Eh bien, n'est-ce pas toi qui as écrit, à propos de Hârûn : «Si la pluie tarde à tomber, ses dons, eux, ne tardent pas» ou «Si une situation est inextricable (étroite), à la mention de son nom, elle se dénoue (s'élargit)»."

Le collier unique *(Al-'Iqd al-farîd)*, p. 335, t. 5.

Un des fils de 'Isâ ibn Ja'far avait fait venir un groupe d'efféminés[549]. Ils vinrent et se mirent à jouer et à danser. L'un d'eux restait immobile. "Qu'est-ce que tu as ? lui dit le fils de 'Isâ. – Je ne sais rien faire. – Pourquoi alors es-tu entré, fils de pute ?! Eh ! Serviteur ! Apporte-moi une écuelle pleine de crottin et une autre pleine de braises !" On les lui apporta. "Par Dieu ! fit alors le fils de 'Isâ. Tu vas manger le contenu de l'une des deux écuelles ou je te frappe à mort ! – Monseigneur ! Laisse-moi faire une prière de deux génuflexions[550] ! – Va prier !" Il se leva pour aller prier. Mais cela durait. "Alors ? Fils de pute ! Ça va durer longtemps cette prière ?! Tu as déjà fait plus de vingt génuflexions ! – Monseigneur ! je mets toutes mes forces à prier Dieu de me métamorphoser en autruche pour pouvoir avaler les braises ou en porc pour être capable de manger la merde, mais Il n'a toujours pas accédé à ma requête ! Laisse-moi prier et L'invoquer dans l'espoir qu'Il exauce mon vœu !" Le fils de 'Isâ éclata de rire et lui fit un présent.

Appendice au florilège des lettres *(Dhayl zahr al-âdâb)*, p. 240.

Mohammed ibn Munâdhir et Abû Sa'd le transmetteur[551] de Bachchâr[552] racontent : "Bachchâr, l'aveugle, chez qui nous étions réunis un jour, s'était mis à rire après avoir gardé longtemps le silence. «Qu'est-ce qui te fait rire, Abû Mu'âdh[553] ? – Ce qui me fait rire, répondit-il, c'est qu'il n'y a pas, sur toute la terre, un seul homme qui ne rêverait pas d'avoir un membre plus grand que celui qu'il a, ni une seule femme qui ne voudrait pas que son sexe soit plus étroit que celui qu'elle possède ! Or, si Dieu avait exaucé le vœu des hommes et celui des femmes, cela aurait conduit à l'impuissance, empêché le coït et donc la fécondation qui est une grâce accordée par Dieu à l'humanité !»"

Le livre des propos sur les mulets *(Kitâb al-qawl fî l-bighâl)*, p. 95.

Bard al-Khayâr le secrétaire[554] avait rencontré Abû l-'Abbâs al-Mubarrad[555] sur le pont *(al-jisr)*, un jour de froid. Il dit : "Toi, tu es le refroidi *(al-mubarrad)* et moi le froid (*al-bard)*, et le jour est froid *(bârid)*. Traversons vite, que les gens n'attrapent pas un rhume !"

Appendice au florilège des lettres *(Dhayl zahr al-âdâb)*, p. 74.

Ma'mûn[556] avait demandé à ses amis de l'informer de tout ce qu'ils entendraient et verraient dans la capitale abbasside[557]. Un jour, l'un d'entre eux lui apprit qu'un bédouin était récemment descendu à Bagdad et qu'il lui ressemblait comme deux gouttes d'eau, ajoutant : "On a l'impression, commandeur des croyants[558], en voyant ce bédouin de te voir toi couvert de modestes vêtements parcourir les quartiers de la capitale pour t'enquérir de son état et de celui de ton peuple !"

Ma'mûn, impressionné, ordonna qu'on lui amène son sosie, le bédouin. Les recherches allèrent bon train et on finit par le trouver. Il fut alors amené à la cour du calife, sans avoir opposé la moindre résistance.

A peine Ma'mûn l'eut-il aperçu qu'il eut un mouvement de stupeur. Il eut l'impression qu'un autre lui-même s'avançait vers lui, tant ils se ressemblaient. Durant la conversation, le calife manifesta une admiration grandissante pour le bédouin devant ses réponses pertinentes et sensées, ainsi que pour la rapidité de ses réparties, de son esprit et pour son apparence exprimant la noblesse et sa démarche majestueuse.

Une dernière fois, Ma'mûn tenta d'éprouver l'habileté de l'homme à se sortir des questions les plus embarrassantes. Il lui dit, avec ironie : "Dis-moi, frère des Arabes[559] ! Ta mère ne serait-elle pas déjà venue à Bagdad ?" Le bédouin répondit, avec la même ironie : "Non, commandeur des croyants ! Mais mon père, oui !"

Ma'mûn lui fit alors donner un somptueux présent puis ordonna de l'expulser de la capitale en lui faisant promettre de ne jamais plus y remettre les pieds !

Les plus savoureux des bons mots et facéties
*(Ahlâ n-nawâdir wa t-tarâ'if)*, p. 74.

Khalîl[560] et 'Abd Allah ibn al-Muqaffa'[561] étaient réunis une nuit et avaient conversé jusqu'au petit matin. Quand ils se furent séparés, on demanda à Khalîl : "Qu'est-ce que tu penses d'Ibn al-Muqaffa' ?" Il répondit : "Je pense que c'est un homme qui a plus de savoir que d'intelligence[562]." On dit à Ibn al-Muqaffa' : "Qu'est-ce que tu penses de Khalîl ?" Il répondit : "Je pense que c'est un homme qui a plus d'intelligence que de savoir !"

Morts des hommes illustres *(Wafayât al-a'yân)*, p. 17, t. 2.

Asma'i[563] raconte : "Je dis, un jour, à un jeune bédouin qui me faisait la conversation et me régalait de son éloquence et de sa belle mine : «Est-ce que tu serais heureux d'avoir mille dirhams[564] et d'être sot ? – Non, par Dieu ! – Et pourquoi donc ? – J'aurais peur que ma sottise ne me fasse commettre un méfait qui dissiperait mon argent et me laisserait ma sottise !"

Chroniques des gens intelligents *(Akhbâr al-adhkiyâ)*, p. 160.

Une femme, sous le règne de Ma'mûn[565], avait prétendu être prophétesse. L'ayant fait venir, il lui demanda : "Qui es-tu ? – Je suis Fâtima, la prophétesse ! – Est-ce que tu crois dans le Livre de Dieu[566] ? – Oui. – Est-ce que tu crois en Muhammad et en tout ce qu'il a apporté ? – Oui. Tout ce qu'il a apporté est la vérité." Ma'mûn lui dit alors : "N'as-tu pas entendu ce propos du Prophète, disant : «Pas de prophète après moi[567] !» – Je l'ai entendu et j'y crois. Mais le Messager[568] a-t-il dit : «Pas de prophétesse après moi ?!»"

Le summum de la finesse *(Nihâyat al-arab)*, p. 14, t. 4.

Un homme, sous le règne de Ma'mûn, prétendit être Abraham, l'Ami de Dieu[569]. Ma'mûn lui dit : "Le miracle de l'Ami était d'avoir été jeté dans le feu[570]. Nous allons t'y jeter pour voir dans quel état tu seras ! – Je préférerais quelque chose de moins dur que cela... – Alors le miracle de Moïse qui a jeté son bâton qui s'est transformé en serpent[571] ! – C'est encore plus dur que le premier... – Alors celui de Jésus, qui était de ressusciter les morts[572] ! – Là, c'est parfait ! Je vais trancher le cou du juge Yahya ibn Aktam[573] et le ressusciter, devant vous, sur-le-champ." Yahya s'écria alors : "Je suis le premier à avoir foi en toi et à t'avoir cru !" Ma'mûn éclata de rire et lui donna une récompense.

Le livre des facéties *(Al-Mustatraf)*, p. 262, t. 2.

Un roi était superstitieux. Un borgne l'ayant croisé, il le fit emprisonner. Après qu'il fut resté un certain temps en prison, le roi l'en fit sortir. "Pourquoi m'as-tu emprisonné ? dit l'homme. – Parce que tu portes malheur." L'autre répondit : "C'est toi qui portes malheur, plus que moi : tu es sorti de ton palais, tu m'as croisé et il ne t'est arrivé que du bien. Moi, je suis sorti, je t'ai rencontré et tu m'as mis en prison ! – Il a raison", reconnut le roi et il lui fit donner un présent.

Joyaux réunis *(Jam' al-jawâhir)*, p. 221.

Un homme dit à un ami : "Viens chez moi, nous allons manger du pain et du sel." Il partit avec lui pensant que c'était une image. Mais, effectivement, ce fut bien du pain et du sel qu'on lui servit.

Un mendiant qui s'était arrêté devant la porte de l'ami lui dit : "Sois béni !" et demanda la charité avec insistance. Le maître des lieux lui cria alors : "Par Dieu ! Attends que j'arrive ! Tu vas voir !" L'invité intervint et dit au mendiant : "Va-t'en tout de suite ! Si tu savais, comme moi, combien il a été sincère dans sa promesse, tu saurais qu'il risque fort de l'être dans ses menaces !"

Joyaux réunis *(Jam' al-jawâhir)*, p. 361.

Mubarrad[574] raconte qu'Abû Ja'far al-Mansûr[575] avait nommé un préposé aux aveugles, aux orphelins et aux femmes restées sans mari. Un homme misérable entra voir ce préposé, accompagné de son fils, et dit : "Pourrais-tu inscrire mon nom avec celui des femmes restées sans mari ? – Ce sont des femmes ! Comment pourrais-je t'inscrire avec elles ? – Avec les aveugles, alors !? – Là, d'accord ! Car Dieu dit : «Ce ne sont pas les yeux qui sont aveugles, mais les cœurs qu'enferment les poitrines[576].» – Et inscris mon fils avec les orphelins ! – Cela aussi je le ferai car quelqu'un dont tu es le père ne peut être qu'orphelin !" Et l'homme partit après s'être fait coucher sur la liste des aveugles et avoir inscrit son fils sur celle des orphelins !

Morts des hommes illustres *(Wafayât al-a'yân)*, p. 442, t. 3.

On prétend qu'un ermite[577] recevait, chaque jour, de la part d'un commerçant une ration de beurre fondu[578] et de miel[579]. Après avoir mangé à sa suffisance, il mettait le reste dans une jarre[580] suspendue à un pieu au coin de la pièce si bien qu'elle finit par être pleine.

Un jour que l'ermite était couché par terre, tenant à la main son bâton, il pensa à la valeur du beurre et du miel, en se disant : "Je vais vendre pour un dinar[581] le contenu de cette jarre. Avec cela j'achèterai dix chèvres qui me donneront, tous les cinq mois, des chevreaux. En peu de temps j'aurai un abondant troupeau..."

Il calcula qu'au bout de quelques années il pourrait avoir plus de quatre cents bêtes. "Avec cela j'achèterai cent vaches, se dit-il. Pour quatre chèvres j'aurai un taureau et une vache. Ensuite, j'achèterai un terrain et des semences, je louerai des journaliers, je labourerai grâce au taureau et je tirerai profit du lait des femelles et de leurs produits. Dans cinq ans à peine, j'aurai acquis, grâce aux cultures, une énorme fortune. Je construirai alors une somptueuse demeure, j'achèterai des esclaves et des servantes, et j'épouserai une femme très belle. Celle-ci me donnera un magnifique garçon pour qui je choisirai les plus beaux noms qui existent. Quand il aura grandi, je lui donnerai la meilleure éducation qui soit et, en cela, je serai très ferme. S'il se montre docile, parfait, sinon je le frapperai à la tête avec ce gourdin !" Et il fit le geste en direction de la jarre qu'il brisa et dont le contenu se déversa sur son visage !

Le livre de Kalîla et Dimna *(Kitâb Kalîla wa Dimna)*, p. 346.

Abû Dulâma[582], étant entré voir Mahdi[583], salua, puis s'assit et donna libre cours à ses larmes. "Qu'est-ce que tu as ? demanda le calife. – Umm Dulâma[584] est morte ! – Nous sommes à Dieu et à Lui nous revenons[585] !" Pris de compassion devant une telle douleur, Mahdi lui dit : "Dieu te garde, Abû Dulâma !" Et il lui fit donner mille dirhams[586], ajoutant : "Puissent-ils t'aider dans ton malheur !"

Abû Dulâma les prit, en bénissant le calife et partit. Rentré chez lui, il dit à sa femme Umm Dulâma : "Va voir Khayzurân[587]. Quand tu seras entrée auprès d'elle, fonds en larmes et dis : «Abû Dulâma est mort !» Elle partit et demanda à être reçue par Khayzurân. Celle-ci lui ayant donné l'autorisation d'entrer, l'autre se mit à pleurer. "Qu'est-ce que tu as ? – Abû Dulâma est mort ! – Nous sommes à Dieu et à Lui nous revenons !" fit Khayzurân qui, compatissante, lui fit remettre deux mille dirhams. L'autre la bénit et s'en alla.

Peu après, Mahdi entra voir Khayzurân qui lui dit : "Monseigneur ! Tu savais qu'Abû Dulâma était mort ? – Non, ma mie, c'est sa femme Umm Dulâma qui est morte. – Mais non, par Dieu ! C'est Abû Dulâma ! – Il sort de chez moi à l'instant ! répliqua Madhi. – Il y a un instant, elle est aussi sortie de chez moi !" fit Khayzurân.

Et elle lui raconta ce qui s'était passé et lui parla des larmes qu'Umm Dulâma avait versées. Le calife éclata de rire devant tant de roublardise.

Les bonnes et les mauvaises actions
*(Al-Mahâsin wa l-masâwi')*, p. 602.

On raconte qu'un roi étant passé près d'un homme pauvre qui labourait la terre s'arrêta devant lui et lui demanda : "Quel est ton nom ?" Il répondit : "'Umar. – Et quel âge as-tu ? – Tant et tant…" Et voici qu'ils avaient le même âge et qu'ils étaient nés la même nuit ! L'homme se déplaça… Il boitait. La ressemblance entre le pauvre homme et le roi était complète car lui aussi était boiteux. Le roi s'écria : "Puisqu'il y a une telle ressemblance entre nous, comment se fait-il que tu sois pauvre et que moi je sois roi ?" L'homme répondit : "Certes notre signe à tous les deux est celui du Verseau, mais ta naissance a eu lieu au moment où le seau est sorti plein du puits, tandis que, moi, je suis né quand il y est descendu vide !"

Appréciant ces paroles, le roi dit : "Il convient que je t'associe à mon règne comme Dieu nous a associés par la naissance !" Et il fit de l'homme un de ses familiers.

Les fleurs du printemps *(Zahr ar-rabî')*, p. 533.

On raconte qu'un juge avait aperçu un cheval monté par un homme. Il trouva l'animal beau et dit à un autre homme : "Va voir cette personne, dis-lui que cette jument est à toi et intente-lui un procès !"

L'homme alla voir le propriétaire de l'animal et prétendit que la jument était à lui, sans avoir observé s'il s'agissait d'un cheval ou d'une jument, observation que le juge non plus n'avait pas faite.

Quand ils plaidèrent devant le juge, celui-ci dit au propriétaire de l'animal : "As-tu un témoin qui atteste que cette jument est à toi ?" Il répondit : "Oui. J'en ai deux, et qui sont impartiaux !"

Il releva le bât du cheval et, faisant apparaître ses testicules, déclara : "Voilà deux témoins qui attestent que ce n'est pas une jument !" Et le juge en fut tout dépité !

Les fleurs du printemps *(Zahr ar-rabî')*, p. 264.

Un homme, sous le règne de Mutawakkil[588], prétendit être prophète. Ayant comparu devant le calife, celui-ci lui dit : "Tu es prophète ? – Oui. – Quelle preuve as-tu de la réalité de ta prophétie ? – Le Coran atteste de ma prophétie, par cette parole de Dieu, le Très-Haut : «Quand viendra l'assistance de Dieu *(nasr Allah)* et la victoire *(al-fath)*[589].» Or mon nom est : Nasr Allah. – Et quel est ton miracle ? – Amenez-moi une femme stérile. Je l'«honorerai» et elle sera enceinte d'un enfant qui parlera sitôt né et qui croira en moi."

Mutawakkil dit à son ministre Hassan ibn 'Isâ : "Amène-lui ta femme que nous constations son miracle ! – Pour moi, fit le ministre, j'atteste qu'il est bien le prophète de Dieu ! Que celui qui ne croit pas en lui lui donne sa femme !"

Mutawakkil éclata de rire et fit grâce à l'homme.

Le livre des facéties *(Al-Mustatraf)*, p. 262, t. 2.

Un mendiant était venu devant une maison pour demander la charité. Du haut d'une fenêtre, une femme apparut qui lui dit : "Qu'est-ce que tu veux ? – Un dirham[590]. – Je ne l'ai pas. – Un *dâniq*[591], alors ! – Non plus. – Un vêtement, alors ! – Pas davantage. – Une poignée de farine. – Je n'en ai pas. – De l'huile, alors !" Jusqu'à énumérer tout ce que l'on peut trouver dans une maison. Mais elle répondait, invariablement : "Il n'y en a pas !" Alors, le mendiant lui dit : "Garce ! Qu'est-ce qui te retient ici ? Viens demander l'aumône avec moi !"

Les bonnes et les mauvaises actions
*(Al-Mahâsin wa l-masâwi')*, p. 584.

Abû l-'Anbas[592] était monté en chaire à Tâ'if[593]. Après avoir rendu grâce à Dieu et L'avoir loué, il dit : "Et maintenant *(ammâ ba'd...)*[594]..." Mais il ne put dire un seul mot. Il reprit, ensuite : "Savez-vous ce que je voulais vous dire ? – Non, firent les gens présents. – Ce que je voulais vous dire ne vous aurait été d'aucun intérêt." Et il descendit. Le vendredi suivant, il monta en chaire et dit : "Et maintenant..." mais il ne put articuler un seul mot. Il dit alors : "Savez-vous ce que je voulais dire ? – Oui, répondirent-ils. – Alors vous n'avez pas besoin que je vous dise ce que vous savez déjà." Et il descendit. Le vendredi suivant il dit : "Et maintenant..." et il eut un "trou". Puis il dit : "Savez-vous ce que je voulais vous dire ? – Certains d'entre nous le savent, d'autres non." Il conclut alors : "Eh bien, que celui d'entre vous qui le sait le dise à celui qui ne le sait pas !" Et il descendit.

Le collier unique *(Al-'Iqd al-farîd)*, p. 148, t. 4.

Ibn Abî Laylâ raconte : "Je voyageai en compagnie d'un Syrien[595]. Celui-ci prit une grenade d'un panier juché sur la tête d'un porteur et la mit dans sa manche. Etonné par son geste, je me dis : «J'ai dû mal voir.» Puis, passa un mendiant à qui il donna la grenade. Encore plus étonné, je lui dis : «Tu as pris une chose qui ne t'était pas licite et tu l'as donnée à un mendiant !» Il me répondit : «Je l'ai prise, et c'était une mauvaise action, mais ensuite je l'ai donnée, ce qui valait dix bonnes actions !»"

Conversations entre lettrés *(Muhâdarât al-udabâ')*.

Un mendiant s'était arrêté devant une porte en disant : "O nobles et pieux habitants de cette maison !" Un homme lui dit : "Ils ont changé !"

Les réponses péremptoires *(Al-Ajwiba l-muskita)*, p. 230.

Ibn al-Jassâs écrivit à un intendant à lui de lui faire porter cent manns[596] de coton. Ce qu'il fit. Mais quand Ibn al-Jassâs les eût égrenés il ne restait plus que le quart du poids. Il écrivit alors à l'intendant : "Je n'ai retiré de ce coton que vingt-cinq manns. Dorénavant, il faudra cultiver du coton égrené !"

Chroniques des sots et des nigauds
*(Akhbâr al-hamqâ wa l-mughaffalîn)*, p. 44.

On raconte que Bahlûl[597] se rendit, un jour, au palais de Hârûn ar-Rachîd[598]. Voyant le siège où trônait le calife, il s'y assit, un instant. Les serviteurs l'aperçurent, le frappèrent et l'arrachèrent du trône du calife. Celui-ci, sortant de l'intérieur du palais, vit Bahlûl en pleurs. Il demanda aux serviteurs quelle en était la cause. "Il s'est assis à ta place, dirent-ils. Alors nous l'avons frappé et extirpé de là." Il les réprimanda vertement puis dit à Bahlûl : "Ne pleure pas ! – Hârûn ! répondit l'autre. Ce n'est pas sur ma situation que je pleure, mais sur la tienne : je me suis assis, à peine un instant, à ta place et j'ai récolté une pluie de coups. Toi qui es assis là toute ta vie, qu'est-ce que cela doit être pour toi ?!"

Les fleurs du printemps *(Zahr ar-rabî')*, p. 576.

Un commerçant nous a raconté ceci : "Nous étions réunis, venant de différents pays, dans la mosquée de 'Amr ibn al-'Âs[599] pour discuter. Tandis que nous étions assis à parler, voici qu'une femme apparut, près de nous, au pied d'une colonne. Un des commerçants de Bagdad[600] lui dit : «Qu'est-ce que tu veux ? – Je suis une femme seule, mon mari m'a quittée il y a dix ans et je n'ai plus entendu parler de lui. Je suis allée chez le juge pour qu'il m'autorise à me remarier mais il a refusé. Mon mari ne m'a laissé aucun moyen de subsistance. Je cherche un étranger qui puisse témoigner que mon mari est mort ou qu'il m'a répudiée ou alors qui dise : "C'est moi son mari !" et qui me répudie devant le juge. J'attendrai la durée légale avant de me remarier.»

L'homme lui dit : «Donne-moi un dinar[601] pour que j'aille avec toi chez le juge pour lui dire que je suis ton mari et que je te répudie.» Elle pleura alors et dit : «Par Dieu ! Je n'ai que cela.» Et elle sortit quatre sous[602]. L'autre les lui prit et partit avec elle chez le juge. Il tarda à revenir…

Le lendemain, l'ayant rencontré, nous lui demandâmes : «Qu'est-ce qui t'a retenu si longtemps ? – Ah ! Laissez-moi ! Je suis tombé dans une affaire dont la seule évocation est un scandale ! – Raconte ! – Eh bien, je me suis présenté avec elle au juge. Elle a alors prétendu que j'étais son mari et que j'étais resté absent pendant dix ans ; et elle me demanda de lui rendre sa liberté ! Je confirmai ses dires. Le juge dit alors : "Est-ce que tu lui pardonnes ? – Ah non par Dieu ! s'écria-t-elle, il me doit une dot[603] et les frais supportés pendant dix ans. J'y ai droit !" Le juge ordonna : "Donne-lui son dû, et tu as le choix entre la répudier ou la garder !"

Je n'osai pas raconter l'arrangement que j'avais passé avec elle, on ne m'aurait pas cru. Le juge menaça de me livrer au chef de la maréchaussée. Il fut, finalement, convenu que je lui verse une somme de dix dinars qu'elle prit. En outre, je fus tenu de verser aux clercs et aux assistants du juge les quatre sous qu'elle m'avait donnés !» Nous nous moquâmes de lui et, honteux, il quitta l'Egypte. Personne ne sait ce qu'il est devenu."

Chroniques des gens intelligents *(Akhbâr al-adhkiyâ')*, p. 171.

Abû Dulâma[604] fit les louanges de Mahdi[605] qui, ravi de ses vers, lui dit : "Dis-moi ce que tu veux ! – Commandeur des croyants[606], fais-moi don d'un chien de chasse[607] ! – Fils de sotte, qu'est-ce que tu ferais d'un chien ? Curieuse demande ! – Commandeur des croyants ! Est-ce ma demande ou la tienne ? – La tienne, bien sûr. – Eh bien, je te demande de m'offrir un chien de chasse."

Mahdi ordonna qu'on lui donne un chien. "Commandeur des croyants ! Et s'il m'arrive d'aller à la chasse, j'irai à pied ?" Le calife ordonna qu'on lui donne une monture. "Et qui la conduira ? – Qu'on lui donne un palefrenier ! – Et qui fera cuire notre gibier ? – Qu'on lui donne un cuisinier ! – Et tous ces gens, qui les entretiendra ? – Qu'on enregistre à son nom un terrain construit de deux cents *jarîb*[608] et un autre non construit, de la même surface !"

Les catégories des poètes *(Tabaqât ach-chu'arâ')*, p. 58.

Un homme glouton et un bédouin s'étaient assis pour manger. L'homme dit au bédouin : "Comment est mort ton père ?" pour que ses paroles le distraient de manger. Il répondit : "Il a été atteint de telle et telle chose." Et il se mit à parler pendant un long moment, tandis que l'autre mangeait. Puis, le bédouin demanda : "Et toi, comment est mort ton père ?" pour que ses propos le distraient, lui aussi, de manger. Il répondit : "Il a eu une indigestion, et il est mort !"

Appendice au florilège des lettres *(Dhayl zahr al-âdâb)*, p. 351.

On raconte que deux hommes étaient partis du Khorassan[609] pour Bagdad[610]. L'un d'eux tomba malade et l'autre décida de rentrer. Il dit à son compagnon : "Que dois-je dire à ceux qui me demanderont de tes nouvelles ?" Dis-leur : "Quand il est entré à Bagdad, il s'est plaint de la tête, de ses dents, d'une humeur exécrable, de palpitations au cœur, de battements dans le foie, d'un gonflement des genoux, d'un tremblement dans les jambes et d'une faiblesse à se tenir sur ses pieds." L'ami répondit : "J'ai entendu dire qu'en toute chose rien ne vaut la concision. Comme je risque d'être trop long, pour eux, je leur dirai seulement : «Il est mort.»"

Les fleurs du printemps *(Zahr ar-rabî')*, p. 59.

On raconte que quelqu'un écrivit à une femme qu'il aimait : "Ordonne à ton image de venir à moi !" Elle lui répondit : "Envoie-moi un dinar[611], je viendrai à toi en chair et en os !"

Les fleurs du printemps *(Zahr ar-rabî')*, p. 247.

Un sage ayant vu un professeur à l'écriture détestable lui dit : "Pourquoi n'enseignes-tu pas la lutte ? – Je n'y excelle pas. – Tu enseignes bien l'écriture sans y exceller !"

Les fleurs du printemps *(Zahr ar-rabî')*, p. 45.

Jammâz[612] ne faisait entrer chez lui que trois personnes tant sa maison était exiguë. Ayant invité trois de ses amis, six arrivèrent, chacun se tenant sur un seul pied. Ils frappèrent à la porte. Jammâz regarda par un trou au bas de la porte, comme il avait l'habitude de le faire. Il compta six pieds. Quand il ouvrit la porte, ils entrèrent : "Sortez d'ici, hurla-t-il, ce sont des humains que j'ai invités, pas des grues !"

Appendice au florilège des lettres *(Dhayl zahr al-âdâb)*, p. 114.

Une esclave musicienne avait été présentée à Mutawakkil[613] qui lui dit : "Tu es vierge ou quoi ?" Elle répondit : "Je suis «quoi», commandeur des croyants[614]." Il lui trouva de l'esprit et l'acheta.

Les fleurs du printemps *(Zahr ar-rabî')*, p. 203.

On dit à Abû l-'Aynâ'[615] : "Ne te hâte pas. La hâte vient de Satan[616]." Il répondit : "S'il en était ainsi, celui à qui Dieu a parlé[617] – sur Lui la prière et le salut – n'aurait pas dit : «Je me suis hâté vers toi, Seigneur, pour T'être agréable[618].»"

Bons mots et traits d'esprit *(Al-Latâ'if wa z-zarâ'if)*, p. 123.

Un homme sous le règne de Mansûr[619] se prétendit prophète. Le calife lui dit : "Tu n'es qu'un prophète de bas étage !" L'autre répondit : "Chaque prophète est envoyé à ceux qui sont à son image."

Le livre des facéties *(Al-Mustatraf)*, p. 79, t. 1.

Safi ad-dîn al-Hilli[620] dit, à propos d'un homme appelé 'Îsâ[621] et qui était un enfant trouvé : "On t'a nommé 'Îsâ, mais tu n'as fait nul miracle et tu ne lui ressembles ni pour le savoir ni pour la noblesse.

Tu n'as montré aucune de ses vertus, si ce n'est le fait d'être né d'une mère sans avoir de père."

Le recueil *(Dîwân)* de Safi ad-dîn al-Hilli.

On raconte qu'un esclave toucha la jambe de son maître qui lui dit : "Qu'est-ce que tu fais ?" Il répondit : "Excuse-moi, maître ! Je t'ai pris pour ma maîtresse !"

Les fleurs du printemps *(Zahr ar-rabî')*, p. 535.

Un homme dit à un alawite[622] : "Tu es un verger !" L'alawite répondit : "Et toi le cours d'eau dont il s'abreuve !"

Le livre des facéties *(Al-Mustatraf)*, p. 80, t. 1.

Sahl ibn Hârûn[623] écrivit un livre faisant l'éloge de l'avarice et qu'il dédia à Hassan ibn Sahl[624]. Celui-ci écrivit au dos : "Nous avons fait en sorte que ta récompense pour ce livre soit en conformité avec ce que tu y prônes !"

Le livre des facéties *(Al-Mustatraf)*, p. 221, t. 1.

On offrit à Sâlim le conteur une bague sans chaton. Il dit : "Que celui qui a donné cette bague reçoive au Paradis une chambre sans plafond !"

Le livre des facéties *(Al-Mustatraf)*, p. 264, t. 1.

Il y avait, à l'époque de Mu'tamid ibn 'Abbâd[625], un voleur connu sous le surnom de Faucon gris. Il était tellement voleur qu'il vola alors même qu'il était sur sa croix[626]. Mu'tamid l'avait fait crucifier sur le bord du chemin qu'empruntaient les gens de la campagne, pour qu'ils le voient. Or, tandis qu'il était ainsi, sur son bois, sa femme et ses filles s'approchèrent de lui et se mirent à pleurer. Un campagnard passa, monté sur un mulet, avec un chargement de vêtements et d'effets divers. Le supplicié lui cria : "Seigneur ! Regarde dans quel état je suis ! J'ai quelque chose à te proposer, d'aussi avantageux pour toi que pour moi. – De quoi s'agit-il ? – Tu vois ce puits ? Quand les hommes de la maréchaussée m'ont traqué, j'y ai jeté cent dinars[627]. Essaie de les récupérer. Ma femme et mes filles que voici tiendront ton mulet pendant ce temps."

Le campagnard prit la corde du puits et s'y laissa descendre, après être convenu avec l'autre qu'il aurait la moitié de la somme. Quand il arriva au fond du puits, la femme du voleur coupa la corde, et il resta là à hurler. Sa femme et ses filles firent main basse sur ce qu'il y avait sur le dos du mulet et s'enfuirent avec. Ceci se passait par une journée de chaleur accablante. Dieu fit qu'une personne vint au secours de l'homme et, avec d'autres, parvint à l'extraire du puits. Ils lui demandèrent ce qui lui était arrivé. Il répondit : "Ce «salopard» m'a eu ! Sa femme et ses filles ont pris mes habits et mes affaires !"

L'histoire ayant été portée à la connaissance d'Ibn 'Abbâd, celui-ci la trouva extraordinaire et fit venir le Faucon gris à qui il dit : "Comment as-tu pu faire cela, à l'article de la mort ? – Seigneur ! Si tu savais le plaisir que je trouve dans le vol, tu renoncerais à ton pouvoir pour t'y adonner !" Et Ibn 'Abbâd éclata de rire, en le maudissant.

Les analectes *(Nafh at-tîb)*, p. 264, t. 5.

Quelqu'un dit à Bachchâr ibn Burd[628] : "Dieu n'a jamais ôté ses yeux à un croyant sans lui avoir donné, en compensation, quelque chose de mieux qu'eux. Qu'est-ce qu'il t'a donné en compensation ? – De ne pas voir un fils de «pute» comme toi !" répondit Bachchâr.

Traits d'esprit et bons mots d'aveugles *(Nukat al-'umyân)*, p. 66.

On raconte qu'un bédouin cria à Ma'mûn[629] : "'Abd Allah ! 'Abd Allah !" Ma'mûn irrité, lui dit : "Comment oses-tu m'appeler par mon nom ?" Le bédouin répondit : "Nous, nous appelons Dieu par Son nom !" Ma'mûn se tut et lui fit un présent.

Un homme du Hedjaz[630] dit à Ibn Chubruma[631] : "C'est de chez nous qu'est sortie la science ! – Oui, mais elle n'y est pas retournée !"

L'éloquence et la clarification *(Al-Bayân wa t-tabyîn)* p. 337, t. 1.

On raconte qu'un roi labourait la terre dans un verger voisin de son harem. Un de ses familiers qui aimait plaisanter s'approcha de lui. "Je sème des pénis d'âne !" lui dit le roi. L'homme lui murmura, alors, à l'oreille : "Que Votre Majesté parle moins fort, les femmes risqueraient de l'entendre et de se précipiter pour les déterrer avant qu'ils ne se couvrent de feuilles !"

Les fleurs du printemps *(Zahr ar-rabî')*, p. 63.

On raconte à propos de Hârûn ar-Rachîd[632] qu'il eut, une nuit, une terrible insomnie. Il dit à son ministre Ja'far fils de Yahya l-Barmaki[633] : "Je n'arrive pas à dormir cette nuit. J'ai le cœur oppressé. Je ne sais pas quoi faire." Son serviteur Masrûr[634] était debout devant lui et riait. Le calife lui dit : "Tu ris pour te moquer de moi ou est-ce par désinvolture ? – Par ta parenté avec le seigneur des messagers[635], je ne l'ai pas fait volontairement. Voilà : je suis sorti hier et j'ai marché devant le palais du côté du Tigre[636] où j'ai vu des gens attroupés. M'étant arrêté, j'ai vu un homme qui faisait rire tout le monde. Il s'appelle Ibn al-Maghâzili. En pensant à l'instant, à une chose qu'il a dite, je n'ai pas pu m'empêcher de rire. Pardon, commandeur des croyants[637] !"

Hârûn ar-Rachîd lui dit : "Amène-le-moi immédiatement !" Masrûr sortit en hâte et, arrivé devant Ibn al-Maghâzili, lui dit : "Le commandeur des croyants exige ta présence ! – Entendre c'est obéir ! répondit l'autre. – Mais à condition, dit Masrûr, que s'il te donne quelque chose tu en aies le tiers et moi le reste. – Ah non ! Donne-moi la moitié et à toi l'autre !" Mais Masrûr refusa en disant : "Le tiers pour toi et le reste pour moi !" Après bien des discussions, l'autre finit par accepter. Quand il entra auprès de Rachîd, le commandeur des croyants lui dit : "Si tu arrives à me faire rire, je te donnerai cinq cents dinars[638], sinon je te frapperai trois fois avec ce sac !"

Ibn al-Maghâzili se dit : "Qu'est-ce que c'est que trois coups de sac", pensant que celui-ci était vide.

Il se mit donc à parler, à faire des grimaces et des mimiques qui auraient fait éclater de rire des pierres. Mais Hârûn ar-Rachîd ne riait pas. Il ne souriait même pas. Ibn al-Maghâzili s'en étonna, s'en irrita et prit peur. Rachîd lui dit : "A présent tu as mérité les coups promis !" Et il prit le sac. Or celui-ci contenait quatre pierres d'un poids de deux livres chacune. Il l'en frappa.

Dès que le coup se fut abattu sur sa nuque, Ibn al-Maghâzili poussa un hurlement et, se souvenant de la condition que lui avait imposée Masrûr, s'écria : "Grâce, commandeur des croyants ! Ecoute-moi ! Je n'ai que deux mots à dire ! – Dis ce que tu as à dire ! – Masrûr m'a imposé une condition : nous nous étions mis d'accord sur le fait que, sur les libéralités dont j'aurais pu bénéficier de ta part, il lui reviendrait les deux tiers et à moi un tiers. Il n'a accepté cet arrangement qu'avec peine. Le commandeur des croyants veut m'asséner trois coups. Or ma part n'est que d'un coup et la sienne de deux !

J'ai reçu ma part, reste la sienne !" A ces mots, Rachîd éclata de rire. Il appela Masrûr et le frappa. "Commandeur des croyants, cria celui-ci, j'ai mon compte !" Le calife, en riant, leur fit donner mille dinars, chacun en recevant cinq cents.

Le livre des facéties *(Al-Mustatraf)*, p. 265.

Un homme de lettres écrivit : "Le bain maure qui (= laquelle)[639] *(al-hammâm al-llatî...)*..." On lui dit : "Mais hammam est du masculin !" Il répondit : "Il s'agit du bain des femmes !"

Chroniques des sots et des nigauds
*(Akhbâr al-hamqâ wa l-mughaffalîn)*, p. 154.

'Amr ibn Nahyawayh m'a raconté ceci : "Je déjeunais, un jour, chez Kindi. Un homme entra, qui était un de ses voisins et un ami à moi. Mais il ne lui offrit pas de manger avec nous. C'était l'homme le plus avare que Dieu ait créé. J'en eus honte pour lui. Je dis alors : «Louange à Dieu ! Si tu t'approchais pour partager notre repas !» L'autre ayant répondu : «Par Dieu ! J'ai déjà mangé», Kindi s'empressa de répliquer : «Il n'y a rien à dire après Dieu !» Mon ami, ne pouvant, ainsi, ni avancer ni retirer son bras, resta immobile. Car, s'il avait tendu la main, il aurait été impie ou aurait mis quelque chose à côté de Dieu !"

Le livre des avares *(Kitâb al-bukhalâ')*, p. 37.

On raconte qu'un jour, Mazyad[640] étant ivre, sa femme lui dit : "Je prie Dieu qu'il te rende le vin odieux !" Il répondit : "Et à toi les hommes !"

Les fleurs du printemps *(Zahr ar rabî')*, p. 49.

On raconte qu'un mendiant passa à côté de gens qui mangeaient. Il dit : "Le salut soit sur vous, avares ! – Comment ?! Tu nous traites d'avares ? – Démentez-moi avec un pain !"

Les fleurs du printemps *(Zahr ar-rabî')*, p. 57.

Un bédouin s'arrêta devant des gens et dit à l'un d'eux : "Quel est ton nom ? – Mâni' (Défenseur)", répondit-il. Il dit à un autre : "Quel est ton nom ? – Muhriz (Gardien)." Il demanda à un autre : "Quel est ton nom ?" Il répondit : "Hâfiz (Protecteur). – Morbleu ! C'est à croire que vous n'avez que des noms de cadenas !"

Le plaisir de la convivialité *(Al-Imtâ' wa l-mu'ânasa)*, p. 57, t. 2.

On raconte qu'Abû l-Hudayl al-'Allâf[641] rencontra Sâlih ibn 'Abd al- Quddûs[642] qui avait perdu un fils qu'il pleurait amèrement. Abû l-Hudayl al-'Allâf lui dit : "Je ne vois pas pourquoi tu te lamentes sur lui puisque, pour toi, l'être humain est comme une semence. – Abû l-Hudayl ! Si je me lamente de l'avoir perdu c'est parce qu'il a disparu sans avoir lu le *Livre des doutes*. – Le *Livre des doutes* ? Qu'est-ce que c'est ? – C'est un livre que j'ai écrit. Quiconque l'a lu doute de ce qui a été au point de s'imaginer qu'il n'a pas été, et qu'il doute de ce qui n'a pas été, au point de s'imaginer qu'il a été !" Abû l-Hudayl conclut : "Eh bien toi, doute de la mort de ton fils et fais comme s'il n'était pas mort même s'il est mort, et imagine qu'il a lu le *Livre des doutes* même s'il ne l'a pas lu !"

Morts des hommes illustres *(Wafayât al-a'yân)*, p. 396, t. 3.

On raconte à propos de la sottise des gens de Qazwîn[643] qu'un homme de chez eux avait deux femmes. Comme elles étaient tombées toutes les deux malades, il alla voir le médecin et l'informa de la chose. Le médecin lui dit : "Apporte-moi, demain, leurs urines !" L'homme versa les deux urines dans une même fiole dont il entoura le milieu d'un fil. Arrivé chez le médecin, il lui dit : "Voici la fiole avec leurs urines. Ce fil marque la limite entre les deux." Un homme lui dit alors : "Tu aurais dû attacher le fil à l'intérieur pour leur éviter de se mélanger !"

Les fleurs du printemps *(Zahr ar-rabî')*, p. 154.

On demanda au poète Ahwâzi où il se situait. Il répondit : "Je suis, de tous les hommes, celui qui a le plus d'esprit, le plus poète, le plus généreux et le plus cultivé !" Celui qui l'avait interrogé lui dit : "Ce n'est pas à toi de dire cela de toi-même. Laisse aux autres le soin de le dire !"

Ahwâzi répondit : "J'ai attendu trente ans et personne ne l'a dit. J'ai jugé bon de le dire moi-même !"

On raconte qu'un groupe de gens de Homs[644] discutèrent des parties du corps et de leur utilité. Ainsi dirent-ils : "Le nez est fait pour sentir, la bouche pour manger, la langue pour parler. Mais à quoi servent les oreilles ?" Ne trouvant aucune réponse, ils décidèrent, à l'unanimité, d'aller poser la question à un juge. Ils partirent donc mais le trouvèrent occupé. Ils s'assirent alors à la porte de sa maison. Or il y avait là un tailleur en train de tresser des fils qu'il mettait sur son oreille. Ils s'écrièrent : "Dieu nous a donné la réponse à la question que nous étions venus poser au juge ! C'est pour poser les fils que l'oreille a été créée !" Et ils s'en allèrent, tout heureux de leur découverte.

Chroniques des sots et des nigauds
*(Akhbâr al-hamqâ wa l-mughaffalîn)*.

Un grammairien aveugle marchait dans une rue, appuyé sur un de ses disciples. Soudain, ils tombèrent devant une flaque d'eau. Le disciple dit à son maître : "Saute, maître !" Le grammairien sauta et tomba au beau milieu de la flaque. Alors il explosa de colère et appela toutes les malédictions sur le garçon. Le disciple dit : "Quelle faute ai-je commise ? Est-ce que je ne t'ai pas dit : «Saute ! *(Iqfaz !)*»" Le grammairien lui répondit : "Comme tu es ignorant en grammaire ! Tu aurais dû dire : «*Iqfazanna*[645] *!*» (Saute donc !) Si tu avais dit cela, j'aurais sauté avec plus d'énergie et je ne serais pas tombé dans la flaque !"

Un cheikh[646] dit à 'Abd Allah ibn al-Muqaffa'[647] : "Mon fils parle une langue qui nous est inconnue. J'aimerais que tu discutes avec lui. Si ses mots sont des mots rares de la langue arabe, il reste dans le cadre de cette langue, et si c'est quelque chose qu'il invente, nous le soignerons pour essayer de le corriger."

Ibn al-Muqaffa' alla le voir et l'entendit dire : "Eh ! Valet ! Selle-moi mon cheval noir *(aswad)* ! – C'est *adham* qu'il faut dire et non *aswad.* – Pourquoi ? Parce qu'il n'est pas noir *(aswad)* ? – Si, répondit Ibn al-Muqaffa', il est noir, mais, pour un cheval, on ne dit pas *aswad.*"

Le jeune homme resta, un instant, muet, puis lança : "Eh ! Valet ! Selle-moi mon âne noir *(adham)* ! – Il ne faut pas dire *adham* pour un âne, mais *aswad* !" Le jeune homme me dit : "Pourquoi doit-on dire pour lui *aswad* ? – Parce qu'il est noir *(aswad).* – Mais, rétorqua-t-il, tu m'as interdit de dire un cheval noir *(aswad)* alors qu'il est noir *(aswad)* ! – C'est ainsi que disent les Arabes." Il conclut alors : "Ou bien les Arabes sont des sots ou bien vous êtes les plus menteuses des créatures !"

Le livre des propos sur les mulets
*(Kitâb al-qawl fî l-bighâl),* p. 99-100.

Notre maître 'Armûti a raconté qu'un de ses parents de Syrie[648] était venu le voir à Ispahan[649]. "Je l'emmenai, dit-il, au hammam[650]. Il y avait beaucoup de monde. Comme il avait lâché un pet dans le hammam, je le réprimandai vertement. Il me dit alors : «Mon frère ! Nous pétons en arabe ! Ces gens sont des non-Arabes[651]. Ils ne comprennent pas notre langue, pas plus que nous ne comprenons la leur[652] !»"

Les fleurs du printemps *(Zahr ar-rabî')*, p. 31.

Abû l-Khazz, client[653] de Sukayna bint al-Hussayn[654], était un homme d'esprit. Un voleur s'introduisit chez lui, fit un baluchon de ses vêtements et les emporta. Abû l-Khazz lui cria : "Par mon père ! Quel est ton nom ? – Nâfi' (profitable), répondit l'autre. – Par Dieu ! Ce n'est pas à moi qu'il a profité !"

Le livre du divertissement et des lieux de divertissement *(Kitâb al-lahwi wa l-malâhî)*, p. 25.

Un homme s'était plaint de sa femme à Abû l-'Aynâ'[655] qui lui dit : "Est-ce que tu aimerais qu'elle meure ?" Il répondit : "Non, par Dieu, l'Unique divinité ! – Pourquoi, puisqu'elle est pour toi un tourment ? – J'aurais peur, par Dieu, d'en mourir de joie !"

Trésors de la perspicacité et de la finesse d'esprit *(Al-Basâ'ir wa dh-dhakhâ'ir)*, p. 198.

Abû l-'Aynâ' dit : "J'étais, un jour, chez Abû l-Jahm, quand un homme vint le voir et lui dit : «Tu m'as fait une promesse. Si tu l'accomplissais ? – Je ne m'en souviens pas ! – Si tu ne t'en souviens pas c'est parce que ceux à qui tu fais, comme à moi, des promesses sont légion, mais, moi, je ne l'oublie pas parce que ceux à qui je demande de tenir leur promesse, comme à toi, sont peu nombreux !»"

Morts des hommes illustres *(Wafayât al-a'yân)*, p. 469, t. 3.

On raconte qu'un homme fut conduit devant Ma'mûn[656]. "Par Dieu ! dit celui-ci. Je vais te tuer ! – Commandeur des croyants[657], accorde-moi un délai ! – J'ai juré !" L'homme répondit : "Il vaut mieux pour toi rencontrer Dieu en ayant été parjure plutôt qu'en ayant été violent[658] !" Et le calife le gracia.

Les fleurs du printemps *(Zahr ar-rabî')*, p. 565.

Un visiteur s'était attardé au chevet d'un malade. "De quoi te plains-tu ? lui demanda-t-il. – De ta trop longue présence !"

Les fleurs du printemps *(Zahr ar-rabî')*, p. 78.

On dit à un avare : "Quel est le comble de la félicité ?" Il répondit : "Que l'hôte s'excuse de ne pouvoir manger parce qu'il jeûne !"

Les fleurs du printemps *(Zahr ar-rabî')*, p. 151.

Abû l-'Aynâ'[659] raconte : "Un jeune fils d'Abd ar-Rahmân ibn Khâqân m'a, un jour, couvert de honte. Comme je lui avait dit : «Comme j'aimerais avoir un fils comme toi !», il me lança : «C'est facile ! Fais monter mon père sur ta femme, elle te fera un fils comme moi !»"

Les fleurs du printemps *(Zahr ar-rabî')*, p. 660.

Asma'i[660] raconte qu'une vieille bédouine s'était assise avec des jeunes gens pour boire du vin de datte[661]. Après avoir avalé coupe sur coupe, elle leur dit en souriant : "Parlez-moi de vos femmes. Est-ce qu'elles boivent du vin ? – Oui." Elle répondit : "Par le Maître de la Ka'ba[662] ! Si vous dites vrai, qui d'entre vous connaît son père ?"

Les fleurs du printemps *(Zahr ar-rabî')*, p. 165.

Un pique-assiette passa à côté de personnes en train de manger. Il dit : "Le salut soit sur vous, assemblée de gens vils ! – Ah que non ! répliquèrent-ils. Au contraire, nous sommes nobles et généreux !"

Alors il plia sa jambe pour s'asseoir et dit : "Mon Dieu ! Fais qu'ils soient sincères et que je sois un menteur !"

Le collier unique *(Al-'Iqd al-farîd)*, p. 211, t. 6.

Au nombre des nigauds, Hamza ibn Bîd, qui dit, un jour, à son valet : "Quel jour avons-nous fait la prière du vendredi à Ar-Rusâfa[663] ?" Le valet réfléchit un moment puis dit : "Mardi !"

Les fruits des feuillets *(Thamarât al-awrâq)*, p. 190.

Un homme dit à Mazyad al-Madani[664] : "Si le chien aboie contre toi, récite «O peuple des démons et des hommes[665]». – Pour moi, dit Mazyad, il vaudrait mieux que tu te munisses d'un bâton : tous les chiens ne connaissent pas le Coran par cœur !"

Les fleurs du printemps *(Zahr ar-rabî')*, p. 327.

Un astrologue demanda à quelqu'un : "Quel est ton signe astral ?" Il répondit : "Le bouc." Ceux qui étaient là éclatèrent de rire : "Il n'y a pas de signe du bouc en astrologie ! – Si ! leur répondit-il. On m'a dit, et j'étais un petit garçon, il y a de cela vingt ans : «Ton signe est le Capricorne.» Il n'y a pas de doute que, depuis ce temps-là, il est devenu un bouc !"

L'éloquence et la clarification *(Al-Bayân wa t-tabyîn)*, p. 234.

On demanda à Abû l'Aynâ'[666] ce qu'il pensait de Hammâd ibn Zayd ibn Dirham[667] et de Hammâd ibn Salama ibn Dînâr[668].

Il répondit : “Il y a entre eux la valeur qui sépare leurs deux pères !”

Chroniques des hommes d’esprit et des libertins *(Akhbâr az-zirâf wa l-mutamâjinîn)*, p. 112-113.

Il y avait au Sijistân[669] un cheikh[670] féru de grammaire. Il avait un fils à qui il dit : “Si tu veux prononcer une parole, soumets-la d’abord à ta raison et réfléchis bien avant de l’exprimer !”

Un jour d’hiver qu’ils étaient assis tous les deux devant un feu intense, une étincelle tomba sur la robe de soie grège que portait le père.

Celui-ci n’y prit pas garde, mais le fils l’avait vue. Pendant un moment, il resta silencieux à réfléchir puis dit : “Père, je voudrais te dire quelque chose. Est-ce que tu m’y autorises ? – Si c’est sensé, parle ! – Je pense que ça l’est. – Dis-moi ce que c’est. – Je vois quelque chose de rouge. – Qu’est-ce que c’est ? – Une étincelle. Elle est tombée sur ta robe !”

Le père regarda son vêtement dont une partie avait déjà été brûlée, et dit au fils : “Pourquoi ne me l’as-tu pas dit plus tôt ? – J’y ai réfléchi longuement, comme tu me l’as ordonné. Puis j’ai bien pesé mes mots avant de les dire !”

Chroniques des sots et des nigauds *(Akhbâr al-hamqâ wa l-mughaffalîn)*, p. 174.

Nos amis racontent que des Khorassaniens[671] avaient partagé un logement et supporté le plus longtemps possible de se passer de lampe, puis ils s’étaient cotisés pour acheter de l’huile. L’un d’eux ayant refusé de les aider et de s’engager dans la dépense commune, ils lui bandaient les yeux avec un foulard quand ils apportaient la lampe et ne les lui libéraient qu’au moment où ils éteignaient la lampe pour dormir !

Le livre des avares *(Kitâb al-bukhalâ’)*, p. 38.

Abu Sajjâda Sa'îd raconte que des gens de Merv[672], pendant les six mois durant lesquels ils n'enlèvent jamais leurs bottines, marchent sur la pointe des pieds pendant trois mois et sur les talons pendant les trois autres, si bien que c'était comme s'ils ne les avaient portées que trois mois, de peur que les semelles de leurs bottines ne s'usent ou ne se percent !

Le livre des avares *(Kitâb al-bukhalâ')*, p. 56.

Un habitant de Merv qui allait continuellement en pèlerinage[673] et en voyages d'affaires descendait toujours chez un Irakien qui le recevait généreusement et ne le laissait manquer de rien. Souvent, il disait à cet Irakien : "Comme je serais heureux de te voir à Merv pour te rendre les bienfaits dont tu me combles depuis si longtemps et tout le bien que tu ne cesses de me prodiguer chaque fois ! Ici, Dieu a fait que tu peux te passer de moi !"

Longtemps après, une affaire appela l'Irakien à Merv. La fatigue du voyage et le sentiment de solitude éprouvé loin de son pays lui parurent plus légers à supporter du fait de la présence de l'homme de Merv. Dès son arrivée, il se rendit chez lui avec ses habits de voyage, son turban, son bonnet[674] et son manteau afin de déposer ses bagages en toute confiance et en toute amitié !

Ayant trouvé le Marvazi[675] assis avec des amis, il se précipita vers lui et lui donna l'accolade. Mais l'autre ne le reconnaissait pas et ne lui demandait aucune nouvelle de lui, comme s'il ne l'avait jamais vu. L'Irakien se dit : "Peut-être ne me reconnaît-il pas à cause de mon voile[676] !" Et il l'enleva et se mit à questionner son ami. Mais celui-ci le reconnaissait encore moins. "C'est peut-être à cause de mon turban", se dit-il et il l'ôta.

Puis il déclina sa généalogie[677] et renouvela ses questions. Mais voyant que l'autre ne le reconnaissait pas le moins du monde il se dit : "Cela provient peut-être de mon bonnet !" Le

Marvazi comprenant qu'il ne restait plus aucun moyen de continuer à feindre l'inattention et l'ignorance s'écria : "Te dépouillerais-tu de ta peau que je ne te reconnaîtrais pas !"

Le livre des avares *(Kitâb al-bukhalâ')*, p. 45.

Voici une histoire que m'a racontée Mohammed ibn Yasîr à propos d'un gouverneur du Fars[678], soit Khâlid Khumahrawayh, soit un autre. Tandis qu'il était, un jour, dans un *majlis*[679], occupé à ses comptes et ses affaires, et aussi invisible que possible pour ses visiteurs, voici que surgit, devant lui, un poète qui lui déclama des vers dans lesquels il le louait, l'encensait et le glorifiait.

Quand il eut terminé, le gouverneur le félicita puis, se tournant vers son secrétaire, lui ordonna de gratifier le poète de dix mille dirhams[680]. Ce dernier faillit s'envoler de joie. Le voyant dans cet état, le gouverneur lui dit : "Je vois que mes paroles t'ont fait un grand effet ! Porte la somme à vingt mille dirhams !" fit-il au secrétaire. Le poète faillit sortir de sa peau. Voyant que sa joie avait redoublé, il dit au poète : "Ta joie redouble en proportion de mes paroles ! Donne-lui-en quarante mille !" fit-il au secrétaire. La joie faillit tuer notre homme. Ayant retrouvé ses esprits, il dit au gouverneur : "Tu es un homme généreux ! J'ai bien constaté que plus tu voyais ma joie augmenter, plus tu augmentais ma récompense !"

Puis il fit des vœux pour lui et sortit. Le secrétaire, s'approchant du gouverneur, lui dit : "Par Dieu ! Cet homme se serait contenté de quarante dirhams, et tu lui en fais donner quarante mille ! – Malheureux ! Tu voudrais lui donner quelque chose ? – Mais comment ne pas exécuter tes ordres ? – Espèce de sot ! Cet homme n'a fait que me régaler de mots, nous aussi nous l'avons régalé de mots ! Quand il a prétendu que j'étais plus beau que la lune, plus puissant que le lion, que ma langue était plus tranchante que le sabre, et que mes ordres étaient plus pénétrants que le fer de lance, a-t-il mis dans ma main quelque chose de concret ?

Nous savons bien qu'il a menti ; mais ses mensonges nous ont fait plaisir ; eh bien, nous aussi nous lui avons fait plaisir avec nos paroles qui ordonnaient de lui faire donner une récompense ! Puisqu'il s'agit d'un mensonge, ce sera mensonge pour mensonge !"

Le livre des avares *(Kitâb al-bukhalâ')*, p. 52.

'Umar ibn Yazîd al-Asadi avait subi un lavement dans lequel il y avait des huiles médicinales.

Quand son ventre commençait à s'agiter, craignant d'aller précipitamment au cabinet, au risque de perdre ces huiles, il s'asseyait sur une cuvette et disait : "Filtrez-moi cela ! Cela conviendra pour la lampe !"

Le livre des avares *(Kitâb al-bukhalâ')*, p. 285.

Ibn Hassân raconte : "Il y avait chez nous un homme pauvre qui avait un frère riche mais excessivement avare et très vaniteux. Son frère lui dit un jour : "Je suis pauvre et chargé de famille alors que toi, qui es riche et sans charges, tu ne m'aides pas à affronter les rigueurs de la vie. Tu ne me fais pas bénéficier de ton argent et tu ne me fais jamais aucune faveur ! Par Dieu ! Jamais je n'ai vu ni entendu parler de quelqu'un de plus avare que toi ! – Mon pauvre ! répondit l'autre. La réalité n'est pas ce que tu crois, ni ma fortune telle que tu l'imagines ! Je ne suis pas aussi avare ni aussi aisé que tu le prétends. Tiens ! Si j'avais un million de dirhams[681], je t'en donnerais cinq cent mille ! Est-ce que l'on peut traiter d'avare un homme qui, d'un seul coup, fait don de cinq cent mille dirhams ?"

Le livre des avares *(Kitâb al-bukhalâ')*, p. 360.

L'habitant de Merv[682] disait au visiteur et à l'ami quand sa présence se prolongeait : "Tu as déjeuné, aujourd'hui ?" Si l'autre répondait : "Oui !", il disait : "Si tu n'avais pas déjeuné, je t'aurais servi un bon repas !" Et s'il disait : "Non !", l'autre s'écriait : "Si tu avais mangé, je t'aurais versé à boire cinq coupes de vin !" Dans les deux cas, le visiteur était grugé !

Le livre des avares *(Kitâb al-bukhalâ')*, p. 36.

Un homme dit à Bahlûl[683] le fou : "Le commandeur des croyants[684] a fait donner à chaque fou deux dirhams[685]."

Bahlûl répliqua : "Et est-ce que tu as pris ta part ?"

Joyaux réunis *(Jam' al-jawâhir)*, p. 163.

On dit à un pique-assiette : "Quelle est la sourate que tu préfères dans le Coran ?" Il répondit : "Celle de la Table[686] !"

Le florilège des lettres *(Zahr al-âdâb)*, p. 171, t. 1.

## V

# JOHA L'UNIVERSEL

Cet ouvrage serait incomplet sans l'évocation d'un personnage dont l'humour populaire a traversé le monde arabe depuis le Moyen-Orient jusqu'au Maghreb. Ses facéties, ses aventures naïves et ses traits d'esprit l'ont immortalisé. Qui ne connaît Joha, parmi les Arabes ? Mais qui sait s'il a vraiment existé ?

Certains chercheurs prétendent qu'il serait né dans la tribu arabe des Fazâra et aurait vécu à la fin du VIIe et au milieu du VIIIe siècle de l'ère chrétienne, c'est-à-dire à l'époque abbasside.

Abû l-Ghusn Dujayn ibn Thâbit al-Yarbû'i de Basra était connu sous le nom de Joha. Il aurait été le contemporain des califes Abû Ja'far al-Mansûr, Mahdi et Hârûn ar-Rachîd. Selon certaines sources, il avait été un transmetteur de hadiths et un savant en religion. Il aurait fait partie de l'élite intellectuelle de son temps. Les anecdotes qui le concernent reflètent un esprit aiguisé, teinté de naïveté feinte et accompagné d'une rare finesse d'analyse. Si elles cherchent à faire rire, elles se veulent avant tout porteuses de philosophie, de bon sens et d'enseignements moraux.

On a beaucoup écrit sur le Joha arabe. Ainsi du "Joha qui rit et qui fait rire" *(Johâ d-dâhik wa l-mudhik)* de 'Abbas Mahmûd al-'Aqqâd, et des "Grandes facéties de Johâ" *(Nawâdir Johâ l-kubrâ)* de Hikmat Charîf at-Tarâbulsi.

Certains historiens, cependant, situent cet homme au XIIIe siècle dans l'Empire ottoman, en la personne d'un autre Joha que les Turcs appelèrent Khodja Nasr ad-Dîn ar-Rûmi. Issu d'une famille d'Anatolie, il aurait étudié les sciences religieuses à Aqchahr et à Konia. Devenu juge puis prédicateur, il aurait été nommé professeur et imam dans plusieurs villes. C'était, dit-on, un homme de savoir et de piété, un cheikh, c'est-à-dire un maître dont la sagesse était reconnue de tous. Il fréquenta les princes et les grands de ce monde mais sa maison était aussi le lieu de rencontre des étrangers et des petites gens. Tamerlan, dit-on, fit de lui son commensal et épargna sa cité dont il avait su plaider la cause.

Le personnage de Joha est, en fait, la cristallisation, à travers un homme, de tous les travers et de tous les comportements qui ont et caractériseront à jamais la société humaine. L'intelligence, l'imbécillité, la générosité, l'avarice, la sottise et la sagesse, tout cela se reflète à travers l'humour et les traits d'esprit de Joha.

Qu'il ait été un personnage légendaire ou non n'a pas grande importance. C'est sa valeur de message universel qui nous touche en nous amusant tout en nous invitant à réfléchir. On peut dire que chaque peuple ou presque a eu ou a son Joha. Ainsi du Jahân de Malte et du Jouika de Sicile. Chez les Perses, il est incarné par un homme originaire d'Ispahan dont le véritable nom était le mollah Nâsir ad-Dîn. Le personnage de Joha est depuis très longtemps connu des Grecs, des Bulgares, des Albanais, des Arméniens, des Géorgiens, des Caucasiens, des Russes, des Ukrainiens et même des Chinois, sans parler de la plupart des peuples d'Afrique marqués par la culture arabe.

Les quelques extraits que nous avons retenus ne sont qu'une part modeste de l'abondante production inspirée aux Arabes par la riche et attachante personnalité de l'intemporel et universel Joha.

Un jour, un mendiant frappa à la porte de Joha. Celui-ci sortit et lui demanda : "Qu'est-ce que tu veux ?" Le mendiant dit : "Je suis l'hôte de Dieu[687] ! – Suis-moi ! fit Joha. L'autre le suivit jusqu'à ce que, arrivé à la mosquée, Joha lui dise : "Tu es venu chez moi par erreur ! C'est ici qu'est la maison de Dieu, hôte de Dieu !"

Joha était entré chez un roi qui lui dit : "Combien sont les membres de ta famille ? – Huit", répondit Joha. Et le roi lui fit donner huit mille dirhams[688]. Joha les prit et sortit. Mais, arrivé à la porte, il revint et dit : "J'ai oublié un des membres de ma famille ! – Lequel ? – Moi !" Le roi éclata de rire et lui fit donner la même somme.

Les grandes facéties de Joha *(Nawâdir Johâ l-kubrâ)*, p. 267.

Un jour, Joha avait invité quelques jeunes gens au hammam[689]. Ceux-ci convinrent entre eux que chacun se munirait d'un œuf et que, quand ils se déshabilleraient et entreraient tout nus, ils diraient, devant Joha : "Allez ! Chacun de nous va pondre un œuf ! Celui qui ne le fera pas paiera le hammam !" Ils s'assirent tous et se mirent à imiter le caquètement des poules en train de pondre.

Un instant après, chacun tendait la main avec un œuf dedans. Voyant cela, Joha, qui avait compris leur stratagème, se dressa au milieu d'eux en poussant le cri du coq. "Qu'est-ce qui te prend ? lui dirent-ils. – Eh bien ! Je suis votre coq ! Vous avez déjà vu des poules sans coq ?"

Les grandes facéties de Joha *(Nawâdir Johâ l-kubrâ)*, p. 22.

Joha était monté sur un mulet têtu et rétif qu'il n'arrivait pas à faire avancer dans la direction qu'il voulait. Un de ses amis qui l'avait croisé lui dit : "Où vas-tu, maître[690] Joha ?" Il répondit : "Là où va le mulet !"

Les grandes facéties de Joha *(Nawâdir Johâ l-kubrâ)*, p. 262.

On demanda, un jour, à Joha : "Quel âge as-tu ?" Il répondit : "Quarante ans." Dix ans plus tard, on lui posa la même question et il dit : "Quarante ans. – Il y a dix ans nous t'avons interrogé et tu nous as dit : Quarante ans. Et maintenant tu nous dis la même chose ?!" Il répondit : "L'homme bien né ne revient jamais sur ce qu'il a dit !"

Les grandes facéties de Joha *(Nawâdir Johâ l-kubrâ)*, p. 96.

Un homme s'était évanoui. Les siens, le croyant mort, le lavèrent, l'enveloppèrent d'un linceul[691], le mirent dans un cercueil et l'emmenèrent au cimetière. Sur le chemin, l'homme se réveilla et se redressa dans le cercueil en criant : "Je suis vivant. Je ne suis pas mort ! Joha, délivre-moi !" Joha répondit : "Comment ? C'est toi que je devrais croire, et pas tous ces gens-là ?"

La femme de Joha, ayant eu mal, lui demanda d'aller chercher le médecin. Ce qu'il fit. Mais au moment où il franchissait le pas de la porte, sa femme apparut à la fenêtre et lui lança : "Grâce à Dieu ! La douleur a disparu... Plus besoin de médecin !" Mais le maître se hâta d'aller voir le médecin à qui il dit : "Ma femme a eu mal... Elle m'a demandé de te faire venir. Mais elle est apparue à la fenêtre en disant : «Grâce à Dieu ! La douleur a disparu... Plus besoin de médecin !» Je suis donc venu te dire de ne pas te donner la peine de venir !"

Les grandes facéties de Joha *(Nawâdir Johâ l-kubrâ)*, p. 95.

Joha, voulant vendre son âne au marché, le donna au crieur pour qu'il en fasse l'article. Le crieur se mit à le faire tourner en disant : "Voici un âne à la marche rapide, à la constitution robuste et qui avance à grandes enjambées. Celui qui le monte ne ressent nulle fatigue !" Tandis que les gens, impressionnés par de telles qualités, renchérissaient sur l'âne, Joha se dit : "Il a sûrement toutes ces qualités... Et je ne le savais pas !!" En un clin d'œil, il se lança dans les enchères et fit monter le prix de l'âne jusqu'à ce qu'il remporte la vente. Il sortit alors l'argent de sa bourse et s'en retourna chez lui, tout heureux d'avoir fait une affaire !

Les grandes facéties de Joha *(Nawâdir Johâ l-kubrâ)*, p. 87.

Dans la bourgade où séjournait Joha, un grand savant vint et demanda aux habitants : "Quel est, chez vous, l'homme le plus savant ? – C'est Joha !" répondirent-ils. Et ils l'accompagnèrent jusque chez lui. S'étant assis en face de Joha, il lui dit : "Voilà ! J'ai quarante questions. Serais-tu capable de répondre à toutes en une seule réponse ? – Tu veux une seule réponse à toutes les questions ? – Oui ! répondit le savant. C'est une condition *sine qua non* ! – C'est facile ! dit alors Joha. Ma seule réponse est : Je ne sais rien sur toutes ces questions !"

On demanda à Joha : “Quand viendra la fin du monde ?” Il répondit : “Laquelle ? – Il y en a plusieurs ? – Oui. Si ma femme meurt ce sera la petite fin du monde, et si c’est moi, ce sera la grande !”

Les grandes facéties de Joha *(Nawâdir Johâ l-kubrâ)*, p. 81.

Un homme se plaignit à Joha que sa maison ne voyait pas le soleil. Joha lui dit : “Et ta ferme, elle ne voit pas le soleil ?” L’autre répondit : “Si ! Elle, elle le voit. – Eh bien, alors… tu n’as qu’à déménager ta maison dans la ferme !”

Les grandes facéties de Joha *(Nawâdir Johâ l-kubrâ)*, p. 97.

Joha était allé, au coucher du soleil, dans une forêt pour chercher du bois, armé d’une hache. La nuit étant tombée, il perdit sa hache au milieu de la plus profonde obscurité. Malgré tous ses efforts, il ne put la retrouver. Il alla alors à l’ermitage[692] du saint homme ‘Abd al-Qâdîr al-Jilâni[693] dont l’un des bienfaits était d’aider les humains à retrouver les objets perdus et lui dit : “O ‘Abd al-Qâdîr ! Aide-moi à retrouver ma hache et je te donnerai vingt dinars pour prix de ta bonne action !” Il retourna dans la forêt où il ne tarda pas à trouver sa hache perdue. Il revint à l’ermitage et dit : “Merci ‘Abd al- Qâdîr pour ton bienfait ! Mais maintenant aide-moi à trouver les dinars que je t’ai promis !”

Joha avait acheté trois pommes. Il alla chez lui et croqua dans l’une d’elles. Il y trouva un ver. Puis il croqua dans la deuxième et y trouva également un ver. Alors, il éteignit la bougie et mangea la troisième dans l’obscurité.

Les grandes facéties de Joha *(Nawâdir Johâ l-kubrâ)*, p. 162.

La femme de Joha était morte et il ne s'en était pas montré très affecté. Quelque temps après, son âne mourut. Il manifesta des signes de chagrin et de tristesse. Un de ses amis lui dit : "C'est surprenant ! Ta femme est morte et tu n'as pas montré, pour elle, la tristesse que tu manifestes pour la mort de l'âne !" Il lui répondit : "Quand ma femme est morte, les voisins sont venus et m'ont dit : «Ne sois pas triste ! Nous t'en trouverons une plus belle» et me l'ont juré. Mais quand j'ai perdu l'âne personne n'est venu me consoler de la sorte. Est-ce que cela ne mérite pas que mon chagrin pour lui soit plus grand ?!"

Les grandes facéties de Joha *(Nawâdir Johâ l-kubrâ)*, p. 99.

On demanda, un jour, à Joha : "Jusqu'à quand les gens naîtront-ils et mourront-ils ?" Il répondit aussitôt : "Quand le Paradis et l'Enfer seront pleins !"

Les grandes facéties de Joha *(Nawâdir Johâ l-kubrâ)*, p. 97.

Maître Joha, à l'article de la mort, dit à sa femme : "Ma chère femme ! Mets tes plus beaux atours, fais-toi belle, coiffe-toi avec élégance, lave-toi bien le visage et viens près de moi ! – Comment, dans un pareil moment pourrais-je t'abandonner pour penser à ma toilette ? Je ne pourrai jamais faire une chose pareille. Me crois-tu d'un esprit si faible, si froide et si ingrate pour me tenir de tels propos ? – Non, ma chère, ce n'est pas à cela que je pensais. Je vois 'Azraël[694] planer au-dessus de moi. Peut-être qu'en te voyant si belle et dans de somptueux habits il me laissera pour te prendre toi !"

Les grandes facéties de Joha *(Nawâdir Johâ l-kubrâ)*, p. 255.

Maître Joha avait deux épouses. Il offrit à chacune d'elles un collier bleu et mit chacune en garde, en disant : "Ne le montre pas à l'autre... C'est la preuve de mon amour pour toi !" Un jour, elles l'assaillirent et lui demandèrent : "Quelle est, de nous deux, celle que tu aimes et dont tu es le plus épris ?" Il leur dit : "Celle que j'aime, c'est celle qui a un collier bleu." Chacune fut alors persuadée qu'il l'aimait plus que l'autre !

Les grandes facéties de Joha *(Nawâdir Johâ l-kubrâ)*, p. 116.

La belle-mère de Joha était devant le fleuve à laver des vêtements. Son pied glissa et elle tomba dans l'eau. Les gens se précipitèrent vers elle. Mais son corps avait disparu. Ne le retrouvant pas, ils en informèrent le maître qui arriva. Il alla vers l'amont du fleuve, à la recherche du corps. "Les cadavres descendent les cours d'eau, lui dit-on, ils ne les remontent pas !" Il hocha la tête et dit : "Vous ne savez pas qu'elle faisait tout à l'envers ! Laissez-moi faire, j'ai appris à connaître sa manière d'agir !"

Les grandes facéties de Joha *(Nawâdir Johâ l-kubrâ)*, p. 125.

La tunique de Joha était étendue sur un fil. Le vent souffla et l'emporta. "Il faut égorger une bête en sacrifice ! s'écria-t-il. – Et pourquoi donc ? demanda sa femme. – Tu te rends compte ? Si j'avais été dedans !"

Les grandes facéties de Joha *(Nawâdir Johâ l-kubrâ)*, p. 70.

Un jour, une femme vint voir Joha, accompagnée de sa bru qui se plaignit à lui de ne pas avoir d'enfants, et du fait que son mari et elle étaient tristes et sans joie dans une maison sans enfants. Elle demanda à Joha : "Aurais-tu une amulette ou un traitement qui pourrait m'être bénéfique ?" Le maître réfléchit un bon moment puis, se tournant vers elle, lui dit : "Est-ce que ce cas est héréditaire ? Est-ce que ta mère elle non plus n'a pas eu d'enfants ?"

Les grandes facéties de Joha *(Nawâdir Johâ l-kubrâ)*, p. 139.

Quelqu'un était assis chez maître Joha. De l'homme sortit un bruit. En rougissant, il se mit à frapper du pied le bois de son siège pour étouffer le bruit. Le maître lui dit alors : "Tu étouffes le bruit, très bien, mais que fais-tu de l'odeur ?"

Les grandes facéties de Joha *(Nawâdir Johâ l-kubrâ)*, p. 123.

Joha était sorti, au milieu de la nuit, pour se promener dans les rues et les ruelles. Le chef de la maréchaussée étant tombé sur lui lui dit : "Qu'est-ce que tu cherches dans cette nuit noire ?" Il répondit : "Mon sommeil... Je l'ai perdu !"

Les grandes facéties de Joha *(Nawâdir Johâ l-kubrâ)*, p. 76.

Maître Joha s'était marié ! Son épouse lui annonça qu'elle était enceinte depuis trois mois et qu'elle allait accoucher. Elle lui demanda d'aller chercher une sage-femme. "Tout le monde sait, dit-il à sa femme, que les femmes accouchent au bout de neuf mois. Alors, qu'est-ce que cela signifie ?"

La femme se mit en colère et dit : "Incroyable ! Eh bonhomme ! Trois mois ne se sont-ils pas écoulés ? – En effet. – Et tu es resté marié avec moi pendant trois mois : ce qui fait six, n'est-ce pas ? Et l'embryon a passé trois mois dans mon ventre. Cela fait neuf !"

Après avoir réfléchi, un moment, Joha lui dit : "Tu as raison. Je n'aurais pas pensé à un calcul aussi subtil ! Excuse-moi, je me suis trompé !"

Les grandes facéties de Joha *(Nawâdir Johâ l-kubrâ)*, p. 162.

Maître Joha avait deux épouses. Un jour, elles vinrent à lui et l'une d'elles lui dit : "C'est moi que tu aimes le plus ou c'est «celle-là» ?" La deuxième lui dit la même chose, et elles le harcelèrent. Le maître fit des réponses évasives comme, par exemple : "Je vous aime autant l'une que l'autre." Mais, toujours pas convaincues, elles insistèrent, jusqu'au moment où la plus jeune lui dit : "Si nous étions sur le point de nous noyer dans le lac, et si tu étais sur la berge, laquelle de nous deux sauverais-tu en premier ?" Après avoir réfléchi un moment, il se tourna vers la plus vieille et lui dit : "Je crois que tu sais nager un peu, n'est-ce pas, ma chère ?"

Les grandes facéties de Joha *(Nawâdir Johâ l-kubrâ)*, p. 114.

'Îsâ ibn Mûsâ l-Hâchimi était passé près de Joha qui se trouvait en un lieu situé hors de Koufa[695]. Lui ayant demandé : "Qu'est-ce que tu fais là, Abû l-Ghusn[696] ?", Joha répondit : "J'ai enterré dans ce désert des dirhams[697] et je ne retrouve plus l'endroit où je les ai mis ! – Tu aurais dû laisser une marque, au-dessus, pour le reconnaître ! – C'est ce que j'ai fait... – Et c'était quoi ? – Un nuage dans le ciel, qui les recouvrait de son ombre !"

Le royaume du rire *(Mamlakat ad-dahik)*, p. 33.

Joha passa, un jour, près de jeunes garçons qui jouaient avec un faucon mort. Il le leur acheta un dirham et l'emporta chez lui : "Qu'est-ce que tu vas en faire ? Il est mort !" lui dit sa mère. Il lui répondit : "Tais-toi ! S'il avait été vivant, je n'aurais pas pu l'acheter, même pour cent dirhams !"

Chroniques des sots et des nigauds
*(Akhbâr al-hamqâ wa l-mughaffalîn)*, p. 40.

Joha, ayant entendu quelqu'un dire : "Comme la lune est belle !" s'écria : "Oui, par Dieu ! Surtout la nuit !"

Chroniques des sots et des nigauds
*(Akhbâr al-hamqâ wa l-mughaffalîn)*, p. 39.

Un jour, Joha acheta de la farine et la fit transporter par un porteur qui s'enfuit avec. Quelques jours plus tard, Joha aperçut l'homme et se cacha pour ne pas être vu de lui. "Pourquoi avoir fait cela ?" lui demanda-t-on. Il répondit : "J'avais peur qu'il ne me réclame le prix de ses services !"

Chroniques des sots et des nigauds
*(Akhbâr al-hamqâ wa l-mughaffalîn)*, p. 39.

On demanda à Joha : "Lequel des deux est le plus utile : le soleil ou la lune ?" Il répondit : "La lune, sans aucun doute. Parce que le soleil se lève le jour alors que l'on peut se passer de lui pour voir, tandis que la lune, elle, n'apparaît que la nuit quand on a besoin d'elle pour voir !"

Les grandes facéties de Joha *(Nawâdir Johâ l-kubrâ)*, p. 92.

Joha, ayant eu besoin d'argent, mit sa maison en gage auprès d'un usurier[698]. Quelque temps après, étant incapable de payer, il vendit sa maison à l'usurier, lui posant pour condition qu'il le laisse propriétaire d'un clou planté dans le mur de sa chambre et qu'il lui accorde le droit d'aller le voir quand il le voudrait. L'homme accepta et acheta la maison aux termes de cette clause. Le lendemain, Joha arriva à l'heure du dîner pour contempler son clou. L'homme l'invita à dîner, ce qu'il accepta. Puis il revint le lendemain, à l'heure du déjeuner, et il déjeuna. Ensuite il revint au beau milieu de la nuit, puis à l'heure de la sieste, au point que cela devenant insupportable à l'homme celui-ci abandonna la maison et s'enfuit.

Un jour, Joha alla avec sa femme laver des vêtements au bord d'un lac. Quand ils arrivèrent, ils déposèrent leurs affaires et mirent le savon dessus. Un corbeau fondit sur le savon et l'emporta dans les airs. La femme de Joha s'écria : "Le corbeau a volé le savon !" Et elle cria de plus belle. Joha lui répondit calmement : "Pourquoi te mettre dans un tel état ? Les vêtements du corbeau ne sont-ils pas plus sales que les nôtres ? Il a plus besoin de savon que nous !"

Les grandes facéties de Joha *(Nawâdir Johâ l-kubrâ)*, p. 43.

Un jour, Joha acheta deux livres de viande qu'il emporta chez lui, puis alla à son travail. Son épouse réunit des voisines et leur fit, avec cette viande, un délicieux repas. Le soir, le maître revint et demanda son dîner. Sa femme lui servit de la semoule de blé bouillie. Il lui dit alors : "Si tu n'as pas eu le temps de faire cuire toute la viande, tu aurais pu en mettre quelques morceaux avec cette semoule, cela l'aurait rendue plus appétissante !" Elle lui répondit : "J'en ai été empêchée. Tandis que j'étais occupée, voilà que ton chat bien-aimé est venu et a mangé toute la viande qui était là. Quand je suis arrivée, je l'ai vu se pourlécher les babines !" Maître Joha regarda le chat. Il se leva et alla chercher une balance. Il pesa le chat dont le poids était exactement de deux livres.

Il dit alors à sa femme : "Femme de peu de foi[699] ! Si ce que j'ai pesé c'est la viande, où est le chat ? Et si ce que j'ai pesé c'est le chat, alors où est passée la viande ?"

Les grandes facéties de Joha *(Nawâdir Johâ l-kubrâ)*, p. 84.

Un hôte vint voir Joha et dormit chez lui. Au milieu de la nuit, il se réveilla et appela Joha en disant : "Passe-moi la chandelle posée à ta droite !" Joha, surpris par la demande, répliqua : "Tu es fou ?! Comment est-ce que je pourrais reconnaître ma droite dans une telle obscurité ?!"

Les grandes facéties de Joha *(Nawâdir Johâ l-kubrâ)*, p. 45.

Un ami de Joha était aux prises avec une affaire judiciaire. Il alla voir Joha et lui exposa les faits en disant : "N'ai-je pas raison, dans cette affaire ? – Oui, tu as raison, mon ami !" Son adversaire vint le lendemain, sans savoir ce que l'autre avait fait. Il exposa l'affaire à Joha, en détail, et dit : "Qu'en penses-tu maître, est-ce que je n'ai pas raison ? – Et comment donc ! Bien sûr que tu as raison !" Or la femme de Joha avait entendu ce qu'il avait dit à l'un comme à l'autre. Voulant lui faire honte et le mettre dans l'embarras, elle lui dit : "Hier, notre voisin un tel est venu te voir et tu lui as dit qu'il avait raison. Aujourd'hui, son adversaire est venu et tu lui as dit qu'il avait raison lui aussi. Comment, dans une même affaire, les deux pourraient-ils avoir raison ?" Il lui répondit calmement : "Toi aussi, ma chère, tu as raison !"

Les grandes facéties de Joha *(Nawâdir Johâ l-kubrâ)*, p. 128.

Joha devait cinquante-trois sous à un épicier. Un jour qu'il était assis avec des amis au marché, l'épicier passa près de lui et lui fit comprendre que s'il ne lui donnait pas son dû il l'humilierait devant ses amis. Le maître se déplaça mais l'épicier le suivit en faisant des signes menaçants.

Irrité, Joha lança : "Il n'y a de force et de puissance qu'en Dieu[700] !" Mais l'autre insistait. Alors, Joha, excédé, lui cria : "Je te dois cinquante-trois sous, n'est-ce pas ? – Oui. – Reviens demain, je t'en donnerai vingt-huit et après-demain vingt. Cela fera quarante-huit sous. Restera combien ? – Cinq sous ! fit l'épicier. – Comment ?! Tu n'as pas honte, homme de peu d'éducation et de pudeur, de m'infliger un tel traitement, au marché, devant mes amis et mes ennemis, pour cinq sous ?!"

Les grandes facéties de Joha *(Nawâdir Johâ l-kubrâ)*, p. 122.

Un matin, la mère de Joha lui dit : "Je vais faire une promenade au bord du lac avec les voisins. Garde bien la maison. Ne quitte jamais la porte !"

Il s'assit sur le pas de la porte et se mit à manger des fruits que sa mère lui avait donnés. Voici qu'un parent à lui arriva du village, pensant que la mère de Joha était à la maison. "Je reviendrai ce soir avec ton oncle. Va le dire à ta mère !" Joha s'empressa alors de desceller la porte et la transporta sur le dos jusqu'à sa mère. Quand celle-ci le vit, elle lui dit : "Qu'est-ce que c'est que cela ? – Tu m'as bien dit : Ne quitte jamais la porte ! Mon parent est venu en disant qu'il reviendrait avec mon oncle et que je devais t'en informer. Qu'est-ce que j'aurais dû faire, étant obligé de vous obéir à tous les deux ?!"

Les grandes facéties de Joha *(Nawâdir Johâ l-kubrâ)*, p. 167.

Un jour Joha fit cuire une oie qu'il alla offrir à un sultan[701]. En chemin, il fut pris de fringale et il en dévora une cuisse. Quand le sultan vit que l'oie n'était pas entière, il dit à Joha : "Où est passée sa patte ?" Joha répondit : "Les oies de la ville ont toutes une seule patte. Si tu ne me crois pas, regarde celles qui sont au bord du lac, devant toi !"

Or il se trouve que les oies, à ce moment précis, étaient immobiles au soleil, une patte relevée et la tête enfouie dans leurs plumes, comme à leur habitude.

Voyant cela, le sultan parut convaincu mais ordonna discrètement à la fanfare royale de s'approcher du lac et de jouer très fort. Un instant plus tard, les instruments de musique se faisaient entendre et les tambours résonnèrent de plus belle. Le bruit assourdissant terrorisa les oies qui se mirent à courir dans tous les sens, affolées.

Le sultan se tourna alors vers Joha et lui dit : "Comment as-tu osé me mentir ? Tu ne vois pas que les oies marchent sur deux pattes ?" Joha répondit : "Certes, monseigneur, mais tu oublies que la peur fait des miracles. Si tu avais été aussi effrayé que ces pauvres bêtes, tu aurais marché sur quatre pieds !"

Les grandes facéties de Joha *(Nawâdir Johâ l-kubrâ)*, p. 74.

Un jour, Joha fut invité à un banquet. Il s'y rendit vêtu d'habits usés. Ayant été mal reçu par ses hôtes qui ne lui prêtèrent pas la moindre attention, il se hâta de rentrer chez lui.

S'étant habillé magnifiquement il revint à la maison où avait lieu le banquet. Dès que les gens l'eurent aperçu ainsi vêtu, ils se précipitèrent, l'accueillirent avec déférence et le firent asseoir à la place d'honneur. Ils lui servirent ensuite les mets les plus raffinés.

Joha prit alors sa manche et l'approcha de son assiette en disant : "Mange ! Objet de toutes les attentions ! – Mais que fais-tu maître ? lui demanda-t-on. – C'est mon vêtement qui doit manger… C'est lui qu'on a honoré, pas moi !"

Le jardin des flâneurs *(Rawdatu s-sâ'ihîn)*, p. 152.

## NOTES

1. *A'râbi'y* dans le texte arabe. Nomade, Arabe du désert, de la steppe *(bâdiya)*. Ici, l'*a'râbi'y* est considéré comme le béotien, le lourdaud, la "tête de Turc" du monde des citadins. C'était en même temps l'homme fruste de bon sens et dont l'éloquence et la rapidité d'esprit étaient appréciées. La langue parlée par les bédouins, surtout du Nord de la péninsule Arabique, du Hedjaz et de la basse Mésopotamie, était l'héritière de celle utilisée par les poètes analphabètes de l'anté-islam, une langue qui s'était transmise de tribu à tribu. Des grammairiens irakiens des VIIIe et IXe siècles allaient régulièrement se ressourcer auprès de ces détenteurs bédouins du "bien parler" simple et pur.
2. Les Arabes ont souvent recours, pour désigner quelqu'un, à ce que l'on appelle en arabe une *kunya*, c'est-à-dire une sorte de surnom ou de substitut appelé, en termes savants : une métonymie. Par exemple : Abû l-Fadl : père du mérite, de la supériorité ou Abû l-'Alâ' : père de l'élévation. Souvent aussi les Arabes se font appeler, plutôt que par leur nom, par l'expression : père de 'Alî (Abû 'Alî) (du nom de son fils) ou père de Mahdi (Abû Mahdi), etc.
3. Groupe de tribus venues du centre de la péninsule Arabique. Nomades, ils allaient jusqu'au sud de l'Euphrate, vers le Bahreïn sur le golfe Arabique. Fidèles au paganisme, à l'époque qui a précédé la Révélation islamique, ils avaient pour habitat d'origine le groupe d'oasis de la Yamâma, dont le chef-lieu était Al-Hajr, près de l'actuel Riyad. Plus tard, au moment de la conquête arabe, ils installèrent des colonies en Irak, à Koufa et à Basra. La plus importante tribu des Arabes du Nord installée à Basra dès le début de l'islam.
4. Mort vers 602 de l'ère chrétienne, cet homme de la tribu des 'Âmir ibn al-Hârith, du groupe Tamîm, fut un guerrier de grand renom qui a laissé un

*dîwân* ou recueil de poésie où l'autopanégyrique (le *fakhr*) est prépondérant.

5. De la tribu des Iyyâd ibn Nizâr ibn Ma'd qui vivaient entre La Mecque et les frontières du Najrân au Yémen. Ils partirent pour l'Irak et la Syrie par la suite. Un des sots ou des demeurés de la période anté-islamique. Sa faiblesse d'esprit et sa difficulté d'élocution étaient proverbiales au point que l'on disait : "Plus demeuré que Bâqil !"

6. Le mot est dérivé de la drachme grecque. C'était une unité de compte en argent. Dix dirhams équivalaient à un dinar (monnaie en or), mais la valeur du dirham a varié après le début de l'islam. Monnaie utilisée avant l'islam par les Perses sassanides.

7. Homme issu d'une tribu du Nord de la péninsule Arabique, qui appartenait au groupe chrétien des Bakr ibn Wâ'il et qui a vécu dans la Yamâma, en Irak, entre Koufa et Basra. Il a été l'ancêtre du clan des 'Ijl qui se sont appelés les Banû 'Ijl (les fils de 'Ijl). Comme quelques sots et "idiots de village" célèbres de l'anté-islam, sa bêtise était proverbiale et l'on disait : "Plus bête que 'Ijl ibn Lujaym."

8. Personnage qui a vécu à l'époque anté-islamique à Hîra (voir note 9). Arabe sans doute chrétien, il exerçait le métier de cordonnier et s'est rendu célèbre par l'anecdote relatée ici, d'où l'expression très couramment utilisée de : "Il est revenu avec les bottines de Hunayn" qui est synonyme de "Il est Gros-Jean comme devant" ou "Il est revenu bredouille".

9. Ville de Mésopotamie dont les Arabes font remonter la fondation à Nabuchodonosor (au VIe siècle avant Jésus-Christ). Les Lakhmides ou Banû Lakhm, Arabes venus du Yémen à l'époque anté-islamique et appartenant à la grande tribu des Azd, sont devenus chrétiens de rite nestorien. Vassaux des Perses sassanides, ils ont construit la belle et célèbre Hîra, située au sud de l'actuelle Koufa, en Irak, non loin de l'antique Babylone. Hîra a été célèbre pour sa prospérité et l'habileté de ses artisans, dont le fameux Hunayn (note 8), encore cité de nos jours.

10. Abû l-Wada'ât, Yâzîd ibn Tharawân qui appartenait à la tribu des Banû Qays ibn Tha'laba, était un homme connu, à l'époque anté-islamique, pour sa bêtise proverbiale. Comme pour d'autres tels que Bâqil (note 5), ou 'Ijl ibn Lujaym (note 7), on disait : "Plus bête que Habannaqa."

11. Issu d'un groupe de la tribu des Azd du Yémen-du-Nord, ce poète brigand *(sa'lûk)* a alimenté toute une littérature. Il aurait été l'auteur d'une ode appelée : *lâmiyat al-l-'Arab* (le poème terminé par la lettre *l* des Arabes). Cette ode a fait l'objet de nombreux commentaires. Quelle que soit son authenticité, elle reflète bien ce que pouvait être un poète brigand du désert arabique au IVe siècle après Jésus-Christ.

12. Ce surnom qui signifiait "celui qui a porté un mal (un démon femelle qu'il aurait tué) sous son aisselle" était celui d'un homme appelé Thâbit ibn Jâbir

de la tribu des Fahm, issu du groupe des Qays 'Aylân d'Arabie centrale. C'était un poète brigand *(sa'lûk)* du IVe siècle après Jésus-Christ comme Chanfara, un païen à qui l'on attribue des vers qui évoquent l'existence errante et sauvage de ces hors-la-loi qui écumaient le désert arabique avant l'islam.

13. Les anciens Egyptiens, entre autres peuples, avaient recours au supplice de la crucifixion, si l'on en croit le Coran (sourate 20, verset 71) dans lequel Pharaon dit : "Je vous ferai crucifier." Les Romains punissaient de la croix les voleurs. C'est aussi le cas dans l'épisode de Mu'tamid ibn 'Abbâd, roi de Séville, et du brigand surnommé le Faucon gris (voir note 625). Dans le Coran, les criminels qui ajoutent à leur acte celui du vol sont passibles de la crucifixion. Rappelons le martyre du grand mystique musulman Hallâj, crucifié sur l'ordre de Muqtadir (908-932) en 922.

14. Voir note 6.

15. Voir note 10.

16. Ce seigneur *(sayyid)* des Dârim, du groupe des Tamîm, tribu du centre de la péninsule Arabique qui nomadisait jusqu'au Bahreïn, était un homme plein d'éloquence, ce qui lui valut d'être envoyé en délégation auprès du roi des Perses, Khosroès Anû Chirwân (531-578 après Jésus-Christ) appelé Kisrâ par les Arabes (voir note 17) – Hâjîb ibn Zurâra mourut vers 625 de l'ère chrétienne.

17. Roi des Perses sassanides (du nom de Sâssân, l'ancêtre de la dernière dynastie perse), Khosroès était appelé Kisrâ par les Arabes. Il s'est rendu célèbre pour sa justice et le plus important de ses actes a été de faire établir le relevé de ses terres et de réformer le système fiscal de son empire. C'est sous son règne qu'a été introduit le jeu d'échecs venu de l'Inde. Khosroès gouverna en maître absolu de 531 à 578 après Jésus-Christ.

18. C'était une manière pour les souverains perses sassanides et les grands de leur empire de marquer leur générosité autant que leur opulence envers ceux qu'ils voulaient combler et honorer. L'éloquence de Hâjîb ibn Zurâra (voir note 16), brillante et délicate comme des perles, fut ainsi récompensée par d'autres perles plus matérielles mises dans la bouche de celui-ci. Le lien symbolique entre les deux apparaît comme des plus logiques.

19. Avec le Tigre, il est le fleuve principal qui traverse la Mésopotamie (c'est-à-dire l'Irak) et se jette dans le golfe Arabique. On dit que Dieu créa au Paradis, dans l'ordre suivant, quatre fleuves : le Jayhûn ou Amou-Daria, le Sayhûn ou Syr-Daria, le Tigre et l'Euphrate.

20. Abû Sa'îd 'Abd al-Malik ibn Qarîb ibn 'Alî ibn Asma' al-Bâhili dit Asma'i vécut de 740 à 831. Ce fut un maître en matière de science du langage et de poésie. Auteur d'anecdotes et de bons mots, il écrivit de nombreux ouvrages. Il est né et mort à Basra.

21. Femme de la tribu des Banû 'Ijl (chrétiens arabes du Nord de la péninsule) (voir note 7), sa stupidité est passée en proverbe depuis l'époque anté-islamique

où elle a vécu. Son nom était Maria bint Mu'anj. Dugha était son surnom et signifiait "papillon", ce qui convenait parfaitement à son esprit évaporé et stupide.
22. Tribu descendant de Râsib ibn al-Khazraj ibn Jadda ibn Jurm ibn Rayyân, ancêtre remontant à l'époque anté-islamique.
23. Descendants de Tawâfa bint Jurm ar-Rayyân, leur ancêtre femme et des fils qu'elle a eus avec A'sar Sa'd ibn Qays 'Aylân.
24. Vu l'époque à laquelle se situe cette anecdote, il semble peu probable qu'il s'agisse ici de Zyâd ibn Abîhi (c'est-à-dire : Zyâd fils de son père), frère bâtard du calife Mu'âwiya, fils d'Abû Sufyân (voir note 46). Ce Zyâd que Mu'âwiya rattacha à sa généalogie et qui depuis porta le nom de Ziyâd fils d'Abû Sufyân était un homme intelligent et perspicace qui fit montre d'une grande sagesse et d'une grande fermeté dans les fonctions de gouverneur de l'Irak que lui confia Mu'âwiya. Il était né en 622 et il mourut en 673, donc après la période anté-islamique.
25. *Dijla* en arabe. Il est avec l'Euphrate le deuxième grand fleuve à traverser la Mésopotamie, c'est-à-dire l'Irak. Il se jette dans le golfe Arabique. On dit qu'il fut le troisième fleuve créé par Dieu au Paradis.
26. Fille du premier calife de l'islam après Muhammad : Abû Bakr (qui gouverna de 632 à 634), elle fut la troisième femme du Prophète (voir note 27) et aussi sa préférée après la mort de sa première femme, Khadîja, en 619. Née à La Mecque en 614, elle mourut à Médine en 678. Femme instruite, elle fit autorité en matière de transmission de hadiths (les propos, faits et gestes du Prophète). Comme toutes les épouses de celui-ci, elle jouissait du plus grand respect et portait le titre de *umm al-mu'minîn* : mère des croyants.
27. Muhammad fils de 'Abd Allah ibn 'Abd al-Muttalib et d'Âmina bint Wahb était né à La Mecque en 570 et appartenait à la famille des Banû Hâchim, une branche noble mais pauvre de la grande tribu de Qoraych. A l'âge de quarante ans environ, il reçut la Révélation dans une grotte proche de La Mecque. Elle devait constituer le Coran, parole de Dieu et fondement de ce qui allait devenir l'islam. Persécuté à La Mecque, il l'abandonna pour un exode (*hijra*, d'où le mot : hégire) qui devait le conduire à Yathrib devenue Médine (*madînat an-nabiy* : la ville du Prophète) où il arriva le 24 septembre 622. Il revint dans sa ville natale en triomphateur, et cet homme exceptionnel réalisa, sans effusion de sang, l'une des plus prodigieuses révolutions de tous les temps : le remplacement du paganisme de caste et d'argent par un système religieux et social égalitaire valable pour tous les hommes, où était abolie toute différence de race et de rang. Muhammad mourut à Médine en 632 de l'ère chrétienne.
28. Allusion au passage du Coran, sourate 56, verset 36, où il est dit : "Nous les avons faites vierges."
29. Comme Moïse par exemple, le prophète Muhammad n'est pas qu'un prophète annonciateur de châtiments ou d'événements pour les hommes.

C'est aussi un porteur de message *(risâla)* d'où le mot de *rasûl* (messager). Le message de Muhammad était contenu dans la Révélation divine qui lui avait été transmise par l'intermédiaire de l'archange Gabriel : c'est-à-dire le Coran, ultime message délivré à l'humanité, par la bouche de Muhammad, le dernier des prophètes de Dieu.

30. Cousin du prophète Muhammad, il avait épousé sa fille Fâtima qui lui donna entre autres deux fils : Hassan et Hussayn. Il fut calife de 656 à 661. Le 26 juillet 657 il eut à affronter à la bataille de Siffîn en Syrie Mu'âwiya ibn Abû Sufyân, chef du clan des Omeyades et gouverneur de Syrie, qui revendiquait le pouvoir suprême. 'Alî, qui avait déjà été investi du califat, accepta de se dépouiller de son titre pour être à égalité avec le gouverneur de Syrie dans une compétition loyale et se soumit à un arbitrage en vue de la désignation du futur calife. Ce fut Mu'âwiya qui l'emporta et qui fonda ainsi la dynastie omeyade (du nom de son aïeul Umayya) à Damas. Cependant, un groupe de partisans (*chî'a*, d'où le nom de chiites) de 'Alî refusa cet arbitrage, considérant que le gendre et cousin du Prophète avait été trompé par son adversaire. Ils constituèrent un clan irréductible de soutien à 'Alî et à ses descendants (les 'Alîdes ou Alawites). Ils se fixèrent en majorité dans l'actuel Iran et dans l'Est et le Sud de l'Irak. 'Alî fut assassiné en 661 à Koufa par un nommé Ibn al-Muljam qui, considérant que le seul arbitrage véritable appartenait à Dieu, ne lui avait pas pardonné de s'être soumis à celui des hommes. On attribue à 'Alî la paternité de l'ouvrage *Nahj al-balâgha* (La Voie de l'éloquence), traité contenant des proverbes, des traits moralisateurs et des conseils de vie.

31. Deuxième successeur du prophète Muhammad. Surnommé Fârûq (celui qui distingue entre le bien et le mal, entre la vérité et le mensonge), il gouverna la communauté musulmane de Médine de 634 à 644. Il fut un modèle de musulman connu pour sa grande piété, pour son humanité, son respect des autres et de leurs croyances ainsi que pour son sens de l'équité. Il aimait bien plaisanter également et savait mêler l'utile à l'agréable, quand cela était nécessaire. Le gouvernement de 'Uma·· a vu la conquête de Jérusalem, de Damas, de la Perse et de l'Egypte. Il mourut assassiné en 644.

32. Juriste et transmetteur de hadiths, cet homme fut le compagnon du calife 'Alî ibn Abî Tâlib et il combattit à ses côtés à la bataille de Siffîn contre Mu'âwiya. D'une grande intelligence et d'un immense savoir, il passe pour avoir jeté les bases de la grammaire arabe. Né en 605, il mourut en 688.

33. Du mot grec *denarios* et latin *denarius*, il a donné celui de denier. Unité de compte en or équivalant à environ une demi-livre anglaise en poids, elle valait près de dix dirhams (pièces d'argent) au début de l'islam puis douze et plus, par la suite, à l'époque abbasside.

34. Voir note 32.

35. Les musulmans considèrent que tous les biens dont ils jouissent appartiennent à Dieu et qu'ils ne constituent qu'un prêt qu'il faudra, un jour, restituer à son propriétaire.
36. Voir note 31.
37. Voir note 27.
38. Voir Coran, sourate 49, verset 12.
39. Voir Coran, sourate 2, verset 189.
40. Voir Coran, sourate 24, verset 61.
41. Les Himyarites étaient un peuple sud-arabique qui a dominé toute l'Arabie du Sud à partir du IIe siècle après Jésus-Christ. Appelés Homérites par les Romains, ils contrôlèrent le Yémen et toute la partie méridionale de la péninsule pendant les six premiers siècles de l'ère chrétienne. La première dynastie himyarite a duré jusque vers l'an 300. La langue de ce peuple était très différente de celle du Hedjaz parlée par les Banû Qoraych (ou Qoraychites), la grande tribu d'où sera issu le prophète Muhammad. La deuxième dynastie de Himyar dura jusqu'en 378 et fut caractérisée par l'introduction du christianisme et du judaïsme au Yémen.
42. Lorsque l'on se présentait, il était indispensable pour être respecté de décliner ses qualités, mais avant tout de mettre l'accent sur sa généalogie en donnant son nom, celui de son père, de son grand-père et ainsi de suite, le plus loin possible dans le temps. Cet attachement à la généalogie est un trait caractéristique des Arabes, qui ont élevé ce concept au rang de véritable science. Aucun peuple n'a eu un tel souci de sa filiation que le peuple arabe. Des livres entiers ont été écrits dans ce domaine (*Kutub al-ansâb* : les livres des généalogies) et ont joué un rôle considérable dans les rivalités qui ont déchiré la société arabe pendant longtemps du fait de l'appartenance à telle ou telle filiation. Ainsi ce que l'on a appelé la *'asabiya* (esprit de corps ou d'attachement tribal) résulte dans une large part de la prééminence de la généalogie (Arabes du Nord contre Arabes du Sud, par exemple) ce que l'islam était censé avoir fait disparaître totalement. Ce vestige de la période anté-islamique a empoisonné les relations inter-arabes jusqu'après l'effondrement de l'Empire abbasside au XIIIe siècle.
43. L'homme était originaire du Hedjaz où la langue parlée était celle de Qoraych, très différente de celle des Himyarites. En arabe du Hedjaz, *thib* est l'impératif du verbe : *wathaba (yathibu)* : "sauter", alors que pour les gens du Yémen de l'époque il voulait dire : "Assieds-toi !" qui se dit en arabe : *Ijlis !* (de *jalasa, yajlisu*).
44. Il ne s'agit pas de la région du Dhofar qui est, aujourd'hui, en territoire omanais, mais d'une ancienne ville qui fut la capitale de la dynastie himyarite et qui se trouvait à quelques kilomètres au nord-est de Mokhâ, sur la route conduisant à San'â', aujourd'hui au Yémen. Il reste encore aujourd'hui des vestiges de cette cité, que l'on peut voir près de la bourgade de Yarem.

45. Voir note 7.
46. Calife de 661 à 680 après la bataille de Siffîn en 657 qui avait conduit à dépouiller 'Alî ibn Abî Tâlib du pouvoir suprême (voir note 30), ce cousin de 'Alî fut considéré comme le premier "roi de l'islam et des Arabes". Ceux-ci haïssaient ce titre réservé aux non-Arabes : les Byzantins et les Perses. Mu'âwiya a remplacé le califat traditionnel électif par un système de pouvoir héréditaire, une dynastie, un royaume. Quoi qu'il en soit, Mu'âwiya fut l'un des plus grands souverains de tous les temps des Arabes. Il sut gouverner avec lucidité, fermeté et sagesse. Il disait souvent, avec bon sens : "Je ne donne pas du sabre là où le fouet suffit, et je ne donne pas de coups de fouet quand ma langue suffit !" Mu'âwiya était fils d'Abû Sufyân Sakhr, fils de Harb, fils de Umayya.
47. Grande tribu du Hedjaz à laquelle appartenait le prophète Muhammad. Elle s'était fixée en particulier dans la cité marchande de La Mecque où existait déjà avant l'islam un sanctuaire païen (la Ka'ba ou maison cubique) qui deviendra la Maison sacrée de Dieu vers laquelle se tourneront tous les musulmans du monde pour effectuer leur prière cinq fois par jour, et autour de laquelle les croyants tourneront sept fois au moment du grand pèlerinage, une fois l'an, et à l'occasion duquel est commémoré le sacrifice d'Abraham.
48. Voir note 27 et Coran, sourate 7, verset 157.
49. Voir Coran, sourate 26, verset 214.
50. Voir Coran, sourate 43, verset 44.
51. Voir Coran, sourate 106, versets 1-2.
52. Signifie : les partisans. Il s'agit des habitants de Yathrib, la riche palmeraie à quelques centaines de kilomètres à l'ouest de La Mecque et qui devait prendre le nom de Médine (*madînat an-nabiy* : la ville du Prophète). Les partisans du Prophète et de son message l'ont accueilli ainsi que les premiers musulmans de La Mecque, *al-muhâjirûn*, les émigrés, persécutés par les polythéistes de cette ville.
53. Voir Coran, sourate 6, verset 66.
54. Voir Coran, sourate 43, verset 57 : "Lorsque le fils de Marie leur est proposé en exemple, ton peuple s'en détourne."
55. Voir Coran, sourate 25, verset 30.
56. Celui qui appelle les musulmans à la prière. Le premier muezzin de l'islam fut l'affranchi du Prophète, Bilâl ibn Rabâh, d'origine éthiopienne, mort à Damas en 641.
57. Il s'agit de la prière dite canonique ou rituelle, effectuée cinq fois par jour. Elle est composée de génuflexions *(ruk'ût)*, de prosternations *(sujûd)* et de positions debout *(iqâma)*. Elle est toujours précédée d'ablutions de purification du corps comme de l'âme. La prière rituelle est le véritable fondement de l'islam. Elle est le lien entre Dieu et la créature. Le vendredi, la prière

collective est l'occasion d'ajouter à ce lien, celui qui rattache les croyants les uns aux autres. Cette obligation religieuse est mentionnée dans le Coran à plusieurs reprises et notamment à la sourate 4, verset 103 : "La prière est prescrite aux croyants à des moments déterminés."
58. Formule qui, en général, est utilisée entre musulmans.
59. Formule qui répond systématiquement à celle de la note 58.
60. Célèbre juge de Basra nommé à cette fonction par le calife omeyade 'Umar ibn 'Abd al-'Azîz (717-720). Il était connu pour sa grande perspicacité et sa petite taille. Il est mort en 739. Le prosateur Jâhiz (voir note 360) disait de lui qu'il était la fierté de Modar, l'ancêtre des tribus arabes de la moitié nord de la péninsule Arabique et qu'il était le plus grand des juges.
61. A l'époque anté-islamique, on associait ces êtres aux forces occultes de la nature. On leur attribuait des intentions malveillantes à l'égard des humains qu'ils terrorisaient la nuit dans les lieux déserts. Plusieurs versets du Coran associent les hommes et les djinns, ainsi de la sourate 55 : "Dieu créa l'homme d'une argile telle la poterie, il créa les djinns d'un magma de feu." Une sourate entière, la sourate 72, porte leur nom.

Salomon avait reçu de Dieu le pouvoir suprême sur les hommes *(al-ins)*, les djinns *(al-jinn)*, les insectes et les oiseaux. Voir Coran, sourate 27, verset 17. A noter que celui qui était fou était appelé : *majnûn* (possédé des djinns) et qu'avec l'arrivée de l'islam le nombre des djinns a augmenté.
62. Un des plus grands califes de la dynastie omeyade. Né à Médine, il en fut le gouverneur pour le compte de Mu'âwiya (voir note 46), à l'âge de seize ans. C'était un homme très cultivé, un juriste et un dévot. Devenu calife à la mort de son père en 685, il manifesta beaucoup de fermeté durant son règne qui s'acheva à Damas en 705. Il souffrait d'une maladie chronique des gencives et sa bouche exhalait une odeur fétide. D'où la réflexion de son jeune fils.
63. Le sens premier de ce mot est : qui est devant *(amâma)*. C'est celui qui conduit la prière du vendredi. C'est aussi un chef religieux dirigeant de la communauté musulmane. Un autre sens de ce mot est maître ou guide, en particulier chez les chiites pour qui c'est un être voué au martyre rédempteur, par exemple : 'Alî ibn Abî Tâlib (voir note 30). Enfin, le mot imam peut avoir le sens de sommité, de savant en matière religieuse, juridique, grammaticale ou littéraire.
64. Voir Coran, sourate 12, verset 80.
65. Docteur et dignitaire religieux, juriste. Ce mot a souvent le sens d'homme très instruit en matière religieuse, particulièrement versé dans la jurisprudence *(fiqh)* ou dans les subtilités de la langue arabe *(fiqh al-lugha)*.
66. Voir note 6.
67. Prophète de Dieu, Moïse occupe une grande place dans le Coran. Vénéré par les musulmans au même titre que les autres prophètes dont Jésus

appelé le Verbe de Dieu *(Kalimat Allah)*, Moïse est très souvent désigné sous l'expression de *Kalîm Allah* : celui à qui Dieu a parlé (à travers le buisson ardent).

68. Voir note 63.

69. Voir Coran, sourate 20, verset 17.

70. En arabe le mot *qyâm* a le sens de "fait de se tenir debout, de se lever", du verbe : *qâma (yaqûmu)*. Mais il a aussi, en matière de dogme religieux, le sens de "fait de se lever, d'être debout" la nuit, pour prier, signe suprême de dévotion à Dieu. Ces prières surérogatoires ont été recommandées par Dieu dans le Coran, sourate 17, verset 79 et sourate 32, verset 16 ainsi que la sourate 51, verset 17. Le Prophète a également dit : "La meilleure des prières, après la prière rituelle du jour, est celle de la nuit."

71. Les enfants musulmans au *kuttâb* ou école coranique avaient à leur disposition pour écrire les versets du Livre sacré étudiés avec leur maître une planche de bois (couverte de kaolin) sur laquelle ils traçaient les lettres à l'aide de roseaux *(qalam)* trempés dans des encriers.

72. Appelée *kuttâb*, elle avait pour mission de faire apprendre aux enfants, dès leur plus jeune âge, le Coran par cœur. Celui qui avait réussi à apprendre en entier le Livre saint était appelé *hâfiz*.

73. Voir note 6.

74. La "Maison cubique", maison sacrée de Dieu à La Mecque, elle est le centre du pèlerinage musulman. Sa construction remonte au temps d'Abraham. Selon la tradition islamique, celui-ci, après avoir quitté la Mésopotamie pour la Syrie-Palestine, se serait fixé dans la steppe du Hedjaz, en Arabie, pour fonder une famille qui se consacrerait à l'adoration du Dieu unique. Quand son fils Ismaël eut atteint l'âge adulte, Dieu ordonna à Abraham de lui construire un lieu de culte autour duquel les hommes pourraient se rassembler pour l'adorer et lui rendre grâce pour ses bienfaits (voir Coran, sourate 2, verset 127). "La Ka'ba fut la première maison érigée pour les hommes afin qu'ils adorent le Dieu unique" (voir Coran, sourate 3, versets 96-97). Après la mort d'Abraham et d'Ismaël, les hommes firent du sanctuaire un temple païen, un lieu de pèlerinage lucratif, jusqu'au jour où Muhammad, revenu en triomphateur dans sa ville natale, les abattit et rendit la Ka'ba à sa vocation première.

75. Transmetteur de poésie et de hadiths (paroles et faits du Prophète). Le calife omeyade 'Umar ibn 'Abd al-'Azîz (717-720) en fit un juge. Savant en religion et en jurisprudence, il était éloquent et spirituel. Très proche des califes dès sa jeunesse, il a pris part à de nombreux événements politiques de son temps. Né à Koufa en 640, il y a grandi et y est mort en 721.

76. Voir Coran, sourate 2, verset 32.

77. Voir note 46.

78. Depuis l'époque anté-islamique, une des qualités essentielles du seigneur ou *sayyid* arabe était le *hilm*, c'est-à-dire la longanimité ou la maîtrise de soi et la capacité de dominer ses émotions dont la colère et le ressentiment.
79. On peut lire dans le Coran, sourate 3, verset 134 : "Le Paradis est ouvert à ceux qui maîtrisent leur colère."
80. Les canons de la beauté féminine propres à la société bédouine d'avant l'islam et plus tard voulaient que la femme fût bien en chair, même corpulente, aux fesses généreuses, et de préférence au teint clair, indice de noblesse. La sveltesse fut une qualité recherchée à partir de la période omeyade et surtout abbasside, avec le foisonnement de femmes d'origine byzantine, perse et non arabe qui constituaient un élément particulièrement important de la société islamique.
81. C'était un homme qui faisait en général office de secrétaire, de comptable et de préposé chargé de verser une somme donnée, en récompense d'un poème apprécié par un prince, un calife ou un dignitaire du pouvoir, ou pour combler telle ou telle personne, en remerciement d'un acte ou d'une attitude particulière.
82. Voir note 33.
83. Fils d'un preux compagnon de 'Alî, qui combattit à ses côtés à la bataille de Siffîn (voir note 30), où il perdit un œil. Charîk était un familier de Mu'âwiya (voir note 46) que son père avait combattu.
84. Voir note 46.
85. Voir Coran, sourate 17, verset 111 : "Dis : Louange à Dieu qui ne s'est pas donné d'enfant et qui n'a pas eu d'associé…"
86. *Sayyid.* C'est ce mot qui, déformé, a donné le "Cid" dans la tragédie de Corneille. Le titre de *sayyid* a été porté aussi, et l'est toujours, par des descendants du Prophète par son petit-fils Hussayn. On trouve des *sâda* (pluriel de *sayyid*) dans le royaume hachémite de Jordanie, et au sultanat d'Oman en particulier.
87. Du verbe : *'awâ* : aboyer. C'est la chienne qui aboie parce qu'elle est en chaleur.
88. Dès l'époque anté-islamique et plus tard, beaucoup de noms propres étaient empruntés à la nature, à la vie ambiante ou aux animaux. Ainsi du mot : *sahl* (plaine), *bahr* (mer), *ghayth* (pluie bienfaisante), *saqr* (faucon), *fahd* (guépard), *tha'lab* (renard), etc.
89. Aujourd'hui encore des personnes portent des prénoms du même genre comme par exemple : *nidâl* : lutte, *jihâd* : effort dans la voie de Dieu…
90. Umayya ibn 'Abd ach-Chams ibn 'Abd Manâf ibn Qusay. Ancêtre de la dynastie qui porte son nom (les Omeyades) et qui fut fondée en Syrie en 661 par son petit-fils Mu'âwiya (voir note 46). Umayya naquit avant le prophète Muhammad à La Mecque.

91. Titre porté par les califes de l'islam, c'est-à-dire les successeurs du prophète Muhammad. Le premier à avoir porté ce titre fut le deuxième successeur du Prophète à la tête de la communauté de Médine : 'Umar ibn al-Khattâb qui gouverna de 634 à 644 de l'ère chrétienne (voir note 31).
92. Dit le Débauché. Il était le poète de 'Abd al-Malik ibn Marwân (voir note 62) et de ses fils Walîd (668-715), Soulaymân (715-717) et Yazîd (mort en 690). Poète satirique, il a laissé un important *dîwân* ou recueil dans lequel il déploie tout son talent poétique. Avec Jarîr mort en 728 et Akhtal mort en 710, il était l'un des "trois géants" de la période omeyade. Né vers 640, Farazdaq s'éteignit en 732.
93. Transmetteur de hadiths ou tradition constituée par les faits, gestes et propos du prophète Muhammad.
94. Nom d'un célèbre exégète, juriste et transmetteur de hadiths né en 1300 et mort en 1373. Mais c'est surtout comme historien qu'il s'est illustré. Il a laissé une grande histoire de l'islam : *Al-bidâya wa n-nihâya* (Le début et la fin). Ce fut l'un des savants les plus influents de Damas.
95. Voir note 6.
96. La plus importante ville sainte de l'islam parce que abritant la Ka'ba ou Maison sacrée de Dieu vers laquelle se tournent tous les musulmans du monde entier cinq fois par jour. Une fois par an elle est la ville où les fidèles de l'islam se réunissent pour accomplir le grand pèlerinage. Appelée par les Arabes *Makka l-mukarrama* (La Mecque la très bénie), elle constitue avec Médine (en arabe : *al-madîna al-munawwara* : la ville illuminée) les deux saintes cités dont l'importance est considérable pour les musulmans dont la dévotion va aussi à Jérusalem, première ville vers laquelle se tournaient les premiers fidèles pour l'accomplissement de leur prière rituelle. La Mecque est située dans la province du Hedjaz de l'actuelle Arabie Saoudite.
97. Calife omeyade, il était le petit-fils de 'Abd al-Malik ibn Marwân (voir note 62). Walîd ibn Yazîd fut calife de 742 à 743.
98. De son nom plus complet Hichâm ibn 'Abd al-Malik ibn Marwân, ce calife omeyade de Syrie régna de 685 à 705. A la mort de son frère Yazîd, il accéda au pouvoir. Il était l'oncle de Walîd ibn Yazîd qui prendra sa suite. Hichâm était un fin politique qui s'occupait lui-même des affaires de l'Empire omeyade. Sous son règne, le califat musulman atteignit sa plus grande expansion puisque les armées de la conquête arabe atteignirent les Pyrénées.
99. Voir note 6.
100. *Jârya* (pluriel *jawârin*) a le sens de jeune fille, servante, esclave, concubine. Les *jawârin* ont joué un rôle considérable dans les sociétés omeyade et surtout abbasside. Affranchies par leurs maîtres, elles étaient le symbole de la femme "libérée" de toutes les entraves morales, religieuses et sociales.

Elles ont contribué par leur prolifération à saper les fondements de la civilisation arabe dans ce qu'elle avait de plus authentique. Un grand nombre de ces femmes ont été les mères de plusieurs califes omeyades puis abbassides. Elles ont joué le rôle de "soupapes" qui ont permis à la société plus austère et plus puritaine des débuts de l'islam de respirer, mais ont constitué de ce fait l'un des facteurs les plus puissants qui ont entraîné la chute de toutes les valeurs de la société traditionnelle, l'effondrement de l'éthique, par la recherche effrénée du plaisir et de la richesse matérielle.
101. Chanteur et homme d'esprit, il a brillé à la cour du calife 'Abd al-Malik ibn Marwân (voir note 62) puis à celle de son petit-fils Walîd ibn Yazîd qui fut calife de 742 à 743.
102. Voir note 97.
103. Voir note 91.
104. Du mot arabe *khalîfa* : successeur. Titre porté par les successeurs du prophète Muhammad à la tête de la communauté musulmane à Médine, à Damas sous la dynastie omeyade, à Bagdad sous la dynastie abbasside puis à Istanbul sous les Turcs ottomans jusqu'en 1924. Le calife détenait le pouvoir temporel *(dunyâ)* et le pouvoir spirituel *(dîn).*
105. Voir note 33.
106. Connu sous le sobriquet de At-Tâmi' : le Cupide, il était originaire de Médine. Il s'est distingué par sa culture et la transmission de hadiths (faits et actes du Prophète). Sa cupidité était proverbiale. Quant aux histoires et anecdotes le concernant, elles foisonnent et émaillent les livres des belles lettres arabes *(adab).* D'une incroyable longévité, on dit qu'il aurait vécu au temps du calife 'Uthmân ibn 'Affân qui a gouverné de 644 à 656. Pendant le règne du calife Abû Ja'far al-Mansûr l'abbasside (754-774) il vécut à Bagdad avant de mourir à Médine en 771.
107. Voir note 20.
108. Voir note 62.
109. Voir note 91.
110. De son nom complet : Hajjâj ibn Yûsuf ath-Thaqâfî. Ce fut un capitaine sanguinaire autant qu'éloquent. Né à Tâ'if, en Arabie en 660, il servit dans la police du calife omeyade 'Abd al-Malik ibn Marwân qui régna de 685 à 705. Puis il fut chargé du commandement de l'armée pour mater l'Irak et le Hedjaz révoltés. Après avoir réprimé l'insurrection, il resta gouverneur de la région pendant vingt ans. On dit qu'il tua de ses propres mains près de cent mille personnes. Il fonda la ville de Wâsit située entre Koufa et Basra. Il mourut en 714.
111. Expression souvent employée jadis par les Arabes, mais qui a ici une connotation de dérision et d'ironie. "Frère des Arabes" *(akh al-'Arab)* est une autre expression utilisée entre Arabes pour manifester leur esprit de corps et d'attachement à leur identité.

112. Voir note 62.
113. Voir note 2.
114. Voir note 6.
115. Abû l-Hârith Jummayn était un bouffon de la cour omeyade.
116. Gouverneur et chef de guerre omeyade, surnommé la Sauterelle jaune *(al-jarâda s-safrâ')* à cause de son teint très pâle. Il était courageux et fit de nombreuses incursions victorieuses contre les Byzantins. Il attaqua Constantinople en 715. Pendant trois mois, il fut gouverneur de l'Irak.
117. Nusayb ibn Rabâh fut un excellent poète de l'époque omeyade. Né d'un couple de Nubiens, il fut acheté par 'Abd al-'Azîz ibn Marwân, frère du calife 'Abd al-Malik ibn Marwân qui régna de 685 à 705. Eloquent, il écrivit de nombreux poèmes où il fit, entre autres, l'éloge de la négritude.
118. Voir note 63.
119. Voir Coran, sourate 9, verset 97.
120. Voir Coran, sourate 9, verset 99.
121. Voir note 27.
122. L'antique Emèse aujourd'hui en territoire syrien. Vieille cité au nord de Damas, à mi-chemin entre elle et Alep.
123. Fils de 'Alî ibn Abî Tâlib (voir note 30) et de Fâtima, la fille du prophète Muhammad. Ayant refusé de faire allégeance à Yazîd qui exerça le pouvoir à Damas de 680 à 683, après la mort de son père Mu'âwiya (voir note 46), le nouveau calife envoya contre Hussayn quatre mille combattants. A Karbalâ', à quelques kilomètres au nord-ouest de Koufa, eut lieu la rencontre entre les troupes de Yazîd et celles de Hussayn qui n'excédaient pas deux cents hommes. Le petit-fils du Prophète ayant attendu des renforts qui ne vinrent pas préféra la mort au combat plutôt que la reddition. Encerclés, la plupart de ses compagnons furent tués avec lui, dont une dizaine de jeunes de sa famille. Sa tête fut coupée et portée à Yazîd ibn Mu'âwiya à Damas. Yazîd restitua la tête à la sœur de Hussayn et à son fils. La tête et le corps de Hussayn furent ensevelis à Karbalâ'. La constance et le courage montrés par Hussayn amenèrent les chiites (voir note 30) à célébrer sa mémoire chaque année, le dixième jour *('âchir,* du mois musulman de *muharram,* d'où le mot : *'âchûrâ'*). On peut dire que le mouvement chiite est né véritablement depuis ce jour funeste et que c'est à partir de là que les chiites ont crié vengeance pour la mort de Hussayn, le 10 octobre 680.
124. Fille de Hussayn, petit-fils du prophète Muhammad, d'un grand courage et d'une grande piété. Il ne faut pas la confondre avec Fâtima z-Zahrâ' (l'éclatante) fille de Muhammad et de Khadija.
125. L'auteur de ce vers est un poète anté-islamique, Tarafa ibn al-'Abd, né dans la steppe du Bahreïn en 538. Sa poésie la plus célèbre est une ode appelée *mu'allaqa.* Etant devenu le familier du roi de Hîra (voir note 9), celui-ci

l'envoya, porteur d'une missive, à son gouverneur du Bahreïn, dans laquelle il ordonnait à ce dernier de mettre à mort le poète pour se venger de vers par lesquels Tarafa s'en était pris au roi. N'ayant pas voulu lire le contenu de la missive, il eut la surprise désagréable d'apprendre sa condamnation. Il mourut à Hajar au Bahreïn dans la fleur de l'âge. Pour ce poète et sa poésie, voir notre traduction : *Les Mu'allaqât* aux éditions L'Esprit des péninsules.

126. Voir note 110.

127. Etymologiquement : vieillard, patriarche. Par extension, cheikh a signifié : chef de tribu (surtout dans la péninsule Arabique et ses abords), dignitaire. Le mot a aussi le sens de "maître", par exemple en sciences religieuses, dans le domaine du soufisme aussi, c'est-à-dire de la mystique. Il signifie également : professeur, recteur, directeur de conscience.

128. Voir note 7.

129. Anciennement la Mésopotamie. A l'arrivée des musulmans au VIIe siècle, elle était peuplée essentiellement d'Araméens et était une possession de la Perse. Puis s'y installèrent des tribus arabes venues du Yémen, de religion chrétienne. La contrée, connue alors sous le nom d'Irak, fut conquise par le calife 'Umar ibn al-Khattâb qui gouverna la communauté musulmane de 634 à 644 de l'ère chrétienne.

130. C'est-à-dire 'Abd al-Malik ibn Marwân (voir note 62).

131. Le chien n'est pas un animal en "odeur de sainteté" chez un Arabe musulman. Le Prophète a dit : "Les anges n'entrent pas dans une maison où se trouve un chien." Cependant le chien est admis comme animal de garde ou de chasse. Malgré ses qualités de fidélité et d'obéissance, c'est pour une raison physique (les maladies que peut véhiculer sa bave) et une raison morale (sa soumission et sa veulerie) que le chien, en lui-même, est peu apprécié des Arabes musulmans en tant qu'animal de compagnie par exemple.

132. Îsâ ibn 'Abd Allah surnommé Tuways (le Petit Paon) était un chanteur de Médine qui fut le premier à avoir introduit le rythme dans le chant arabe et à avoir chanté en s'accompagnant du tambour de basque (le *douff*). C'était un efféminé qui se teignait les mains au henné et se coiffait comme les femmes. Né en 632, il est mort en 715 sous le règne de Walîd ibn 'Abd al-Malik qui a gouverné l'Empire arabe de 668 à 715. Tuways fut le symbole de la libération des contraintes de la religion et des règles sociales. Il fut à la tête d'une école de chanteurs et de musiciens pour la plupart libertins et débauchés.

133. Voir note 29.

134. Surnommé *as-Siddîq* (le Véridique), il succéda au Prophète à la tête de la communauté musulmane naissante de 632 à 634. Il eut à combattre un grand nombre de tribus arabes qui avaient apostasié et étaient retournées à leur paganisme ou au christianisme. Il réussit à restaurer l'islam dans les limites géographiques de la péninsule Arabique.

135. Une idée trop souvent répandue est que pour être musulman il faut être circoncis. C'est une idée fausse, la circoncision n'étant pas une obligation religieuse mais une simple mesure d'hygiène, une bienséance devenue une tradition. Les garçons sont circoncis de trois à douze ans, ce qui donne lieu à des festivités et à des échanges de félicitations entre parents.
136. Voir note 31.
137. Troisième successeur (calife) du Prophète, il fut le recenseur du Coran, ne conservant que les textes définitivement établis devenus la référence unique et absolue pour tous les musulmans. Homme de grande piété, on lui reprocha un certain laxisme dans la conduite des affaires de la communauté et son népotisme, tout cela entraînant des troubles et des situations conflictuelles entre divers courants politiques et sociaux appelés la grande *fitna* ou le grand mouvement de sédition. Il mourut assassiné en 656 et macula de son sang le Coran qu'il était en train de lire et qu'il avait reproduit de sa main.
138. Voir note 30.
139. Voir note 134.
140. Voir note 31.
141. Mot d'origine persane. C'était un gâteau fait de farine, d'eau et de miel.
142. Voir note 46.
143. Cousin et compagnon du Prophète, il déclencha le mouvement abbasside (tiré de son nom) et fut le père des deux premiers califes fondateurs de la dynastie abbasside à Bagdad en 750. Abû l-'Abbâs as-Saffâh (le Sanguinaire) (750-754) puis Abû Ja'far al-Mansûr (754-774).
144. Les Banû Hâchim ou fils de Hâchim descendaient de Hâchim l'arrière-grand-père du Prophète. De la tribu de Qoraych, le clan des Banû Hâchim (ou Hachémites) se poursuivit avec Muhammad puis sa fille Fâtima qui eut de 'Alî ibn Abî Tâlib Hassan et Hussayn. La famille du Prophète *(Ahl al-bayt)* se prolongea à travers les califes abbassides qui régnèrent à Bagdad à partir de 750. Les Omeyades ou Banû Umayya appartenaient, eux aussi à la tribu de Qoraych, mais descendaient de 'Abd ach-Chams, père d'Umayya qui donna son nom à la dynastie omeyade inaugurée à Damas par Mu'âwiya qui gouverna de 661 à 680.
145. Personnage non identifié.
146. Voir note 97.
147. Voir note 100.
148. Voir note 106.
149. *Al-khatîb* en arabe, c'est-à-dire celui qui prononce le sermon ou prêche *(khutba)* le vendredi à la mosquée. C'est souvent l'imam, celui qui conduit la prière du vendredi qui prononce cette *khutba*, mais n'importe quel fidèle a le droit de s'adresser aux autres musulmans en ce jour de prière collective. Dès le début de l'islam, pendant tout le Moyen Age et jusqu'à l'abolition du

califat en 1924 par Mustapha Atatürk, les prêches commençaient par un appel à Dieu pour qu'Il protège et favorise le calife ou le souverain en place.
150. Voir note 27.
151. Voir note 2.
152. Ce poète et orateur, malgré sa laideur et sa petite taille, galvanisait ses partisans. Chef d'un mouvement dissident, revendicatif et égalitariste, il fut poursuivi par Hajjâj ibn Yûsuf ath-Thaqâfî, gouverneur de l'Irak pour le compte du calife omeyade, 'Abd al-Malik ibn Marwân qui régna de 685 à 705. 'Imrân s'enfuit en Syrie, mais le calife ayant mis sa tête à prix, il dut se réfugier dans l'actuel 'Umân où il mourut en 703 ou 704 de l'ère chrétienne.
153. Homme de guerre valeureux et généreux. Il fut gouverneur du Khorassan, province située dans le Nord-Est de l'actuel Iran, après la mort de son père Muhallab ibn Abî Sufra en 702. Quand le califat échut à Sulaymân ibn 'Abd al-Malik qui régna de 715 à 717, celui-ci nomma Yazîd gouverneur de l'Irak puis, à nouveau, du Khorassan. Enfin, il devint gouverneur de Basra jusqu'au règne de 'Umar ibn 'Abd al-'Azîz (717-720) lequel le destitua. Après nombre de batailles, il mourut en 720.
154. Du verbe *jalasa (yajlisu)* : s'asseoir. Le *majlis* est l'endroit où l'on s'assied, le salon où l'on se réunit pour discuter. Aujourd'hui ce mot a pris le sens de "conseil". Depuis les temps les plus reculés, le *majlis* a été, pour les Arabes, l'occasion d'établir démocratiquement un contact direct entre les membres de la tribu puis entre les dignitaires, les représentants du pouvoir et les sujets, entre le dirigeant *(al-hâkim)* et celui qui est dirigé *(al-mahkûm)*. Jusqu'à nos jours, le *majlis* constitue, essentiellement dans les monarchies et les principautés de la péninsule Arabique, le moyen pour des citoyens ordinaires de venir présenter directement et à des jours donnés leurs doléances au roi, au prince ou à un haut représentant du pouvoir. Tout cela n'est pas sans rappeler saint Louis qui, lui aussi, tenait des séances publiques dans le même esprit.
155. Les Arabes disaient : "La beauté de l'homme est dans son éloquence." Le mot "arabe" lui-même se rattache au verbe *a'raba (yu'ribu)* c'est-à-dire exprimer quelque chose avec clarté. Les Arabes sont ceux qui s'expriment clairement et avec éloquence, par définition. Ils ont la chance de posséder une langue d'orateurs qui a gardé sa beauté ample et majestueuse. Le prosateur Jâhiz mort en 869 a consacré, comme beaucoup d'autres, des ouvrages à la rhétorique et à l'éloquence *(al-badî' wal-fasâha)*. Pour lui, ce qui distingue les Arabes des autres peuples, c'est leur faculté d'improvisation et le jaillissement spontané des mots avec une force expressive et un impact puissant sur les auditeurs, chose que peu de langues permettent au même degré.
156. Voir note 75.
157. Voir note 110.

158. Médecin de Hajjâj (voir note 110). Son nom indique qu'il était grec. Certains propos de Théodoque nous sont parvenus, mais rien des trois ou quatre livres qui lui sont attribués.
159. Jarîr ibn 'Atiya est né en 640 et est mort en 728. C'était un poète satirique redoutable. Ses seuls rivaux étaient Farazdaq (voir note 92) et Akhtal (640-710). On les a appelés "les trois géants" de la cour omeyade. Jarîr a laissé un recueil *(dîwân)* en deux tomes ainsi qu'un ouvrage sur les joutes qui l'ont opposé à Farazdaq.
160. A cette époque, et encore de nos jours, des maîtres dictaient leurs cours et dispensaient leur savoir à des auditeurs qui faisaient cercle autour d'eux et prenaient des notes. Les matières religieuses, grammaticales, littéraires, juridiques alimentaient ces conférences interactives où des disciples ou de simples curieux posaient des questions au maître. En général, ces cours se tenaient dans les mosquées au pied de certains piliers réservés à tel ou tel cercle.
161. Voir note 65.
162. Le jeûne du mois de ramadan est la quatrième obligation rituelle de l'islam. Pendant un mois, les croyants doivent s'abstenir de boire, de manger, de fumer, d'avoir des relations sexuelles de l'aube au coucher du soleil. Ce jeûne est une obligation, néanmoins, en sont dispensés les femmes enceintes, les voyageurs et les malades s'ils craignent que cela puisse porter davantage atteinte à leur santé, à charge pour eux de rattraper les jours jeûnés, dès qu'ils en auront la capacité.
163. Voir note 106.
164. Voir note 159.
165. Clan nomade d'Arabie centrale.
166. Voir Coran, sourate 10, verset 3 : "Votre Seigneur est Dieu qui a créé les cieux et la terre en six jours."
167. Voir note 106.
168. Voir note 65.
169. Dès leur plus jeune âge, les enfants musulmans, à l'école coranique ou *kuttâb*, apprennent le Coran par cœur. Celui qui connaît par cœur l'ensemble du Livre saint est appelé : *hâfiz* (pluriel : *hafaza*).
170. Il s'agit, bien entendu, de Dieu, le Coran étant le Livre où sont consignées toutes Ses paroles révélées au Prophète par l'intermédiaire de l'archange Gabriel.
171. Général arabe qui conquit l'Egypte en 639. En 657, il joua un rôle important dans la bataille de Siffin qui fut le prélude à la naissance du mouvement chiite (voir note 30). Il fut l'un des principaux soutiens et conseillers de Mu'âwiya ibn Abû Sufyân, fondateur de la dynastie omeyade à Damas en 661 de l'ère chrétienne (voir note 46).

172. Voir note 46.
173. Voir note 60.
174. Célèbre orateur, il fut le familier du calife omeyade 'Umar ibn 'Abd al-'Azîz (717-720) et de Hichâm ibn 'Abd al-Malik (724-743). Il est né et a grandi à Basra. Malgré son éloquence, il lui arrivait de commettre des fautes de grammaire et de langage *(lahn)*. Il a laissé des propos célèbres. Khâlid ibn Safwân vécut jusqu'à l'avènement des abbassides en 750, année de sa mort. Le premier calife de cette dynastie, Abû l-'Abbâs as-Saffâh (le Sanguinaire) (750-754), qui l'appréciait beaucoup le combla de faveurs.
175. Voir note 154.
176. Le feu de l'Enfer où brûlent les débauchés, les impies et les criminels.
177. Voir note 106.
178. La procession pour conduire la nouvelle mariée chez son mari.
179. Voir note 100.
180. Ce guerrier célèbre pour son bon sens et sa perspicacité est né en 603. En 627, il a embrassé l'islam et est devenu un des compagnons *(sahâba)* du Prophète. Il a participé à la conquête de la Syrie où il perdit un œil à la bataille décisive du Yarmûk le 20 août 636.
181. Clan médinois dont l'ancienneté remonte au temps du Prophète.
182. Textuellement, la même expression en arabe : *yâ ibn akhî !*
183. Indice d'une certaine liberté de mœurs et de comportements chez les bédouins et les Arabes de la steppe à l'époque.
184. La Palestine faisait partie d'un grand ensemble appelé Châm qui recouvrait la Syrie actuelle plus le Liban et une grande partie de la Jordanie actuelle et que l'on appelait la Grande Syrie.
185. Capitale de l'actuelle Syrie, c'est une des plus anciennes villes de l'humanité. Après Médine, première capitale de la communauté musulmane, Damas devint le siège du califat omeyade établi par Mu'âwiya en 661 (voir note 46) et le demeura jusqu'en 750, à l'avènement de la dynastie abbasside qui transféra le pouvoir central à Bagdad.
186. Surnommé Akhtal : celui qui a les oreilles pendantes, il était aussi appelé : Dhû s-salîb : l'homme à la croix. En effet, il était issu d'une tribu arabe chrétienne, les Banû Taghlib. Akhtal, qui jouissait de la plus grande faveur des califes musulmans de Damas et en particulier de 'Abd al-Malik ibn Marwân (685-705), n'en restait pas moins indéfectiblement attaché à son christianisme. Il laissa un recueil de poésie dans lequel il déploya son talent satirique et sa puissance poétique en matière d'éloges et d'autopanégyrique. Il fut le grand rival de Jarîr (mort en 728) et de Farazdaq (mort en 732) avec lesquels il forma le trio dit des "géants" de l'époque omeyade. Il s'éteignit en 710.
187. Preuve de l'existence du christianisme au Moyen-Orient, de nombreuses tribus du désert arabique étaient chrétiennes, ainsi qu'une partie du Yémen

(le Najrân) où il y avait un évêché. Au moment de la conquête arabe au début du VIIe siècle, la plupart des habitants de ces contrées adoptèrent le nouveau message. En Syrie-Palestine, un grand nombre d'habitants étaient des Arabes (les Banû Ghassân) chrétiens, et descendants d'une ancienne tribu (les Azd) émigrée du Yémen. En Mésopotamie, d'autres Arabes (les Lakhmides ou Banû Lakhm) étaient chrétiens dans leur écrasante majorité. Ils se mêlèrent aux descendants des Babyloniens, des Assyriens et des Chaldéens du pays. Les Arabes de Syrie-Palestine étaient de rites différents de ceux de la Mésopotamie. Il y avait donc des évêques, des archevêques et tous les représentants de la hiérarchie de l'Eglise chrétienne d'Orient.

Akhtal était, pour sa part, de rite jacobite, un rite syrien fondé au VIe siècle après Jésus-Christ par Jacques (Jacob) Baradée ou Baradaï (500-578) qui organisa et regroupa les communautés chrétiennes de Syrie, d'Egypte et d'Asie Mineure.

188. Muhammad ibn Idrîs ach-Châfi'i né à Gaza en 767 et mort au Caire en 819. Il fut l'un des quatre fondateurs des rites ou écoles juridiques de l'islam sunnite : les rites hanafite, malikite, hanbalite et celui qu'il a instauré et qui porte son nom : le rite châfi'ite. Dès l'âge de sept ans, il avait appris le Coran par cœur et à vingt ans il fut mufti, délivrant des conseils juridiques au sujet des questions de droit. On a dit qu'il fut le premier à avoir écrit sur les fondements de la jurisprudence *(usûl al-fiqh)*. Il fut aussi un excellent poète. Le grammairien Mubarrad (826-899) disait de lui qu'il était le plus grand des poètes et des lettrés, et le plus savant en matière de jurisprudence *(fiqh)* et de lectures *(qirâ'ât)* du Coran.

189. Direction de La Mecque indiquée, dans les mosquées, par l'emplacement d'une niche, le *mihrâb.*

190. Le mot signifie : garçon, esclave, adolescent, jeune homme, serviteur, page. Il a pris le sens d'"éphèbe" avec tout ce que cela pouvait laisser entendre sur le plan social et éthique. Des éphèbes échansons circulaient parmi les convives lors de parties fines agrémentées de chants et de danses à l'époque omeyade et surtout abbasside.

191. Voir note 106.

192. Pour que la répudiation fût effective, il fallait que le mari dise trois fois : "Je te répudie !"

193. Voir note 62.

194. Tout au long du VIIIe siècle, un antagonisme permanent a opposé les représentants des deux grands groupements ethniques arabes : les Modarites dans le Nord de la péninsule, descendants d'Ismaël et les Yéménites, descendants de Qahtân, dans le Sud. Cet esprit de parti ou esprit de corps est appelé *'asabiya.*

195. La conquête de l'Azerbaïdjan a eu lieu au milieu du VIIIe siècle, à l'époque du calife abbasside Abû Ja'far al-Mansûr (754-774).

196. Arabe du Nord, descendant de Modar.
197. Originaire du Yémen, et appartenant à la descendance de Qahtân, ancêtre des Arabes du Sud.
198. Voir note 46.
199. Celle des croyants, des musulmans vivant dans les pays gouvernés par le calife ou successeur du prophète Muhammad qui gouverna la première communauté musulmane à Médine dès l'an 622 de l'ère chrétienne.
200. Calife omeyade, frère de Yazîd II à qui il succéda en 685. Sous son règne qui s'acheva en 743, le califat musulman atteignit sa plus grande expansion puisque l'empire et les armées de la conquête atteignirent les cols des Pyrénées.
201. Tout musulman et toute musulmane, s'ils en ont les possibilités physiques et matérielles, se doivent d'accomplir, au moins une fois dans leur vie, le pèlerinage à La Mecque, autour de la Ka'ba, Maison sacrée de Dieu, à une période donnée de l'année : au mois du calendrier musulman de *dhû l-hijja*. Pèlerinage collectif, il commémore le sacrifice d'Abraham ainsi que la course de sa servante Hagar dans le désert arabique avec son fils Ismaël. Pour les musulmans, c'est ce dernier que son père Abraham s'apprêtait à égorger en sacrifice à Dieu et non Ishâq comme pour les chrétiens et les juifs. Le pèlerinage à La Mecque est le dernier des cinq piliers de la religion musulmane.
202. Voir note 74.
203. C'est l'espace qui entoure la Ka'ba, et qui constitue une enceinte sacrée *(haram)* dans laquelle il est interdit de tuer tout être vivant.
204. Les compagnons du Prophète (les *sahâba*) étaient les premiers hommes qui, à La Mecque, avaient cru en lui et en sa mission. Amis indéfectibles, ils l'accompagnèrent dans son exode *(hijra)* pour Yathrib devenue Médine (*madînat an-nabiy* : la ville du Prophète) où les *ansâr* (ou partisans) de cette riche palmeraie les accueillirent comme des frères. Parmi les premiers compagnons, il y eut Abû Bakr mort en 634 (voir note 134), 'Umar mort en 644 (voir note 31), 'Uthmân mort en 656 (voir note 137), 'Alî mort en 661 (voir note 30) qui furent les premiers successeurs (califes) de Muhammad, et bien d'autres de sa génération.
205. Voir note 91.
206. Voir note 52.
207. De son nom complet Dhakwân ibn Kîsân al-Khawlâni al-Hamdani l-Yamani. Tâwûs était son surnom (Paon). Ancien esclave de Yéménites, il fut affranchi et devint une figure parmi les *tâbi'în* (les musulmans de la deuxième génération après le Prophète). Il a œuvré à l'approfondissement de la religion et à la transmission des hadiths (propos et gestes de Muhammad). D'une personnalité affirmée, il n'hésitait pas à tenir tête aux califes et aux princes, refusant de vivre en courtisan. Il s'illustra à l'époque de Hajjâj ibn Yusûf

ath-Thaqâfî, le terrible gouverneur de l'Irak pour le compte du calife omeyade 'Abd al-Malik ibn Marwân. Tâwûs mourut pendant son pèlerinage à La Mecque en 691.

208. Les Arabes, depuis l'anté-islam, portaient des sandales en général en peau de chèvre souple. Dans les villes, elles étaient relayées par les *khifaf* ou pantoufles avec semelles de cuir et tissu richement orné. Le Prophète portait des sandales comme, avant lui, Moïse et Jésus.

209. Voir note 2.

210. Voir note 29.

211. Voir note 57.

212. Exemple de franc-parler et de relation démocratique entre un gouvernant et un gouverné, à l'époque omeyade. Une telle franchise serait difficilement admise de nos jours dans n'importe quel pays.

213. Rappel de l'œcuménisme de l'islam pour lequel les prophètes ou les grandes figures du judaïsme et du christianisme ont tous leur place dans le cadre de la famille abrahamique. Pour ce qui est de Jean, il s'agit ici, bien sûr, de Jean le Baptiste.

214. Voir note 159.

215. Voir note 106.

216. Fils du troisième calife de l'islam : 'Uthmân ibn 'Affân qui gouverna de 654 à 656. Le calife 'Abd al-Malik ibn Marwân, qui régna de 685 à 705, le nomma gouverneur de Médine pour une durée de sept ans. Frappé d'épilepsie, il mourut sous le règne de Yazîd ibn 'Abd al-Malik (mort en 690).

217. Voir note 154.

218. Voir note 33.

219. Dès l'époque omeyade, les secrétaires ont constitué une classe importante de la société de plus en plus complexe. La gestion de l'administration et des finances leur a donné un rôle accru. Certains sont devenus ministres.

220. En général en feutre ou en laine, il était haut et de couleur noire. Il fut emprunté aux Perses. On dit qu'Abû Ja'far al-Mansûr, le deuxième calife de la dynastie abbasside qui régna de 754 à 774, fut le premier à inciter les gens à le porter.

221. Frère du calife 'Abd al-Malik ibn Marwân (voir note 62).

222. Voir note 185.

223. Voir note 62.

224. Voir note 106.

225. Voir note 159.

226. Il est amusant de constater la contradiction flagrante entre ce nom, qui signifie "don", "présent", et l'avarice rarement atteinte dont fait preuve le père de Jarîr.

227. Voir note 57.

228. C'est la première sourate du Coran, celle qui "ouvre" le livre *(al-Fâtiha)*, du verbe *fataha (yaftahu)* : ouvrir.
229. Les génuflexions *(rak'ât)*, avec la position debout *(iqâma)* et la prosternation *(sujûd)*, constituent les mouvements prescrits au croyant musulman lors de sa prière rituelle (voir note 57).
230. Il s'agit de la sourate 5. Le titre lui vient du miracle opéré par Jésus qui, à la demande des apôtres, fit descendre du ciel une table couverte de mets. Voir verset 112 de la sourate 5 : "Les apôtres dirent : O Jésus, fils de Marie ! Ton Seigneur peut-il, du ciel, faire descendre sur nous une table servie ?"
231. Homme célèbre pour sa bravoure, sa générosité et son éloquence. A l'époque omeyade, il s'était attaché à Yazîd ibn 'Amr al-Fazari, gouverneur de Basra et de Koufa. Quand le pouvoir passa aux mains des Abbassides en 750, il y eut affrontement entre Abû Ja'far al-Mansûr, le deuxième calife de cette dynastie, lequel régna de 754 à 774 et Yazîd ibn 'Amr. Celui-ci fut assiégé dans Wâsit, ville située entre Koufa et Basra. Ma'n combattit courageusement aux côté de Yazîd. Quand ce dernier fut tué, Ma'n s'enfuit, de peur de subir les foudres de Mansûr. Finalement, il se rangea au nombre des partisans du calife et devint même l'un de ses familiers. Il fut tué en 768, dans le Sijistan, une province de l'ancien Empire perse, dont il était le gouverneur.
232. Le caractère quasi sacré de l'hospitalité, chez les Arabes, faisait que celui qui avait été convié à manger et à boire devenait comme intouchable et protégé par les lois non écrites imposées par cette tradition d'hospitalité.
233. Calife omeyade né en 668 et mort en 715. Sous son règne, dès 706, les frontières de l'empire s'élargirent à l'est jusqu'à l'Inde, au Turkestan et à la Chine. A l'ouest, elles allèrent jusqu'au nord de l'Espagne. Walîd fut le premier à avoir instauré les hôpitaux en terre d'islam. Il fit donner à chaque aveugle un guide et à chaque cul-de-jatte un serviteur. Il fit construire la mosquée Al-Aqsâ de Jérusalem. Quant à la célèbre mosquée dite des Omeyades de Damas, il la fit construire à grands frais et en faisant participer à sa décoration des architectes, des artistes et des ouvriers chrétiens venus de Byzance pour contribuer à cette merveille dont peut s'enorgueillir le patrimoine arabe. Il mourut près de Damas après avoir régné neuf ans et huit mois.
234. Voir note 1.
235. Voir note 135.
236. Frère de Walîd ibn 'Abd al-Malik, il régna de l'année de la mort de ce dernier en 715 à l'an 717. Une prédiction voulait qu'un calife portant le nom d'un prophète ferait la conquête de Constantinople. Comme son nom était Sulaymân, c'est-à-dire Salomon, compté au nombre des prophètes reconnus par l'islam, il pensa qu'il s'agissait de lui. Mais l'expédition contre

la capitale byzantine échoua. Cependant, la prédiction n'était pas fausse puisqu'un autre calife : Mehmet II (selon la prononciation turque) mais Muhammad selon la prononciation arabe, fit la conquête de Constantinople en 1453. Or Muhammad comme Salomon étaient des noms de prophètes appartenant à la famille abrahamique !

237. Voir note 91.

238. Voir note 62.

239. Voir note 13.

240. Voir note 106.

241. Voir note 33.

242. Voir note 6.

243. Voir note 153.

244. Les gouverneurs et les hauts dignitaires du régime, en particulier lorsqu'ils siégeaient, avaient toujours à leur droite et à leur gauche, mais jamais en face d'eux, et sur deux lignes distinctes et opposées des membres de leur suite, des secrétaires, des notables, juristes ou hommes de religion faisant face à une rangée d'officiers, de chefs de guerre et autres responsables de l'armée et de la police.

245. Voir note 56.

246. *Jamal* veut dire "chameau" en arabe.

247. Il s'agit du *tarab* que l'on traduit souvent, à tort, par "musique" ou "chant" : le *tarab al-andalusi* (musique andalouse) est en réalité l'émotion, la sensation esthétique et évocatrice d'un univers, bien plus qu'une simple musique. Le mot de "troubadour" viendrait de *tarab (adour)* (= celui qui transmet le *tarab*).

248. Père de 'Abd Allah, manière plus familière d'appeler Jamal al-Misri qui, semble-t-il, avait un fils appelé 'Abd Allah.

249. Chant particulier appelé le *hidâ* auquel les chameliers ont recours pour stimuler la marche de leurs bêtes.

250. Connu sous le sobriquet de A'mach, c'est-à-dire : le Chassieux, celui qui a la vue faible, Abû Muhammad ibn Mahrân fut un savant dans les sciences du Coran, la transmission des hadiths, et versé dans les questions touchant aux obligations religieuses *(farâ'id)*. Homme de vertu, il vécut et mourut à Koufa en 765, jouissant du respect de tous. Il était né le jour où a été tué Hussayn ibn 'Alî (voir note 123), le 10 octobre 680.

251. Voir note 63.

252. C'est-à-dire : habitant de Médine.

253. Quand un musulman parle du Prophète, il fait toujours suivre son nom des expressions suivantes : *'alayhi s-salât wa s-salâm* (sur lui soient la prière et le salut), ou : *sallâ llahu 'alayhi wa sallama* (que la prière de Dieu soit sur lui et qu'Il lui accorde le salut) ou, simplement : *'alayhi s-salâm* (sur lui soit le salut).

254. Voir note 236.
255. Gouverneur de Basra pour le compte du calife Sulayman ibn 'Abd al-Malik qui régna de 715 à 717.
256. Les efféminés et les travestis ont proliféré dans la société arabe dès l'époque omeyade. La plupart du temps danseurs, chanteurs et musiciens, ils étaient parfois les bouffons et les amuseurs de certains califes et dignitaires fortunés. Avec les *jawârin* (voir note 100) et les *ghilmân* (pluriel de *ghulâm*) (voir note 190), ils ont contribué à pervertir et à préparer la chute de toute une civilisation qui fut brillante et qui apporta au monde tant de lumières. Ces efféminés se teignaient les mains au henné et se coiffaient comme les femmes. Un hadith du Prophète s'élève contre "les hommes qui imitent les femmes dans leurs gestes et leur manière de parler, ainsi que les femmes qui se comportent comme les hommes".
257. Inadvertance qui dut être douloureuse pour certains. La plupart des eunuques étaient émasculés dès leur plus jeune âge. Ils étaient originaires de toutes les contrées de l'empire et, outre la surveillance des harems, ils occupaient parfois de hautes fonctions dans l'administration.
258. Voir note 110.
259. Les kharijites étaient des sortes d'égalitaires de l'islam. Pour eux, n'importe qui pouvait être calife sans avoir à appartenir à la tribu de Qoraych, celle du Prophète, de Mu'âwiya fondateur de la dynastie omeyade de Syrie (voir note 46) puis des califes qui ont instauré la dynastie abbasside en Irak après la chute des Omeyades. Pour les kharijites, n'importe qui présentant les qualités d'intégrité physique et morale nécessaires pouvait prétendre au titre suprême, fût-il un esclave noir affranchi. Ils constituèrent, de ce fait, un courant de dissidents fanatiques violemment combattus par les tenants du pouvoir. Guerriers farouches, courageux et cruels qui n'avaient peur que de Dieu, ils mirent à feu et à sang les contrées gouvernées par les califes de Damas comme par ceux de Bagdad.
260. Voir note 63.
261. Le jus de raisin n'est pas prohibé par le Coran. C'est la boisson fermentée qui l'est, le *muskir*, la boisson enivrante qui a, entre autres méfaits, celui de rendre le croyant incapable d'accomplir sa prière rituelle *(salât)*, le deuxième pilier de l'islam, après la *chahâda* ou profession de foi en Dieu l'Unique et en Muhammad Son Messager.
262. Voir note 104.
263. Voir note 106.
264. Voir note 200.
265. Zayd ibn 'Alî ibn al-Hussayn ibn 'Alî. Petit-fils de Hussayn (voir note 123), il s'était révolté contre le calife omeyade Hichâm ibn 'Abd al-Malik (724-743) et fut tué en 740 par Yûsuf ibn 'Umar ath-Thaqâfî alors gouverneur du

Yémen. Yûsuf le crucifia nu en un lieu situé à Koufa et sa tête fut exposée à la porte de Damas.

266. *Khilâfa* en arabe. C'est la "succession", d'abord du Prophète puis de tous ceux qui l'ont suivi, à la tête de la communauté musulmane (les califes), détenteurs du pouvoir temporel *(dunyâ)* et spirituel *(dîn)*. Le califat passé aux Turcs ottomans et installé à Istanbul fut aboli en 1924 par Mustapha Kemal Atatürk.

267. Voir note 100.

268. Ancêtre des Arabes du Nord de la péninsule Arabique dont 'Adnân est l'aïeul. Fils aîné du patriarche Abraham. Selon les musulmans, c'est Ismaël qui devait être offert par son père en sacrifice à Dieu et non Ishâq.

269. L'Egyptienne Agar qui fut la mère d'Ismaël. Dans le texte arabe, le mot *ama* signifie "esclave", "servante" non affranchie.

270. Ancêtre des juifs et fils cadet d'Abraham.

271. Sara, mère d'Ishâq, était, en effet, une femme libre : *hurra*.

272. C'est-à-dire le prophète Muhammad (voir note 27).

273. Troisième calife de la dynastie abbasside, il régna à partir de la mort de son père Abû Ja'far al-Mansûr en 774 et mourut en 785. Ce souverain à la conduite noble et généreuse était particulièrement attaché aux valeurs morales et religieuses, ce qui lui valut l'affection et le respect de tous ses sujets.

274. C'est-à-dire ouverte à tous les sujets qui pouvaient avoir des doléances à présenter, des compliments à adresser au souverain, des plaintes à formuler ou une assistance à solliciter (voir note 154).

275. Voir note 91.

276. Voir note 208.

277. Voir note 29.

278. Ici, en signe de respect et de dévotion. C'était aussi un geste qui exprimait, au travers d'un objet, l'attachement et l'affection profonde que l'on pouvait avoir pour quelqu'un.

279. Voir note 6.

280. Appelée *madînat as-salâm* : "la ville de la paix", elle fut fondée par le calife Abû Ja'far al-Mansûr, le deuxième de la dynastie abbasside. Avant la prise de la ville et sa destruction par les Mongols en 1258, elle dépassait le million et demi d'habitants. Devenue la plus grande ville commerciale de son temps, elle fut une capitale du savoir et un phare de la civilisation. Son nom brille à travers les pages immortelles des *Mille et Une Nuits*.

281. Abû Wahîb Bahlûl ibn 'Amr as-Sayrafi dit le Fou, al-Majnûn, était originaire de Koufa. Il s'est rendu célèbre par ses facéties, ses mots d'esprit et aussi par des poésies. Il est mort en 805.

282. Voir note 6.

283. Septième calife de la dynastie abbasside, il régna de 813 à 834 après une guerre civile menée contre son demi-frère Amîn. Sous le règne de Ma'mûn, l'influence de la pensée grecque atteignit son apogée dans le monde musulman. Son intérêt pour le savoir amena ce calife à développer à Bagdad la "Maison de la sagesse" (*Bayt al-hikma* ou *Dâr al-hikma*) fondée par son père Hârûn ar-Rachîd. C'était une bibliothèque, une maison du savoir et de la traduction qui a permis au patrimoine grec traduit en arabe puis en latin, le plus souvent par le biais du syriaque, de se développer et de se faire connaître. Ma'mûn était éloquent, érudit en matière de grammaire et de linguistique. Ce fut un mécène qui sut faire de son immense empire un monde de culture, d'ouverture et d'humanisme.
284. Ville située dans l'actuel Iran. Aux époques omeyade puis abbasside, il n'existait pas de frontières entre contrées de l'Empire musulman. Il y avait continuité entre les territoires purement arabes comme ceux de la péninsule Arabique et les autres comme la Perse, l'Azerbaïdjan, etc., inscrits dans les limites de ce que l'on appelait le *dâr al-islâm* (la maison de l'islam) ou sphère englobant les pays de la *umma*, c'est-à-dire de la communauté musulmane.
285. Voir note 29.
286. Le mot *âya* signifie : "signe". C'est surtout un signe d'avertissement du ciel : un miracle, un prodige. C'est le sens qu'a ici ce mot. *Âya* veut dire également "verset" (du Coran), chaque verset étant considéré comme un miracle et un avertissement.
287. Ange de la vie, il n'est cité que trois fois dans le Coran. Il est le transmetteur de la Révélation du Prophète et son confident permanent. Gabriel est le Saint-Esprit qui s'est approché de Marie et a soufflé en son sein. C'est aussi l'ange des mystiques, celui qui fait le lien entre Dieu et les hommes. Equivalent d'Hermès, le messager des dieux dans la mythologie grecque.
288. Fils de Hârûn ar-Rachîd et demi-frère des califes Amîn et Ma'mûn, il succéda à ce dernier le jour de sa mort en 833. Il construisit la ville de Sâmarrâ' (voir note 519) et conquit 'Ammûriya (Amorium) en territoire byzantin en 838. Affable et d'une haute moralité, il savait être ferme et autoritaire. Compté comme l'un des plus grands califes de la dynastie abbasside, il mourut en 842. Sous son règne, l'Empire musulman connut une immense expansion.
289. Secrétaire, épistolier et excellent poète originaire de Syrie. C'était un familier des califes et des hauts dignitaires du pouvoir, civils et militaires. Bien qu'ayant chanté les louanges de Hârûn ar-Rachîd, qui régna de 786 à 809, il fut poursuivi par celui-ci et s'enfuit au Yémen. Ja'far ibn Yahya l-Barmaki et son frère Fadl (voir note 435) réussirent à obtenir son retour en grâce auprès du calife. 'Attâbi revint à Bagdad pour y mourir en 835.
290. Les mazdéens étaient les tenants de la doctrine de Zoroastre. Mentionnés dans le Coran à la sourate 22, verset 17, ils sont considérés comme des gens

du Livre, au même titre que les chrétiens et les juifs. Après la conquête musulmane, ils constituèrent une communauté religieuse qui se répandit dans les villes iraniennes mais aussi en Irak, en Inde et dans l'Est de la Perse. Parmi les hommes de lettres arabes, un des plus anciens zoroastriens ou mages à avoir embrassé l'islam fut le fondateur principal de la prose d'expression arabe : 'Abd Allah ibn al-Muqaffa' (voir note 368).

291. Al-Basra, en arabe. C'est la Bassora de Sindbad le marin et de ses fabuleux voyages. Cette Venise orientale a été fondée en 637 par un compagnon du Prophète et un chef militaire du calife 'Umar. Au VIIIe siècle, c'était un centre commercial et financier prospère. A l'époque abbasside, ses intellectuels, grammairiens, poètes et religieux rivalisaient avec ceux de Bagdad. En 1258, comme la capitale abbasside, elle fut détruite par les Mongols de Houlagou, le petit-fils de Gengis Khan.

292. Voir note 33.

293. Poète de l'époque abbasside né en 714 et mort en 784. Il a vécu à la charnière de deux périodes historiques, l'une attachée à la préservation des coutumes et des traditions arabes, l'autre éprise de modernité et ouverte aux influences persanes. Il a été le témoin d'une lutte violente appelée *chu'ûbiya* entre les tenants de ces deux courants opposés, tant dans le domaine de l'éthique que dans celui de la culture et du choc ethnique entre la composante traditionnelle arabe de la population et la multitude des non-Arabes qui constituèrent bien vite une majorité dans l'Empire musulman. Bachchâr ibn Burd a pratiqué tous les genres avec le même bonheur. Satire, éloge ou poésie amoureuse. Sa langue d'une grande limpidité est élégante et raffinée chez ce libertin, familier de la cour abbasside et passé maître en facéties et traits d'esprit.

294. Dans la religion des mages (les mazdéens), les pères pouvaient épouser leurs filles, leurs sœurs, leurs mères, chose strictement interdite dans le Coran, sourate 4, verset 23 : "Vous sont interdites : vos mères, vos filles, vos sœurs, vos tantes paternelles, vos tantes maternelles, les filles de vos frères, les filles de vos sœurs."

295. Ville d'Irak située à cent quatre-vingt-cinq kilomètres à l'ouest de Bagdad. Construite dans la vallée du haut Euphrate, elle était célèbre pour ses exportations de bitume dans l'Antiquité. A l'époque abbasside, Hît et sa région étaient couvertes de cultures de dattiers et de céréales. Elle produisait aussi un vin renommé.

296. Homme de lettres éloquent, bon poète, épistolier et secrétaire, devenu aveugle à l'âge de quarante ans. Le calife Mutawakkil, qui régna de 847 à 861 et qui était friand de ses mots d'esprit, disait : "S'il n'avait pas été aveugle, j'en aurais fait mon intime et mon commensal." Originaire de Basra, Abû l-'Aynâ' y mourut en 895 après avoir longtemps vécu à Sâmarrâ' (voir note 519) où il avait rencontré Mutawakkil.

297. Le poète de Basra, contemporain de Jâhiz (780-869) (voir note 360), était, dit-on, un homme délicieux, plein d'humour et l'objet de nombreuses anecdotes.
298. La tradition des bouffons remonte aux débuts de l'islam même si, à l'époque, il ne s'agissait pas d'une fonction institutionnalisée. On raconte ainsi qu'un certain Nu'ayman al-Mazzâh (le plaisantin) avait souvent amusé le Prophète et ses compagnons par ses facéties. A l'époque abbasside, un homme de Médine, Abû Sadaqa, a été le bouffon de Hârûn ar-Rachîd qui régna de 786 à 809. Mutawakkil (847-861) avait un bouffon du nom d'Abû l-'Ibar.
299. Voir note 273.
300. Cet homme de l'époque abbasside est né et a grandi à Médine puis s'est rendu à Bagdad. Il s'est illustré par ses facéties, son humour et ses bons mots.
301. Excellent poète et transmetteur de poésie, cet homme originaire de Basra mourut à Bagdad en 873. Lié au calife Mutawakkil dont il fit l'éloge funèbre, il fut le familier de son fils Mu'tamid qui régna de 869 à 892.
302. Fils du calife Mutawakkil, Mu'tamid régna de 869 à 892.
303. Les poèmes arabes sont, traditionnellement, monorimes. Ils portent souvent le nom de la lettre finale des vers qui les composent. Ainsi si cette lettre est le *d*, le poème s'appelle la *dâliya* (c'est-à-dire : le poème en *d*). Si le poème se termine par *b*, il sera appelé la *bâ'iya*. Il y a ainsi des poèmes, célèbres, connus sous le nom de leur dernière lettre, l'un d'eux est la *lâmiayt al-'Arab* (le poème en *l* des Arabes) attribué au poète anté-islamique Chanfara (voir note 11).
304. Voir note 91.
305. Voir note 2.
306. Voir note 100.
307. Ce calife abbasside régna depuis Bagdad sur l'immense Empire musulman à une époque où celui-ci avait atteint l'apogée de sa grandeur et de sa puissance dans tous les domaines. Il y eut un siècle de Hârûn ar-Rachîd comme il y en avait eu un de Périclès et comme il y en aura un de Louis XIV. Poètes, musiciens et hommes d'esprit ont chanté les fastes et la prospérité de ce règne. Le souvenir de Hârûn hante *Les Mille et Une Nuits* qui le représentent tel un Louis XI parcourant, déguisé, les ruelles de Bagdad pour prendre le pouls de sa popularité et de l'humeur de son peuple. L'empereur Charlemagne, dit-on, lui envoya une ambassade dans le dessein de contracter une alliance en vue d'un partage du monde de l'époque en deux zones d'influence : d'une part les terres occidentales de la chrétienté soumises à l'autorité de Charlemagne et de l'autre le monde de l'islam dont la direction serait laissée au seul Hârûn ar-Rachîd qui régna de 786 à 809 de l'ère chrétienne.
308. Voir note 190.

309. Voir note 57.
310. Voir note 57.
311. La religion musulmane prohibant, en principe, la représentation figurée, l'écriture a pris une importance considérable en tant qu'élément de décoration et d'ornementation. La calligraphie est vite devenue un art à part entière. Les calligraphes jouissaient et jouissent toujours d'un respect particulier, surtout dans le domaine de la calligraphie du Coran et des textes religieux de l'islam. Parmi les grands calligraphes arabes, quelques noms s'imposent tels que ceux de Rayhâni, mort en 834, d'Ibn Muqla mort en 940 qui fut aussi ministre, d'Ibn al-Bawwâb mort en 1032 et de Musta'simi qui vécut au XIIIe siècle.
312. Voir note 65.
313. *Qirât*, en arabe. Il valait un demi-*dâniq*, lequel était égal à un sixième de dinar (voir note 33).
314. Fils du calife Mutawakkil mort en 861.
315. Voir note 296.
316. Viande cuite au vinaigre.
317. Voir note 283.
318. Voir note 286.
319. Les anges occupent une grande place dans l'islam. A côté de Gabriel (voir note 287), citons 'Azraël l'ange de la mort, Israfîl l'ange qui recueille l'âme de chaque homme et qui souffle dans la trompette du Jugement dernier, les anges gardiens, l'ange Sijjîl qui inscrit les actions des hommes sur un rouleau, les anges Munkar et Nakîr qui interrogent l'homme dans sa tombe sur sa foi et ses actes. Malik, gardien de l'Enfer, qui préside aux tourments qui y sont infligés, Ridwân, gardien du Paradis, les anges Ismaël, Mikhaël (Michel) et bien d'autres.
320. En 715, sous le règne du calife omeyade Sulaymân ibn 'Abd al-Malik, le général Qutayba ibn Muslim al-Bâhili conquit Kachgar dans le Turkestan chinois et l'on prétend qu'il fit une incursion en Chine. Mais ce pays resta à l'abri des conquêtes arabes de l'époque. Il joua un rôle considérable dans le commerce par terre et par mer avec les musulmans (Arabes et non-Arabes) partis d'Irak. D'où l'expansion de l'islam dans les îles de la Sonde, en mer de Chine et en Cochinchine. Ces relations se reflètent dans les légendes et les contes chinois qui émaillent bien des récits arabes et notamment *Les Mille et Une Nuits*.
321. Voir note 6.
322. Voir note 33.
323. Voir note 20.
324. Les femmes de la steppe ou de la campagne, comme encore aujourd'hui, ne se voilaient pas le visage. Elles étaient donc accessibles, en toute liberté, aux regards masculins.

325. Voir note 296.
326. Poète à la belle facture, et aux vers charpentés, il était féru de hadiths et de chroniques. Chiite fervent, il a chanté les vertus de 'Alî ibn Abî Tâlib (voir note 30) et des Banû Hâchim (voir note 144), n'hésitant pas à dénigrer certains compagnons du Prophète. Né en 690, il vécut sous le califat de Hârûn ar-Rachîd et mourut à Bagdad en 788.
327. Du verbe *raja'a (yarji'u)* : revenir, retourner. C'était une croyance dans le retour sur terre. Une secte croyait qu'Ibn al-Hanafiya, le fils de 'Alî et d'une femme nommée Khawla, fille de Ja'far al-Hanafiy, n'était pas mort et qu'il reviendrait pour régner et emplir la terre de justice.
328. Voir note 33.
329. Voir note 283.
330. Voir note 91.
331. Voir note 166.
332. Le *jisr*, un pont en bois enjambant le Tigre, sur lequel étaient exposés les cadavres des suppliciés, leurs têtes ou leurs membres dépecés.
333. Voir note 30.
334. Voir note 46.
335. Cité antique dont les vestiges se trouvent à côté d'Ourfa, dans l'actuelle Turquie. C'est là, dit la Bible, qu'Abraham s'est arrêté avec les siens après avoir quitté Our en Chaldée. A l'époque omeyade c'était une grande ville célèbre située sur la route de Mossoul à la Grande Syrie (Châm) et au territoire de l'Empire byzantin.
336. Littéralement : "Fraîcheur de mon œil." L'expression s'adresse ici à une femme, mais les Arabes, considérant la postérité – surtout mâle – comme le plus grand bienfait du ciel, appelaient souvent leurs enfants : "Fraîcheur de mon œil."
337. 'Abd Allah ibn Chubruma fut nommé juge de Koufa par le calife abbasside Abû Ja'far al-Mansûr qui régna de 754 à 774.
338. Fin lettré et excellent poète, il fut un secrétaire devenu le familier de Tâhir ibn al-Hussayn (voir note 339) puis de son fils 'Abd Allah. Il encensa Tâhir, ce qui ne l'empêcha pas d'encourir la disgrâce de ce dernier. Il mourut en 816.
339. Né en 775, cet ancien affranchi perse fut ministre du calife Ma'mûn (816-834) qui le nomma en 820 gouverneur du Khorassan et de toutes les contrées à l'est de Bagdad. Il fut surnommé l'Ambidextre (Abû l-Yamînayn) pour avoir combattu alternativement avec ses deux mains. Après avoir œuvré pour consolider le pouvoir de Ma'mûn, il se révolta contre lui et fut tué en 822 à Merv, capitale du Khorassan, par un des serviteurs du calife.
340. Voir note 154.
341. Voir Coran, sourate 110, verset 1.

342. Le vendredi, pour les musulmans, est un jour sacré consacré à Dieu et à la prière, un peu comme le dimanche pour les chrétiens.
343. Dans toutes les mosquées, il y a, en principe, un préposé au lavage des cadavres avant de les envelopper dans leur linceul.
344. Voir note 296.
345. Voir note 281.
346. Des esclaves musiciennes souvent très instruites jouaient du luth, chantaient, dansaient et faisaient office de concubines. Certaines eurent une influence considérable sur leurs seigneurs et maîtres des classes favorisées ainsi que sur plusieurs califes des dynasties omeyade puis abbasside.
347. Voir note 296.
348. Voir note 162.
349. Voir note 100.
350. *Machwiy* veut dire grillé, en arabe. C'est de la viande grillée, que ce soit de l'agneau, du bœuf ou autre chose.
351. Voir note 162.
352. Deuxième calife abbasside, Abû Ja'far al-Mansûr a pris le pouvoir à la mort de son frère Abû l-'Abbâs as-Saffâh (le Sanguinaire) en 754. C'est lui qui fonda Bagdad où il transporta le siège du pouvoir jusqu'alors installé à Damas, capitale de la dynastie omeyade. Etranger aux plaisirs et à la frivolité, il exerça avec austérité ses fonctions pendant vingt ans et mourut à La Mecque pendant son pèlerinage en 774.
353. Province du Nord-Est de la Perse dont la capitale était Merv aux époques omeyade et abbasside.
354. Voir note 91.
355. Voir note 149.
356. Les pétomanes – avec les bouffons, les acrobates et les amuseurs publics – animaient les rues et les places des grandes villes comme Bagdad ou Basra. C'est à l'époque abbasside qu'ils ont commencé à exercer un "art" que les foires du XIXe siècle et du début du XXe ont abrité, en France, par exemple.
357. "Etroite", dans le texte arabe.
358. Illustration de la société cosmopolite de l'époque abbasside, véritable mosaïque de peuples et d'ethnies de toutes les couleurs. Dans le cas présent, il s'agit sans doute d'une esclave byzantine (affranchie ou non) et d'un esclave noir d'origine éthiopienne ou nubienne.
359. Voir Coran, sourate 22, verset 61.
360. Né à Basra en 776, cet homme laid aux yeux "exorbités", d'où son surnom de Jâhiz, fut un maître incomparable de ce que l'on appelle en arabe l'*adab*, c'est-à-dire la culture littéraire, scientifique et poétique que tout honnête homme se devait de posséder. Esprit passionné de tout, son écriture

était pleine de verve, et c'est à juste titre qu'il est considéré comme l'un des plus grands prosateurs arabes de tous les temps. Outre un livre consacré à la rhétorique et à la langue : *Al-Bayân wa t-tabyîn* (Le livre de la rhétorique et de la clarification), il est l'auteur d'un *Livre des animaux (Kitâb al-Hayawân)*, sorte de manuel de zoologie inspiré d'Aristote et d'un *Livre des avares (Kitâb al-bukhalâ')* truculent, dans lequel il flétrit l'avarice, travers particulièrement odieux aux Arabes, avec beaucoup d'humour. Privilégiant la raison sur la foi aveugle, il fut le chef d'un groupe de mu'tazilites ou rationalistes de l'époque. Très attaché à ses origines, il s'est fait le chantre et le défenseur des Arabes contre les non-Arabes, des Perses en majorité qui, de plus en plus, tenaient le "haut du pavé" à Bagdad et dans toute la région moyen-orientale de l'empire abbasside. En 868, il mourut étouffé par un flot de livres tombés sur lui d'une étagère mal assurée.
361. La livre ou *ratl* était utilisée comme unité de poids, le kilogramme n'existant pas à l'époque.
362. C'est-à-dire : "Par Dieu !" Pour Ka'ba, voir note 74.
363. Voir note 352.
364. Voir note 259.
365. Voir note 307.
366. Voir note 281.
367. Le hammam, héritier des thermes romains, dit aussi bain maure a fleuri dans la civilisation arabe à toutes les époques du fait du grand souci de propreté et de purification du corps auquel l'islam a invité dès le début. A l'époque abbasside, on a pu compter jusqu'à vingt-sept mille bains publics dans la capitale de l'empire, Bagdad.
368. Premier grand homme de lettres en langue arabe, ce noble perse de religion mazdéenne, après s'être converti à l'islam, s'illustra par la composition de nombreuses œuvres de prose. Il était incapable d'écrire le moindre vers de poésie. Son ouvrage le plus célèbre est intitulé : *Le Livre de Kalîla et Dimna* traduit et adapté du persan et écrit dans un but d'édification des princes, pour leur inculquer des notions de savoir-vivre et de morale, sous la forme de fables dont les héros sont, en majorité, des animaux, et dont notre La Fontaine saura se souvenir quelques siècles plus tard.'Abd Allah ibn al-Muqaffa' mourut en 757 dans les premières années du règne de la dynastie abbasside.
369. Voir note 291.
370. Voir note 154.
371. En arabe, en grec ou en sanscrit, il existe un duel qui est un nombre employé pour désigner deux personnes, deux choses considérées comme formant un groupe indissociable.
372. Il s'agissait, en réalité, d'un grand quartier situé dans la partie est de Bagdad.

373. Fils du calife Mu'tasim (833), il fut le dixième calife abbasside. Né à Bagdad en 821, il fut intronisé à la mort de son frère Wâthiq en 847. Il était généreux et aimait bâtir, mais il fut fustigé par les poètes pour avoir démoli le tombeau de Hussayn (voir note 123). Après avoir transféré le siège du califat à Damas pendant deux mois, il le ramena à Sâmarrâ' fondée par son père (voir note 519). C'est dans cette ville qu'il fut assassiné avec la complicité de son fils Muntasir en 871.
374. Voir note 256.
375. Voir note 154.
376. Voir note 91.
377. Fils de Mu'tasim, il devint calife en 842 et mourut en 847 assassiné vraisemblablement sur l'ordre de son frère Mutawakkil. Wâthiq jouait du luth et fut le premier calife abbasside à composer de la musique.
378. Voir note 100.
379. Voir note 56.
380. Voir note 57.
381. Voir note 91.
382. Voir note 307.
383. Voir note 280.
384. Poète arabe de l'époque abbasside, poète de Bagdad par excellence, son nom est particulièrement répandu dans *Les Mille et Une Nuits.* Ami du calife Hârûn ar-Rachîd, il fut surtout le précepteur et le familier de son fils Amîn qui régna de 809 à 813 avant d'être détrôné par son demi-frère Ma'mûn. Abû Nuwâs fut un poète libertin qui chanta le vin et les plaisirs de la chair. A la fin de sa vie, il se tourna vers Dieu pour se confesser à Lui de ses péchés. Après avoir grandi à Basra, il s'installa à Bagdad où il mourut en 815 à l'âge de cinquante et un ans.
385. Voir note 352.
386. Voir note 307.
387. Fille du calife abbasside Ja'far al-Mansûr et cousine de Hârûn ar-Rachîd, elle fut l'épouse de ce dernier et la mère du calife Moahammed al-Amîn. Elle passe pour avoir été la plus illustre dame de son temps pour sa noblesse, sa beauté, sa chasteté, sa bonté et son savoir. Elle a dépensé des sommes considérables pour des actes de bienfaisance. Elle s'éteignit à Bagdad en 831.
388. C'est-à-dire : juge, magistrat, qui applique essentiellement la *charî'a* (ou loi religieuse), mais aussi le droit profane *(qânûn).*
389. Voir note 141.
390. Pâtisserie faite avec une sorte de pain gorgé d'huile d'amande et farci de noix. D'origine persane.
391. Voir note 91.

392. “Fils du poissonnier” en arabe. Originaire de Koufa, il se rendit à Bagdad où il vécut sous le règne du calife Hârûn ar-Rachîd à qui il arrachait des larmes par ses propos édifiants. Après être resté un temps à Bagdad, il revint à Koufa où il mourut vers l’an 800.

393. Voir note 290.

394. Voir note 294.

395. Voir note 6.

396. L’aînée des deux filles du ministre du roi Chahriyâr, qui, intelligente, cultivée et nourrie de littérature et de contes, amusa le roi chaque jour par une histoire dont elle réservait, prudemment, la suite à la nuit suivante. Ainsi réussit-elle à le tenir en haleine pendant mille et une nuits au bout desquelles il renonça définitivement à ses funestes projets.

397. Il s’agit de Chahriyâr un roi supposé d’Asie centrale qui avait décidé, pour se prémunir contre les ruses et l’infidélité des femmes, de faire mourir, chaque jour, l’épouse qu’il s’était choisie quand les deux filles de son ministre, Schéhérazade et Dounyazade, se dévouèrent pour sauver le pays.

398. Double crime contre l’islam : d’abord celui de s’être enivré, ensuite celui d’avoir brutalisé sa mère. Le respect dû aux parents est un devoir sur lequel le Coran et les hadiths du Prophète mettent particulièrement l’accent. Exemple : Coran, sourate 29, verset 8.

399. Formule qui exprime un aveu d’impuissance en même temps qu’un constat de faiblesse humaine ou, comme ici, le moyen de se faire pardonner une confusion, une négligence ou un oubli, choses qui font partie des points faibles de l’être humain.

400. Voir note 296.

401. “Etroit”, dans le texte arabe.

402. *Khil‘a* ou robe d’honneur. Par extension, c’était un cadeau donné par un supérieur à un inférieur. La tradition qui consistait à récompenser ou à honorer quelqu’un par la remise de ces robes d’apparat richement brodées était d’origine perse.

403. “… à la mosquée”, bien sûr, avec les autres membres de la communauté musulmane.

404. Voir note 291.

405. Le 10 du mois de *muharram*, un jeûne surérogatoire – dit de ‘Âchûrâ’ – est observé en commémoration de la sortie d’Egypte de Moïse.

406. Voir note 63.

407. Voir note 57. *Salât al-ghadât* dans le texte arabe. C’est l’équivalent de la prière du *fajr*, de l’aube.

408. Deuxième sourate du Coran. Elle comprend deux cent quatre-vingt-six versets.

409. C'est la sourate 105. Elle est beaucoup plus courte que la deuxième sourate puisqu'elle ne contient que cinq versets.
410. Voir note 100.
411. Voir note 392.
412. Poète libertin et satirique, il vécut à cheval entre la fin de l'époque omeyade et les premiers temps de la dynastie abbasside. Le calife Mansûr lui vouait beaucoup d'admiration malgré le goût invétéré d'Ibn Harma pour la boisson, ce qui lui valut d'être souvent châtié comme l'exige l'islam. C'est ainsi que le chef de la police de Mansûr l'a fait fouetter en public à Médine.
413. Voir note 352.
414. Voir note 27.
415. Autrement dit : la police. Depuis les premiers califes de Médine, il y avait un service de sécurité intérieure très organisé avec à sa tête un chef de la police chargé de faire régner l'ordre grâce à des patrouilles qui sillonnaient la ville de jour comme de nuit.
416. Dès la fin de l'époque omeyade s'est dessiné un mouvement de libération des mœurs et des coutumes purement arabes. Le milieu social s'était transformé et avait intégré des modes de vie et de pensée étrangers au monde arabe. Une véritable lutte s'était engagée contre les éléments nouvellement introduits dans l'empire musulman et ceux, authentiquement arabes, qui avaient dominé pendant la plus grande partie du règne de la dynastie omeyade de Damas. Cette lutte entre Arabes et non-Arabes (les 'Ajam) s'est développée surtout contre les Perses qui voulaient prendre leur revanche sur les conquérants venus d'Arabie, de Syrie et de Mésopotamie. La rivalité qui opposait les deux camps était souvent virulente et se manifestait dans tous les domaines : ceux des mœurs, de la religion, de la culture, de la poésie, de la langue, de la littérature, de la philosophie ou de la musique.
417. Il n'y a pas un peuple sur la terre qui ait eu autant de poètes que les Arabes qui disaient d'ailleurs : *Ach-chi'r dîwân al-'Arab* : "La poésie est le creuset qui réunit les Arabes."
418. De son nom complet Khalîl ibn Ahmed al-Farâhidî, grand grammairien arabe né à Basra en 718. Il y passa toute sa vie, dans la pauvreté et la dignité. Il fut le maître incontesté de tous ceux qui ont contribué à structurer la langue arabe. Sa connaissance de la musique et du rythme l'a amené à inventer et à codifier la prosodie et la métrique *(al-'arûd)*, ce qui a permis de caractériser chaque thème poétique par une cadence spécifique. Il fut aussi le précurseur des auteurs des grands dictionnaires arabes. Savant toujours plongé dans ses pensées, il mourut un jour de l'année 786 en se cognant la tête par distraction contre un pilier de marbre d'une mosquée de Basra.

419. Ministre lettré et administrateur à poigne, il était le fils de Rabî', lui-même ministre d'Abû Ja'far al-Mansûr, le deuxième calife abbasside. Lorsque Hârûn ar-Rachîd accéda au pouvoir, il fit de Fadl son ministre. Resté ministre jusqu'à la mort de Hârûn ar-Rachîd, il prit le parti de son fils Amîn contre son demi-frère Ma'mûn. Après la victoire de celui-ci sur Amîn, Fadl encourut la disgrâce du nouveau calife, mais, finalement, Ma'mûn lui pardonna sans, cependant, lui accorder la moindre considération jusqu'à sa mort en 824.
420. Voir note 273.
421. Il s'agit du *qirâ*, le plat d'hôte, fait de nourriture et de boisson dont la tradition remonte à l'époque anté-islamique. C'était un plat toujours prêt pour le voyageur égaré, l'étranger ou simplement l'homme affamé et assoiffé quel qu'il fût. C'était l'équivalent de la "part du pauvre" qui existait dans la tradition d'hospitalité chrétienne depuis le Moyen Age.
422. *Nabîdh* en arabe, ce vin était prohibé dans la mesure où il y avait fermentation des dattes et donc formation d'une boisson enivrante. Le mot *khamr* ou vin de raisin est rattaché au verbe *khamara*, faire fermenter. Voir aussi note 261.
423. Voir note 91.
424. Voir note 29.
425. "S'envola", dans le texte arabe.
426. Voir note 352.
427. Maghrébin : habitant du Maghreb, le pays du soleil couchant, l'Occident. Ici, il s'agit plutôt de la péninsule Ibérique que les Arabes appelaient Al-Andalus (l'Andalousie) du mot "Vandales" en souvenir du passage de ces hordes barbares derrière leur chef Genséric au Ve siècle de l'ère chrétienne.
428. Voir note 273.
429. Voir note 6.
430. Ascète mort en 728, il a écrit des sermons édifiants qu'il a prononcés en présence du calife omeyade 'Umar ibn 'Abd al-'Azîz qui a régné de 717 à 720.
431. Voir note 283.
432. Al-Koufa, en arabe. Le calife 'Umar ibn al-Khattâb ordonna en 638 à Sa'd ibn Abû Waqqâs, le vainqueur d'Al-Qâdisiyya en 637, de fonder Koufa et d'en faire une garnison et un centre d'immigration des musulmans. Proche de l'antique Hîra, Koufa fut la capitale de 'Alî ibn Abî Tâlib (voir note 30) et devint le berceau du chiisme. Centre commercial religieux et intellectuel, l'écriture arabe y a été perfectionnée, et un style calligraphique, le kufique, a adopté le nom de cette ville.
433. Voir note 266.
434. Littéralement : "fils de Dînâr", voir note 33.

435. Membre illustre d'une noble famille d'origine perse, Ja'far était le fils de Yahya ibn Khâlid ibn Barmak d'où le nom de Barmaki (francisé en Barmécide). Yahya avait réussi à s'imposer dans l'entourage du calife Mahdi qui régna de 775 à 785, si bien que celui-ci lui confia, outre des charges administratives, l'éducation de son fils, le futur Hârûn ar-Rachîd. A la mort de Mahdi, sa veuve Khayzurân tomba totalement sous l'ascendant de Yahya. Quant à l'enfant, il s'était pris d'une telle affection pour son noble précepteur qu'il l'appelait : "mon père". Devenu calife, Hârûn, qui appelait Ja'far "mon frère", le fit installer dans un palais proche du sien. Comblé d'honneurs et de charges, Ja'far finit par se laisser griser par le pouvoir quasi absolu qu'il détenait avec son père Yahya et son frère Fadl. C'est ainsi que les Barmécides érigèrent peu à peu un Etat dans l'Etat. Mais Hârûn ar-Rachîd, devant ce danger, décida de frapper un grand coup et de se débarrasser du trio. Ja'far fut décapité en 803 par Masrûr, l'exécuteur des basses œuvres du calife, et son corps fut crucifié sur un pont de Bagdad. Dans l'imaginaire populaire, il est resté le prince Ja'far des *Mille et Une Nuits*.
436. Voir note 307.
437. Voir note 91.
438. Voir note 352.
439. Rabî' ibn Yûnis fut chambellan puis ministre du calife Abû Ja'far al-Mansûr qui régna de 754 à 774. Il vécut jusqu'au califat de Mahdi (775-785) qui le combla de largesses. Rabî' mourut en 785.
440. En effet, Mansûr succéda à son frère Abû l-'Abbâs as-Saffâh (le Sanguinaire) à la mort de celui-ci en 754.
441. Poète, homme de lettres et prince de la rhétorique, le calife abbasside Mu'tasim, qui régna de 833 à 842, l'avait fait venir à Bagdad. Il le plaçait au-dessus de tous les autres poètes arabes de son temps. Abû Tammâm fit les louanges de son mécène et chanta sa gloire dans un poème fameux, la *bâ'iya* ou poème terminé par la lettre *b* (voir note 303) célébrant la victoire du calife à 'Ammûriya (Amorium), fief de la famille du basileus Théophile de Byzance. La poésie d'Abû Tammâm est d'une facture savante et souvent hermétique. Elle s'adressait à une élite intellectuelle et sociale qui avait accès à des concepts inédits mêlant la philosophie à la description et aux thèmes classiques. Abû Tammâm a laissé, à côté d'un recueil *(diwân)*, une anthologie de poèmes à majorité antéislamiques, appelée la *Hamâsa*. Il mourut en 845 de l'ère chrétienne.
442. Un des plus célèbres gouverneurs de l'époque abbasside. Après avoir gouverné la Syrie, un temps, il fut en charge du Khorassan dont il était originaire. Il était excessivement dépensier, mais c'était un homme d'expérience et de grand savoir. Le calife Ma'mûn, qui régna de 813 à 834, avait la plus grande confiance en lui. Né en 798, il est mort en 844.
443. Voir notes 303 et 441.

444. Voir note 338.
445. Fille de Hassan ibn 'Alî ibn Abî Tâlib, petit-fils du prophète Muhammad.
446. *Adham* veut dire noir.
447. Voir note 57.
448. Voir note 283.
449. Voir note 350.
450. Lorsque, pour une raison de santé, parce que l'on est en voyage, l'on n'a pas eu la possibilité d'observer le jeûne, on a le devoir de rattraper les jours non jeûnés, dès que l'on a la capacité de le faire (voir note 162).
451. Voir note 256.
452. Mystique musulman.
453. Voir note 100.
454. Probablement à cause de contraintes vestimentaires. Les sortes de robes ou de tuniques que portaient les hommes n'ayant pas de fente sur le devant les obligeaient soit à relever leurs vêtements jusqu'à la taille, soit à s'accroupir comme les femmes. Il fallut attendre l'invention de la "braguette" européenne pour que les hommes puissent se distinguer des femmes en urinant debout !
455. Voir note 291.
456. Il s'agit de la sourate 67.
457. Voir note 384.
458. Il s'agit de Hârûn ar-Rachîd (voir note 307).
459. Originaire de Basra, ce poète, conteur et sermonnaire, était un familier de Hârûn ar-Rachîd. Plutôt enclin à l'ascétisme, il s'élevait contre le relâchement des mœurs et la tendance au libertinage dans la société de l'époque.
460. Voir note 2.
461. Il est très humiliant pour un Arabe, quelle que soit sa confession, d'être traité de chien, mais encore plus, surtout pour un musulman, d'être traité de singe et de porc, en référence au verset 60 de la sourate 5 du Coran : "Dieu a transformé en singes et en porcs ceux qu'Il a maudits..."
462. Voir note 20.
463. Ville du Sud de l'Iran actuel, dans la province du Khouzistan.
464. Voir note 201.
465. *Al-musallâ*, en arabe. Voir note 57.
466. Voir note 268.
467. D'origine perse, il fut le fondateur de l'un des quatre rites ou écoles juridiques sunnites de l'islam. Son école *(madhhab)* professait l'obligation d'avoir recours au *ra'y* ou opinion personnelle et à la déduction *(istinbât)* dans les questions de jurisprudence *(fiqh)*. Il s'est illustré à Koufa et à Bagdad. Le calife Abû Ja'far al-Mansûr avait voulu le nommer juge de cette ville, mais Abû Hanîfa ayant refusé le poste, le calife le fit emprisonner

jusqu'à sa mort, dans la capitale abbasside, en 767. L'école juridique qui lui doit son nom, "l'école hanifite", est la plus ancienne de l'islam, la plus libérale et la plus répandue, puisqu'elle s'étend aujourd'hui sur près de la moitié du monde sunnite.

468. Voir note 6.

469. Voir note 373.

470. Voir note 296.

471. C'est un jurisconsulte qui donne son opinion ou son avis *(fatwâ)* au sujet d'une question de droit ou d'application de la loi religieuse *(charî'a).*

472. Voir note 162.

473. Plat non identifié. Il a peut-être emprunté son nom au calife Ma'mûn, comme en France où l'on trouve des "Chateaubriand" à côté des tartes "Tatin" ou du veau "Orlof".

474. Sorte de pâtée ou de bouillie épaisse, faite de blé concassé puis pilé et de viande. C'était un plat particulièrement apprécié à l'époque. A ne pas confondre avec la purée de piments rouges d'aujourd'hui, avec laquelle sont relevés les plats surtout d'Afrique du Nord.

475. Voir note 373.

476. Abû Yûsuf Ya'qûb ibn Ishâq, connu sous le nom de Ibn as-Sikkît (le fils du Taciturne), sobriquet de son père, enseigna la grammaire professée par les écoles rivales de Basra et de Koufa. C'était un homme éminent en science coranique, un grammairien érudit, tenant de l'école de Koufa. C'était aussi un grand philologue, un poète et un transmetteur fiable de poésie. Il a laissé un ouvrage de linguistique intitulé : *Islâh al-mantiq* (Réforme du langage), particulièrement apprécié de son temps et après lui par tous les hommes attachés à préserver l'intégrité de la langue arabe et à lutter contre sa détérioration et son affaiblissement. Ibn as-Sikkît mourut en 825.

477. Il régna de 866 à 868.

478. En arabe, *al-insirâf* a deux sens : la déclinaison grammaticale et le "fait de s'en aller, de partir".

479. Ce maître en langue arabe, mort en 899 et originaire de Bagdad, s'est illustré dans les belles lettres et les chroniques. Parmi ses ouvrages célèbres, le *Kâmil* (Le complet), anthologie de littérature et de poésie et un commentaire du poème de Chanfara (voir note 11) appelé la *lâmiyat al-'Arab* (le poème en *l* des Arabes) par opposition à un autre appelé la *lâmiyat al-'Ajam* (le poème en *l* des non-Arabes, c'est-à-dire essentiellement les Perses) composé par le poète Tughrâ'iy (mort en 1121). Tout ceci s'inscrivant dans une rivalité et une lutte d'influence entre Arabes et Perses appelée *chu'ûbiya,* qui a commencé avec la dynastie omeyade et a pris une ampleur considérable sous les Abbassides.

480. Voir note 297.

481. Ville du Khorassan, province du Nord-Est de la Perse, réputée pour ses étoffes et ses productions textiles, à l'époque abbasside.
482. Voir note 33.
483. Voir note 201.
484. Voir note 268.
485. Voir note 296.
486. Le Prophète disait : "Demandez à Dieu le pardon et la santé ; nul n'a jamais rien reçu de plus précieux que la santé ; elle est le bienfait que Dieu aime, par-dessus tout, qu'on lui demande."
487. Voir note 467.
488. Savant religieux irakien de l'époque abbasside, il était l'un des maîtres de l'école hanbalite de Bagdad.
489. Voir note 346.
490. Voir note 296.
491. Voir note 373.
492. Voir note 91.
493. Voir note 20.
494. Voir note 432.
495. Voir note 20.
496. *Bâdiya* en arabe, d'où le mot *badw* (bédouin, nomade ou sédentaire, de la *bâdiya*).
497. Ce qui prouve que cette femme avait le visage découvert comme c'était et c'est encore le cas pour les femmes de la campagne et du désert. Leurs maris ne voyaient pas d'inconvénient à ce que même les étrangers les voient.
498. C'est-à-dire un propos du Prophète.
499. Le mot arabe est *sabr* souvent traduit par "patience". C'est souvent le sens, mais ici il s'agit plutôt de la notion d'endurance "à la peine ou à une épreuve" ; la "constance", telle celle de Job, laquelle est encore un exemple d'endurance. On dit souvent : *sabr Ayyûb* : "une constance digne de Job".
500. Ce poète du nom de Marwân ibn Muhammad fut surnommé Abû ach-Chamaqmaq (l'homme à l'esprit vif, enjoué) pour sa verve et sa finesse. Il était d'une grande laideur, dit-on, et affublé d'un énorme nez et de grosses lèvres lippues. C'était un redoutable poète satirique qui naquit et grandit à Basra à l'époque d'Abû Nuwâs (voir note 384). Il habita à Bagdad sous le règne du calife Hârûn ar-Rachîd (voir note 307) et y mourut vers 796.
501. Propos du Prophète.
502. Voir note 360.
503. Le diable était d'abord un ange. Sa rébellion l'a fait précipiter du ciel. Il devint Satan *(ach-chaytân)* : le tentateur, le diable, l'ennemi juré des humains.
504. Voir Coran, sourate 18, versets 23-24 : "Ne dis jamais, à propos d'une chose : je la ferai sûrement demain, sans ajouter : Si Dieu le veut."

505. Voir note 6.
506. Voir note 54. Jésus, fils de Marie, est un prophète de Dieu, le Verbe de Dieu *(Kalimat Allah)*. Il est abondamment cité dans le Coran.
507. Voir note 67.
508. Voir Coran, sourate 5, verset 110 : "Tu ressuscites les morts, avec Ma permission."
509. Voir Coran, sourate 20, verset 40 : "Tu as ensuite tué un homme", et sourate 28, verset 15 : "Moïse lui donna un coup de poing et le tua."
510. Voir Coran, sourate 5, verset 110 : "Dès le berceau, tu parlais aux hommes comme un vieillard."
511. Voir Coran, sourate 20, versets 27-28.
512. Voir note 467.
513. Voir note 57.
514. Savant en religion.
515. Voir note 20.
516. Voir note 373.
517. Nom de légume.
518. Voir note 316.
519. Petite ville située sur le Tigre, au nord de Bagdad. Il n'en reste que des ruines dont celles de l'enceinte de la Grande Mosquée et un célèbre minaret à rampe hélicoïdale appelé la *malwiya* (la contournée) qui n'est pas sans rappeler les antiques ziggourats de Sumer et de Babylone. Cette ville a été fondée en 836 par le calife abbasside Mu'tasim pour abriter la garnison turque de Bagdad qui s'était rendue odieuse à la population par ses déprédations et ses brutalités. Mu'tasim (833-842), fils de Hârûn ar-Rachîd et d'une princesse turque, en avait fait une vraie merveille d'où, pour certains, Sâmarrâ' serait la déformation contractée de l'expression arabe : *Surra man ra'â* (Heureux celui qui l'a vue).
520. Voir note 6.
521. Voir note 190.
522. Voir note 293.
523. Poids équivalent à deux livres.
524. Voir note 432.
525. Sans doute pour montrer qu'il était généreux et savait recevoir ses hôtes.
526. Voir note 307.
527. Voir note 427.
528. Voir note 91.
529. Voir note 360.
530. Voir note 373.
531. Voir note 137.
532. Voir note 134.

533. *Minbar*, en arabe. La chaire installée dans les mosquées a été inspirée par les chaires des premières églises chrétiennes du Moyen-Orient.
534. Voir note 31.
535. Voir note 91.
536. Voir note 154.
537. Descendants du clan le plus riche de La Mecque, par opposition aux Banû Hâchim, descendants du clan de Qoraych, le plus pauvre, auquel appartenait la famille du Prophète.
538. Voir note 144.
539. Il était célèbre pour sa sottise et sa niaiserie. Il mourut en 933.
540. En matière de religion, de jurisprudence et de culture littéraire.
541. Voir Coran, sourate 14, verset 7.
542. C'est-à-dire "l'homme à la baleine", surnom donné aussi à Jonas dans la sourate 21, verset 87. De son vrai nom : Thawbân Abû l-Fayd ibn Ibrâhim, Dhû n-Nûn était né d'un couple de Nubiens venus du Sud de l'Egypte. C'était un mystique (un soufi) qui créa une école prêchant le "contact" *(ittisâl)* avec Dieu. Les soufis le considèrent comme le fondateur du mouvement soufi et comme son premier maître *(chaykh)*. Ils le vénéraient au point d'accoler à son nom l'expression : "Que Dieu sanctifie son secret." C'est Dhû n-Nûn qui a véritablement donné au soufisme sa forme définitive. Il est mort à Guizeh en 860 de l'ère chrétienne. Il a écrit un livre sur les plus beaux noms ou attributs de Dieu *(Kitâb fî l-asmâ' il-husnâ)*.
543. *Rahimahu Llah*, formule toujours prononcée après le nom d'une personne décédée.
544. Dieu a quatre-vingt-dix-neuf noms : le Grand, le Miséricordieux, le Clément, le Sage, etc., le centième étant le nom sublime. Voir Coran, sourate 59, verset 24 : "Les noms les plus beaux lui appartiennent."
545. Sur la rive gauche du Nil, c'est aujourd'hui une banlieue résidentielle du Caire. Tout près de là s'élèvent les grandes pyramides et le Sphinx.
546. Le vieux Caire. 'Amr ibn al-'Âs, conquérant de l'Egypte grâce à la chute d'Alexandrie facilitée par les coptes, établit les plans de sa capitale qui fut connue sous le nom de Fustât. C'était une place forte, un camp qui faisait le pendant de Basra et de Koufa en Irak. 'Amr fit construire la mosquée de Fustât, la première en Egypte (de 641 à 642). Fustât est restée la capitale de l'Egypte jusqu'à la fondation du Caire par les Fâtimides en 969.
547. Voir note 289.
548. Voir note 307.
549. Voir note 256.
550. Voir note 57.
551. On appelait *râwî* le transmetteur de poésie qui s'attachait souvent à un seul poète et faisait sa "publicité" en déclamant ses vers.

552. Voir note 293.
553. Voir note 2.
554. Voir note 219.
555. Voir note 479.
556. Voir note 283.
557. C'est-à-dire Bagdad (voir note 280).
558. Voir note 91.
559. Dans le texte arabe : *akh al-'Arab* (voir note 111).
560. Voir note 418.
561. Voir note 368.
562. "De raison", dans le texte arabe.
563. Voir note 20.
564. Voir note 6.
565. Voir note 283.
566. Il s'agit ici du Coran, bien sûr.
567. Ou *hadîth*, en arabe. Voir aussi, Coran, sourate 40, verset 34 : "Dieu n'enverra plus jamais de prophète après lui."
568. Voir note 29.
569. Abraham était appelé l'Ami de Dieu *(Khalîl Allah)*, voir Coran, sourate 4, verset 125. Moïse était désigné comme étant Celui à qui Dieu a parlé *(Kalîm Allah)* et Jésus était appelé le Verbe de Dieu *(Kalimat Allah)*, voir Coran, sourate 4, verset 164 : "Dieu a réellement parlé à Moïse."
570. Voir Coran, sourate 37, verset 97 : "Ils dirent : Construisez pour lui une bâtisse et jetez-le dans la fournaise." Et, Coran, sourate 29, verset 24 : "Mais Dieu le sauva du feu."
571. Voir Coran, sourate 20, versets 19-20 : "Dieu dit : «Jette-le Moïse !» Il le jeta et le voici, serpent qui rampait", et Coran, sourate 26, verset 32 : "Moïse jeta son bâton et le voici serpent véritable."
572. Voir Coran, sourate 5, verset 110 : "Tu ressuscites les morts, avec Ma permission."
573. Prestigieux homme de lettres né en 775 à Merv, capitale du Khorassan, province du Nord-Est de la Perse. Ce fut un juge éminent et un juriste de premier plan. C'est dans cette même ville qu'il entra en relation avec le calife Ma'mûn qui le nomma juge *(qâdi)* de Basra puis le désigna au poste de juge suprême *(qâdi l-qudât)* de Bagdad, en y ajoutant l'administration des affaires de l'empire. Féru de littérature et de poésie, sa conversation fascinait le calife au point qu'il donna l'ordre de le laisser entrer auprès de lui à toute heure du jour ou de la nuit. Yahya ibn Aktam mourut en 357 dans un village situé non loin de Médine.
574. Voir note 479.
575. Voir note 352.

576. Voir Coran, sourate 22, verset 46.
577. La décadence des mœurs et le matérialisme échevelé de la société abbasside avaient sécrété des réactions de rejet, de renoncement et d'ascétisme qui ont donné naissance à de véritables courants de pensée dont de nombreux poètes et hommes de lettres de l'époque se sont fait l'écho.
578. Le *samn* est un beurre fondu et souvent salé, très apprécié des Arabes qui continuent de l'utiliser comme graisse dans les mets.
579. Le miel était particulièrement apprécié par le Prophète qui a mis l'accent dans de nombreux hadiths sur les bienfaits de cet aliment complet. Une allusion est faite aussi au miel dans le Coran, sourate 16 ("Les abeilles"), verset 69 : "De leurs entrailles sort une liqueur diaprée où les hommes trouvent une guérison."
580. Du mot arabe *jarra.*
581. Voir note 33.
582. Père de Dulâma (voir note 604).
583. Voir note 273.
584. Mère de Dulâma.
585. Formule appréciée à l'occasion d'un décès, et qui rappelle que tout appartient à Dieu et que tout reviendra à Lui.
586. Voir note 6.
587. Son nom – ou plutôt son surnom – signifie bambou. Elle fut l'épouse du calife Mahdi qui régna de 775 à 785 et la mère de Hâdî (785-786) et de Hârûn ar-Rachîd qui fut calife de 786 à 809. Cette reine énergique et intelligente était d'origine yéménite. Très instruite en matière religieuse, elle était aussi férue de jurisprudence *(fiqh).* On dit qu'elle fut la première femme de la dynastie abbasside à avoir usé de son ascendant sur son mari pour participer aux décisions politiques et influer sur le cours des événements. Elle avait été l'esclave *(jârya)* de Mahdi qui l'affranchit et l'épousa. Femme de tête, elle gouverna l'empire à la mort de Mahdi et assura la régence de Hârûn après le règne éphémère de Hâdî qu'elle contribua, dit-on, à faire assassiner en 786. La place prépondérante qu'elle accorda à la famille d'origine perse des Barmak (les Barmécides, voir note 435) a entraîné la formation d'un Etat dans l'Etat. Cette situation dangereuse, qui voyait se concrétiser l'esprit de revanche des Perses sur les Arabes, leurs anciens vainqueurs, fut redressée au prix du sang par Hârûn ar-Rachîd qui mit fin au monopole étouffant des Banû Barmak, descendants de prêtres mazdéens. Khayzurân mourut en 789, sous le règne de son fils Hârûn ar-Rachîd.
588. Voir note 373.
589. Voir Coran, sourate 110, verset 1.
590. Voir note 6.
591. Il était égal à un sixième de dinar (voir note 33).

592. Originaire de Koufa, ce lettré plein d'esprit fut le familier des califes Mutawakkil qui régna de 847 à 861 et Mu'tamid qui assuma la charge suprême de 869 à 892. Bien que nommé juge, sa position ne l'empêcha pas d'être aussi un poète satirique.
593. Ville montageuse du Hedjaz proche de La Mecque où Muhammad avait envisagé d'émigrer avant de choisir Yathrib devenue Médine.
594. Dans les discours, sermons ou prêches, après les louanges à Dieu et à Son Prophète, cette expression marque la fin de ce préambule et le passage au sujet traité par l'orateur.
595. C'est-à-dire originaire de la Grande Syrie (Châm) qui englobait, outre la Syrie actuelle, le Liban actuel, la Palestine et une grande partie de la Jordanie actuelle.
596. Voir note 523.
597. Voir note 281.
598. Voir note 307.
599. Voir note 171.
600. Voir note 280.
601. Voir note 33.
602. *Fals* en arabe ; pluriel : *fulûs*. Ce qui a donné en français familier ou argotique : flouse ou flouze : des sous, de l'argent.
603. Dans le mariage musulman, c'est l'homme qui apporte la dot, un douaire qui constituera une sorte de capital pouvant aider matériellement la femme en cas de répudiation ou de divorce.
604. Cet ancien esclave noir affranchi fut un poète enjoué et plein d'esprit. Il grandit à Koufa et plus tard devint, à Bagdad, le familier des califes abbassides Abû l-'Abbâs as-Saffâh, Abû Ja'far al-Mansûr et Mahdi. Sachant les encenser, il fut comblé par eux mais ses plaisanteries et son humour parfois corrosif lui valurent d'être taxé d'athéisme. Il mourut en 776 ou 778.
605. Voir note 273.
606. Voir note 91.
607. Voir note 131.
608. Un *jarîb* était égal à 3 600 coudées. Une coudée était l'équivalent d'environ 50 centimètres.
609. Voir note 353.
610. Voir note 280.
611. Voir note 33.
612. Voir note 297.
613. Voir note 373.
614. Voir note 91.
615. Voir note 296.
616. Voir note 503.

617. Voir note 67.
618. Voir Coran, sourate 20, verset 84.
619. Voir note 352.
620. Né à Al-Hilla, en Irak en 1277, ce poète arabe est mort à Bagdad en 1339. Il exprime dans son *Dîwân* ou recueil, avec fierté, son attachement à ses origines purement arabes. Ce fut le plus talentueux des poètes arabes de son époque. Contrairement à ses émules, il porta son œuvre au plus haut degré de qualité littéraire.
621. C'est-à-dire Jésus. Beaucoup d'Arabes musulmans portent le prénom de Jésus, prophète respecté par l'islam au même titre qu'Abraham, Moïse et d'autres. Voir Coran, sourate 43, verset 63.
622. C'est-à-dire descendant de 'Alî ibn Abî Tâlib (voir note 30) et de Fâtima, la fille du prophète Muhammad.
623. Secrétaire et poète plein d'élégance et de sagesse, cet homme originaire de Perse a écrit de nombreuses anecdotes souvent si édifiantes qu'on l'a surnommé le Bouzourjoumhour de l'islam, en référence au sage indien qui serait à l'origine des fables et des traits sapientiaux traduits du sanskrit en persan puis en arabe par 'Abd Allah ibn al-Muqaffa ' (voir note 368). Sahl ibn Hârûn mourut en 830.
624. Ministre de Ma'mûn qui régna de 813 à 834, après avoir succédé à ce poste à son frère Fadl ibn Sahl, mort en 816. Un des grands hommes de guerre de son temps, ce fut un excellent administrateur. Célèbre pour son extrême intelligence, sa vaste culture, son éloquence et sa générosité, il fut chanté par tous les poètes de l'époque. Il fut aussi le beau-père de Ma'mûn qui avait épousé, en un mariage d'un faste inouï, sa fille Burân. Ma'mûn avait pour lui le plus profond respect. Hassan ibn Sahl s'éteignit, atteint de mélancolie, en 851.
625. Roi de Séville, ce fut un mécène, un poète qui encouragea les arts et les lettres et vécut dans le luxe et le raffinement. Comme beaucoup d'autres roitelets musulmans arabes et berbères d'Espagne, il fut le témoin et l'acteur de l'affaiblissement de ses coreligionnaires face au mouvement de la Reconquête chrétienne. Malgré l'éclatement du pouvoir arabe en plusieurs petites principautés, il essaya de convaincre les autres roitelets d'appeler à l'aide Yûssuf ibn Tâchfîn (1061-1106), maître du Maroc et d'une bonne partie de l'Afrique du Nord pour repousser l'ennemi. Le souverain berbère, fondateur de la dynastie des Almoravides et de Marrakech, sa capitale, accepta d'apporter son aide et écrasa les troupes chrétiennes à la bataille de Zallâqa en 1086. Puis il retourna au Maroc mais, ayant été à nouveau sollicité, il revint en Espagne où il fut à nouveau victorieux, malgré la trahison et la lâcheté de la plupart des roitelets arabes. Pour se venger, il s'en prit à certains d'entre eux dont Mu'tamid qu'il emmena en captivité avec sa femme et ses enfants au Maroc. Emprisonné près de Marrakech, à Aghmât, le fier et glorieux

descendant des rois arabes de Hîra, en Mésopotamie, mourut dans une cellule obscure et froide en 1095.

626. Voir note 13.

627. Voir note 33.

628. Voir note 293.

629. Voir note 283.

630. Province occidentale de l'Arabie. C'est une barrière montagneuse séparée de la mer Rouge par la plaine de la Tihâma. Au pied des montagnes se trouvent les villes saintes de La Mecque et de Médine.

631. Voir note 337.

632. Voir note 307.

633. Voir note 435.

634. L'esclave noir qui accompagnait partout Hârûn ar-Rachîd et dont la fonction était d'exécuter sur-le-champ à coups de sabre ceux que le calife avait décidé d'éliminer. C'est Masrûr qui fut chargé de décapiter Ja'far ibn Yahya l-Barmaki en 803.

635. Il s'agit ici du prophète Muhammad appartenant à la tribu de Qoraych et au clan des Banû Hâchim ou Hachémites, famille à laquelle est rattachée la dynastie abbasside et donc Hârûn ar-Rachîd lui-même.

636. Voir note 25.

637. Voir note 91.

638. Voir note 33.

639. L'homme aurait dû écrire *al-lladhî* : lequel, qui...

640. Voir note 300.

641. Un des chefs de file du courant mu'tazilite ou rationaliste de l'islam en Irak, il s'illustra comme dialecticien, philosophe et homme de lettres. Il mourut à Bagdad en 840.

642. Poète, scoliaste *(mutakallim)* et sermonnaire de Basra, cet homme, dès qu'il fut introduit auprès du calife Mahdi qui régna de 774 à 785, émerveilla ce dernier par son éloquence, sa sagesse, son érudition et l'étendue de ses connaissances littéraires. Mais sous la fausse accusation de *zandaqa* (ou libre pensée, proche de l'athéisme), il subit les foudres du calife qui le tua de ses propres mains, le coupant en deux d'un seul coup de sabre. Cet homme devenu aveugle avant de subir ce terrible châtiment n'avait fait, en réalité, que prôner l'ascétisme en ce monde, appelant les hommes à se tourner vers l'autre vie et l'obéissance à Dieu, les bonnes mœurs et à méditer sur la mort et le tombeau. Toute sa poésie ne fut habitée que par de profondes sentences et des proverbes pleins de sagesse.

643. Ville située au sud de la mer Caspienne (*bahr al-Khazar* ou *bahr Qazwîn*). Elle est célèbre pour avoir donné naissance à un grand savant naturaliste, Qazwîni, mort en 1283.

644. Voir note 122.
645. En grammaire arabe, il est possible de donner à un verbe une intensité plus grande, en ajoutant la désinence *anna*. C'est ce que l'on appelle la forme de l'énergique lourd, qui exprime la détermination autant que l'intensité. Par exemple ici avec le verbe à l'impératif : *iqfaz* : saute = *iqfazanna* : saute donc !
646. Voir note 127.
647. Voir note 368.
648. Voir note 595.
649. Voir note 284.
650. Voir note 367.
651. Des 'Ajam en arabe. Ce terme désignait plus particulièrement les Perses. Les 'Ajam étaient les non-Arabes, c'est-à-dire, au sens étymologique du mot : des barbares ou étrangers, qui appartiennent à une autre race ou à une autre communauté que celle des Arabes. A l'époque abbasside, l'élément purement arabe a perdu, sur le plan social, la place privilégiée qu'il occupait sous les Omeyades, au profit des non-Arabes de tout bord, dont les femmes jouèrent un très grand rôle comme concubines dans le mélange des sangs, ce qui, peu à peu, finit par donner la prépondérance aux non-Arabes dans la société abbasside.
652. De la part d'un Syrien, la méconnaissance du persan était une chose plausible. En revanche un grand nombre d'Arabes d'Irak connaissaient cette langue qui était à l'époque un peu ce que l'anglais est devenu aujourd'hui.
653. Les *mawâlis* ou clients étaient ces non-Arabes (voir note 651) parvenus avec le temps et souvent à force d'intrigues et de savoir-faire à constituer le tissu le plus important de la société abbasside dans tous les domaines. On comptait parmi eux des ministres, des magistrats, des secrétaires, des hommes de lettres, des poètes, des musiciens, des religieux, des commerçants, des chefs de l'armée, des gouverneurs, etc.
654. Fille de Hussayn ibn 'Alî ibn Abî Tâlib (voir note 123), c'était une jeune femme pleine de noblesse, férue de poésie et qui, dit-on, était une des plus belles femmes de son temps. Elle avait des cheveux magnifiques et les peignait d'une manière très particulière qui devint à la mode. Les femmes se peignaient à la "sukayniya", à la manière de Sukayna. Malgré sa chasteté, elle se montrait dévoilée et tenait salon avec les plus grands savants, hommes de lettres et poètes. Elle avait de l'esprit et aimait plaisanter, mais haïssait les Omeyades de Syrie pour avoir tué son père Hussayn à Karbalâ' en 680.
655. Voir note 296.
656. Voir note 283.
657. Voir note 91.
658. En référence au propos du Prophète : "La foi enchaîne la violence. Le croyant ne doit pas être violent *(fâtik).*"

659. Voir note 296.
660. Voir note 20.
661. Voir note 261.
662. C'est-à-dire Dieu (voir note 74).
663. Ancienne extension de Bagdad vers l'est d'un palais *(qasr ar-Rusâfa)* construit par Mansûr (754-774) pour son héritier Mahdi (775-785). Ce secteur a pris ensuite le nom d'un autre palais d'Ar-Rusâfa construit par Hârûn ar-Rachîd (786-809).
664. Voir note 300.
665. Voir Coran, sourate 6, verset 130.
666. Voir note 296.
667. C'est-à-dire fils de Dirham, voir note 6.
668. C'est-à-dire fils de Dînâr, voir note 33.
669. Territoires situés dans l'est de l'actuel Iran.
670. Voir note 127.
671. Habitants du Khorassan, province du Nord-Est de la Perse.
672. Grande ville devenue capitale du Khorassan à l'époque abbasside, elle était célèbre pour ses textiles et ses étoffes.
673. En pèlerinage à La Mecque, dans le cadre du grand pèlerinage, une fois l'an et aussi des petits pèlerinages ou *'umra*, à n'importe quel moment de l'année, voir note 201.
674. Voir note 220.
675. Habitant de Merv, capitale du Khorassan, province du Nord-Est de la Perse.
676. Voile porté uniquement par les hommes, laissant apparaître les yeux et parfois une partie du nez. Il servait à protéger le visage des vents de sable, de la poussière et des ardeurs du soleil pendant les déplacements. Il est encore aujourd'hui utilisé par les Touaregs.
677. Voir note 42.
678. Contrée méridionale de l'actuel Iran. Ce fut le berceau des dynasties perses achéménide (550-330 avant Jésus-Christ) puis sassanide (226-637 après Jésus-Christ).
679. Voir note 154.
680. Voir note 6.
681. Voir note 6.
682. Voir note 675.
683. Voir note 281.
684. Voir note 91.
685. Voir note 6.
686. Voir note 230.
687. Comme les églises pour les chrétiens, les mosquées sont des maisons de Dieu pour les musulmans.

688. Voir note 6.
689. Voir note 367.
690. Voir note 127.
691. Lorsque des défunts et des défuntes musulmans ont accompli leur pèlerinage à La Mecque, c'est dans le vêtement blanc sans couture *(izâr)* porté par eux à cette occasion que leur cadavre est enveloppé.
692. Une sorte de "chapelle", de petit édifice consacré à un saint homme.
693. Un saint homme de l'islam. Surnommé le Sauveur suprême, il descendait de l'imam 'Alî ibn Abî Tâlib, le cousin et gendre du Prophète. Il serait né en 1077 dans le village de Guil, près de Bagdad. C'était un grand théologien et aussi un prédicateur. Plusieurs légendes courent à son sujet dont celle d'aider les hommes – tel saint Antoine de Padoue – à retrouver les objets perdus. Une confrérie religieuse, appelée la Qâdîriya, d'après son nom, perpétue encore de nos jours son enseignement qui fut le premier ordre soufi à avoir été fondé en islam. Son influence s'étend aujourd'hui à l'Afrique du Nord, à l'Afrique noire et à l'Asie. L'émir 'Abd al-Qâdîr, l'adversaire noble et chevaleresque du général Bugeaud en Algérie, était l'un de ses plus fervents adeptes.
694. L'ange de la mort. (Pour les anges, voir note 319.)
695. Voir note 432.
696. *Kunya* de Joha, qui signifie : "Père de la branche." (Pour *Kunya*, voir note 2.)
697. Voir note 6.
698. Sans doute un juif, l'usure *(ar-ribâ)* étant interdite par l'islam. C'est ainsi que l'on peut lire dans le Coran, sourate 2, verset 275 : "Dieu a permis la vente et il a interdit l'usure."
699. Exactement la même expression dans le texte arabe.
700. Voir note 399.
701. Le titre de "sultan" est d'origine non arabe. Ce sont les Seldjoukides, Turkmènes qui régnèrent sur l'Asie Mineure et la Mésopotamie du XIe au XIIIe siècle, qui instaurèrent ce titre. Le sultan dont il s'agit ici est Tamerlan ou Tîmour Leng, né en 1336 et mort en 1405.

# BIBLIOGRAPHIE


Les réponses péremptoires *(Al-Ajwiba l-muskita)*, Etudes et recherches humaines et sociales, Le Caire, 1996.

Les fleurs du printemps *(Zahr ar-rabî')*, Dâr al-'Imâd, Le Caire, s. d.

Conversations entre lettrés *(Muhâdarât al-udabâ')*, Imprimerie orientale Al-'Amîriya, Le Caire, 1908.

Le collier unique *(Al-'Iqd al-farîd)*, Imprimerie du Comité de composition, de traduction et de diffusion, Le Caire, 1944.

Le meilleur des chroniques *('Uyûn al-akhbâr)*, Etablissement public égyptien de composition, de traduction, d'impression et de publication, Le Caire, 1963.

Le royaume du rire *(Mamlakat ad-dahik)*, Dâr al-Mahajja l-baydâ, Beyrouth, s. d.

Morts des hommes illustres *(Wafayât al-a'yân)*, Librairie égyptienne An-Nahda, Le Caire, 1948.

Chroniques des sots et des nigauds *(Akhbâr al-hamqâ wa l-mughaffalîn)*, Dâr al-Kutûb al-'ilmiya, Beyrouth, 1985.

Le livre des chansons *(Kitâb al-aghânî)*, Dâr ath-Thaqâfa, Beyrouth, 1956.

L'anthologie des proverbes *(Majma' al-amthâl)*, Dâr al-Kutub al-'ilmiya, Beyrouth, 1988.

Appendice au florilège des lettres *(Dhayl zahr al-âdâb)*, Dâr al-Jîl, Beyrouth, 1953.

La sagesse des fous *('Uqalâ' l-majânîn)*, Dâr al-Kutub al-'ilmiya, Beyrouth, s. d.

Facéties et bons mots du passé et du présent *(Tarâ'if wa nawâdir fî l-mâdî wa l-hâdir)*, Société Rachâd Bours, Beyrouth, 1998.

La vie des animaux *(Hayât al-hayawân)*, Dâr al-Fikr al-'arabiy, Beyrouth, s. d.

Le livre qui éclaire *(Al-Muzhir)*, Dâr Ihyâ al-kutub al-'arabiya, Le Caire, 1968.

Le livre des facéties *(Al-Mustatraf)*, Dâr al-Fikr al-'arabiy, Beyrouth, 1997.

Facéties et bons mots de la littérature arabe *(Tarâ'if wa nawâdir min al-adab al-'arabiy)*, Dâr wa maktabat al-Hilâl, Beyrouth, 1996.

Le livre des perles *(Kitâb ad-darârî)*, s. l. n. d.

Le florilège des lettres *(Zahr al-âdâb)*, Imprimerie du Bonheur, Le Caire, 1953.

Chroniques des gens intelligents *(Akhbâr al-adhkiyâ')*, Dâr ibn Hazm, Beyrouth, 1996.

Le livre complet *(Al-Kâmil)*, Dâr Nahdat Misr, Le Caire, 1956.

Le printemps des justes *(Rabî' al-abrâr)*, ministère des Biens de mainmorte et des Affaires religieuses, Bagdad, 1980-1982.

Les plus savoureux des bons mots et facéties *(Ahlâ n-nawâdir wa t-tarâ'if)*, Société Rachâd Bours, Beyrouth, s. d.

Les analectes *(Nafh at-tîb)*, Matba'at as-sa'âda, Egypte, 1949.

Le meilleur des nouvelles *('Uyûn al-anbâ')*, Librairie al-Wahbiya, Le Caire, 1982-1984.

Choix de bons mots et de chroniques *(Al-Mukhtâr min an-nawâdir wa l-akhbâr)*, La librairie moderne, Beyrouth, 1994.

Notre littérature qui rit *(Adabunâ d-dâhik)*, Maison d'édition et de diffusion Al-Bachâ'ir, Beyrouth, 1994.

Joyaux réunis *(Jam' al-jawâhir)*, Dâr al-Jîl, Beyrouth, 1953.

Les fruits des feuillets *(Thamarât al-awrâq)*, Dâr al-Jîl, Beyrouth, 1997.

Recueil *(Dîwân)* de Jarîr, Dâr Sader/Dâr Beyrouth, Beyrouth, 1964.

Histoire brève des dynasties *(Ta'rîkh mukhtasar ad-dual)*, s. l., s. d.

Les morts oubliées *(Fawât al-wafayât)*, Librairie égyptienne An-Nahda, Le Caire, 1951.

Les catégories des poètes *(Tabaqât ach-chu'arâ')*, Dâr al-Ma'ârif, Le Caire, 1956.

Le dictionnaire des lettrés *(Mu'jam al-udabâ')*, Dâr al-Fikr, Beyrouth, 1980.

Les bonnes et les mauvaises actions *(Al-Mahâsin wa l-masâwi')*, Dâr Sader/Dâr Beyrouth, Beyrouth, 1960.

L'histoire des califes *(Ta'rîkh al-khulafâ')*, Imprimerie du Bonheur, Egypte, 1952.

Une pierre de chaque vallée *(Min kulli wâdin hajar)*, s. l. n. d.

Les Mille et Une Nuits *(Alf layla wa layla)*, Dâr al-Hilâl, Beyrouth, 1958.

Trésors de la perspicacité et de la finesse d'esprit *(Al-Basâ'ir wa dh-dhakhâ'ir)*, Librairie Atlas, Beyrouth, 1964.

Les jardins fleuris *(Hadâ'iq al-azâhir)*, s. l. n. d.

Traits d'esprit et bons mots d'aveugles *(Nukat al-'umyân)*, Imprimerie Al-Jamâliya, Egypte, 1911.

Le livre de Kalîla et Dimna *(Kitâb Kalîla wa Dimna)*, Imprimerie Mustapha Mohammed, Egypte, 1934.

Les bonnes actions et les contraires *(Al-Mahâsin wa l-addâd)*, Société libanaise des livres, Beyrouth, 1969.

Le livre des propos sur les mulets *(Kitâb al-qawl fî l-bighâl)*, Dâr al-Jîl, Beyrouth, 1997.

Le summum de la finesse *(Nihâyat al-arab)*, Imprimerie de la maison égyptienne des livres, Le Caire, 1963-1985.

Bons mots et traits d'esprit *(Al-Latâ'if wa z-zarâ'if)*, Dâr al-Manâhil, Beyrouth, 1992.

Le recueil *(Dîwân)* de Safi ad-dîn-al-Hilli, Dâr Sader/Dâr Beyrouth, Beyrouth, 1962.

L'éloquence et la clarification *(Al-Bayân wa t-tabyîn)*, Librairie Al-Khanji, Le Caire, 1960.

Le livre des avares *(Kitâb al-bukhalâ')*, Dâr al-Yaqda l-'arabiya, Damas, s. d.

Le plaisir de la convivialité *(Al-Imtâ' wa l-mu'ânasa)*, Publications de la librairie Al-Hayât, Tripoli (Liban), 1995.

Le livre du divertissement et des lieux de divertissement *(Kitâb al-lahwi wa l-malâhî)*, Dâr al-Machriq, Beyrouth, 1969.

Chroniques des hommes d'esprit et des libertins *(Akhbâr az-zirâf wa l-mutamâjinîn)*, Dâr al-Fikr al-lubnâny, Beyrouth, 1990.

Les grandes facéties de Joha *(Nawâdir Johâ l-kubrâ)*, Société Az-Zîn d'impression et d'édition, Beyrouth, s. d. ; Dâr ach-Charq al-'arabiy, Beyrouth, s. d.

Le jardin des flâneurs *(Rawdatu s-sâ'ihîn)*, Librairie Al-'Abîkân, Riyad, 2001.

## TABLE

# BABEL

*Extrait du Catalogue*

1123. AKI SHIMAZAKI
Mitsuba

1124. LAURENT GAUDÉ
Ouragan

1125. CÉLINE CURIOL
Exil intermédiaire

1126. ALICE FERNEY
Passé sous silence

1127. LYONEL TROUILLOT
Thérèse en mille morceaux

1128. FRÉDÉRIQUE DEGHELT
La Grand-Mère de Jade

1129. AHMED KALOUAZ
Avec tes mains

1130. FABIENNE JUHEL
A l'angle du renard

1131. W. G. SEBALD
Vertiges

1132. ANNE ENRIGHT
Retrouvailles

1133. HODA BARAKAT
Mon maître, mon amour

1134. MOUSTAFA KHALIFÉ
La Coquille

1135. JEREMY RIFKIN
Une nouvelle conscience pour un monde en crise

1136. PRALINE GAY-PARA
Récits de mon île

1137. KATARINA MAZETTI
Le Caveau de famille

1138. JÉRÔME FERRARI
Balco Atlantico

1139. EMMANUEL DONGALA
Photo de groupe au bord du fleuve

1140. INTERNATIONALE DE L'IMAGINAIRE N° 27
Le patrimoine, oui, mais quel patrimoine?

1141. KATHRYN STOCKETT
La Couleur des sentiments

1142. MAHASWETA DEVI
Indiennes

1143. YI MUNYŎL
L'Ile anonyme

1144. CH'OE INHUN
La Place

1145. YI CH'ŎNGJUN
L'Ile d'Iŏ

1146. CHO SEHUI
Le Nain

1147. CAMILLA GIBB
Le Miel d'Harar

1148. MARIE-SABINE ROGER
La Théorie du chien perché

1149. MARIA ERNESTAM
Les Oreilles de Buster

1150. KHALIL GIBRAN
Les Esprits rebelles

1151. SIRI HUSTVEDT
La Femme qui tremble

1152. JEANNE BENAMEUR
Les Insurrections singulières

1153. MATHIAS ÉNARD
Parle-leur de batailles, de rois et d'éléphants

1154. LAURENT GAUDÉ
Les Oliviers du Négus

1155. FRÉDÉRIQUE DEGHELT
La Nonne et le Brigand

1156. NICOLE ROLAND
Kosaburo, 1945

1157. LAURENT SAGALOVITSCH
Dade City

1158. JOUMANA HADDAD
J'ai tué Schéhérazade

1159. MAURICE AUDEBERT
Tombeau de Greta G.

1160. ÉMILIE FRÈCHE
Le Film de Jacky Cukier

1161. CAROLE ZALBERG
A défaut d'Amérique

1162. JEAN-LUC OUTERS
Le Voyage de Luca

1163. CÉCILE LADJALI
Aral

1164. JÉRÔME FERRARI
Aleph zéro

1165. YÔKO OGAWA
Cristallisation secrète

1166. JAVIER CERCAS
Anatomie d'un instant

COÉDITION ACTES SUD – LEMÉAC

OUVRAGE RÉALISÉ
PAR L'ATELIER GRAPHIQUE ACTES SUD
REPRODUIT ET ACHEVÉ D'IMPRIMER
EN AVRIL 2013
PAR NORMANDIE ROTO IMPRESSION S.A.S.
À LONRAI
POUR LE COMPTE DES ÉDITIONS
ACTES SUD
LE MÉJAN
PLACE NINA-BERBEROVA
13200 ARLES

DÉPÔT LÉGAL
1re ÉDITION : MAI 2013
N° impr. : 131401
*(Imprimé en France)*